LENDO DE CABEÇA PARA BAIXO

Jo Platt

LENDO DE CABEÇA PARA BAIXO

Tradução de Angela Pessôa

FÁBRICA231

Título original
READING UPSIDE DOWN

Publicado em 2013 por Amazon Kindle

Copyright © Jo Platt
Todos os direitos reservados.

Este livro é uma obra de ficção. Qualquer semelhança com pessoas vivas ou não, ou acontecimentos atuais, é mera coincidência.

Nenhuma parte desta obra pode ser reproduzida, ou transmitida por qualquer forma ou meio eletrônico ou mecânico, inclusive fotocópia, gravação ou sistema de armazenagem e recuperação de informação, sem a permissão escrita do editor.

Direitos para a língua portuguesa reservados
com exclusividade para o Brasil à
EDITORA ROCCO LTDA.
Av. Presidente Wilson, 231 – 8º andar
20030-021 – Rio de Janeiro, RJ
Tel.: (21) 3525-2000 – Fax: (21) 3525-2001
rocco@rocco.com.br
www.rocco.com.br

Printed in Brazil/Impresso no Brasil

Preparação de originais
VILMA HOMERO

CIP-Brasil. Catalogação na fonte.
Sindicato Nacional dos Editores de Livros, RJ.

P778L   Platt, Jo
       Lendo de cabeça para baixo / Jo Platt; tradução de
Angela Pessôa. – Primeira edição – Rio de Janeiro: Fábrica231, 2019.

       Tradução de: Reading upside down
       ISBN 978-85-9517-051-3
       ISBN 978-85-9517-052-0 (e-book)

1. Romance inglês. I. Pessôa, Angela. II. Título.

18-51941   CDD-823
                             CDU-82-3(410.1)

Vanessa Mafra Xavier Salgado – Bibliotecária – CRB-7/6644

O texto deste livro obedece às normas do
Acordo Ortográfico da Língua Portuguesa.

Para meus amigos altamente agitados em The Short Book Group.

E, é claro, para o vizinho extremamente calmo com quem me casei.

PRÓLOGO

– **DEVEMOS ENTRAR?** – Sua expressão era inesperadamente solene e, só por um instante, ocorreu-me que ele talvez estivesse me oferecendo uma alternativa.

Afastei o pensamento e apertei seu braço.

– Acho que devemos, pai. Sou parte integrante do enredo, você sabe.

As portas se abriram e ouvi os sussurros e o rangido coletivo de cem pessoas girando no lugar. Minha atenção viu-se de imediato atraída para uma jovem mortalmente pálida, de cabelos escuros, em um dos bancos da última fileira, que ofegou e levou a mão aos lábios ridiculamente grandes, ridiculamente vermelhos.

"Por que ela não está sorrindo?", pensei. "Ela tem boca para isso."

Capítulo 1

– **Alô-ô**. – **Celia** sempre fazia sua saudação em tom de cantilena com uma sílaba adicional.

– Oi, sou eu – declarei em tom monótono, percebendo que meu sofrimento, demasiado óbvio, talvez fosse um ponto positivo. Afinal de contas, os autênticos suicidas eram exteriormente positivos até o fim, não eram? *São sempre aqueles de quem menos se espera*, e tudo o mais. Veio-me a repentina imagem mental de mim mesma saltando do alto de um edifício-garagem de vários andares, acenando alegremente com ambas as mãos e gritando "Estou bem! Sinceramente, estou bem!", antes de cair e emporcalhar o asfalto.

– Ros! – O alto-astral de minha irmã manteve-se firme. – Que surpresa boa! Você está ligando tarde. Você saiu? Como vão as negociações do livro? Aconteceu alguma coisa empolgante em St. Albans?

– O porquinho-da-índia está morto.

– O quê? O *seu* porquinho-da-índia? O que veio junto com a casa? Mr. Edmund?

– Mr. Edward – corrigi.

– Ai, meu Deus, não. – Celia disse isso quase para si mesma, e detectei um ligeiro tom de pânico em sua voz. Senti uma pontada de culpa.

– Está tudo certo. Eu estou bem – assegurei em tom pouco convincente.

– Fico tão triste, Ros – disse Celia –, mas ele devia estar ficando velho. Quantos anos tinha? Três ou quatro? Isso não faz dele um geriátrico? E ele teve uma vida tão linda com você, não foi, abençoado seja. Quero dizer, o que teria acontecido se você não tivesse adotado o bichinho? Ele não ia ser sacrificado? – Celia parou por um momento. – Olha, sei que é horrível, mas você não deve ficar muito angustiada com isso. Lembre-se de todos os pontos positivos em sua vida neste momento: uma linda casa, um emprego incrível, os amigos do trabalho, todas as pessoas que te amam tanto... Ros? – Olhei pelas janelas *bay window*, esquecendo a necessidade de responder. – Ros? Você ainda está aí?

– Estou.

– Só estou dizendo que muitas coisas estão correndo bem para você nesse momento e que esse porquinho-da-índia foi um roedor de sorte. Quem sabe o que teria sido dele se não fosse por você? Ele realmente teve sorte. Muita sorte mesmo. Você devia ter dado a ele o nome de Dr. Sortudo, de verdade! – Ela riu alegremente.

– Meu vizinho passou por cima dele com o cortador de grama.

– O quê?

– Meu vizinho – articulei lenta e deliberadamente, como se me dirigisse a uma criança – passou por cima dele – fiz uma pausa e respirei fundo – com o cortador de grama – outra respiração –, então enterrou os pedaços e veio aqui esta noite com um buquê de flores e um pedido de desculpas.

– Que horror! – Sua voz tremeu um pouco e perguntei-me se ela queria rir, mesmo contra a vontade. Eu mesma teria rido, mas sabia que essa risada teria o potencial de se tornar maníaca antes de acabar no tipo de choro desamparado que, graças a Deus, atualmente era cada vez menos frequente e em geral permanecia reprimido até a hora de dormir. Cobri o fone com a mão para impedir Celia de ouvir minha respiração curta, o prelúdio das lágrimas.

– Sabe, na verdade acho que é melhor falar com você mais tarde, Ce – declarei um instante depois. – Acabo de lembrar que tenho que...

– Tudo bem. – Ela me livrou da mentira amorfa com uma interrupção. – Na verdade, agora tenho que correr – falou com vivacidade, fingindo ignorar a angústia do outro lado da linha. – Mas amanhã preciso conversar com você sobre o que vamos fazer para o aniversário de papai – continuou, tentando me oferecer um foco alternativo e, ao mesmo tempo, preparando o terreno para verificar como eu estaria no dia seguinte. – Você pode providenciar o bolo, não pode? Sabe o quanto sou sem jeito para esse tipo de coisa. – Agora ela estava tentando fazer com que eu me sentisse necessária, capaz e superior. – Ligo amanhã, Ros. Bem cedo; espero que não se importe, mas vou passar a maior parte do dia com Ben no futebol, numa vala cheia de lama, sem recepção de celular. – Esta declaração final era, eu sabia, código para: *Vou telefonar antes do amanhecer e, se você não atender, vou entrar em contato com nossos pais e eles vão bater na sua porta às 7:30 da manhã.*

Isso de fato ocorreu numa manhã de domingo poucos meses atrás, quando resolvi ficar na casa de um amigo depois de um jantar e esqueci tanto meu celular quanto, ainda mais grave, a promessa de telefonar para minha mãe. Felizmente, quando eles não conseguiram acesso a minha casa, mamãe deu alguns telefonemas e ela e papai me localizaram antes de partirem para a "Segunda Fase" do plano magistral de meu pai. Este, como ele orgulhosamente me explicou mais tarde naquele dia, era "arrombar a janela da cozinha com meu novo pé de cabra. Você sabe, o que guardo no carro, em caso de necessidade".

Minha mãe teve ao menos a decência de girar os olhos àquela altura e acrescentar: "Você conhece seu pai, Ros. E ele estava desesperado para usar o pé de cabra novo."

– Ros? – Celia parecia ansiosa outra vez. – Ros? Você fica sumindo o tempo todo.

– Não, desculpe, estou ouvindo.

– Ótimo. Então nos falamos amanhã bem cedo?

– Isso. E eu estou bem, Ce. De verdade. É só um pouco, você sabe... – Tossi para esconder minha incapacidade de concluir a frase.

– Sei que você está bem. É uma coisa horrível de acontecer com qualquer um. Eu ficaria muito angustiada se alguém... Bem, de qualquer forma, montanhas de amor para você. – Ela estava cantarolando outra vez, o que reconheci como seu jeito de manter tudo na mais perfeita leveza. Celia não queria que eu me sentisse um peso, mesmo que eu soubesse que por vezes devia ser... Com frequência, na realidade.

– Para você também – disse e desliguei.

Entrei na cozinha e me servi de outra taça de Cava, consternada diante do meu próprio egoísmo. Por que diabos havia contado a Celia sobre Mr. Edward? Estraguei sua noite e detonei sua alegria com o que quer que ela houvesse planejado para o fim de semana à frente... planos que não queria mencionar para não fazer, involuntariamente, com que sua irmã mais nova, sem sorte e desesperançada, se sentisse ainda pior. E eu fui muito rude com meu pobre vizinho, o assassino de porquinhos-da-índia, que havia passado para se desculpar. Era evidente que eu mesma precisava pedir desculpas.

Capítulo 2

O ACONTECIMENTO QUE DEBILITOU de tal maneira minha capacidade de gerenciar meus sentimentos de perda e abandono pela morte de Mr. Edward envolvia um roedor de tipo menos atraente e ocorreu dezoito meses e três dias antes. Como dizem, foi um dia para recordar: o cenário perfeito, o vestido perfeito, as flores perfeitas, cento e oito convidados... e um completo e absoluto rato.

Eu ainda guardava o álbum, lembrança um tanto mórbida, cuja existência mantinha em segredo para que amigos e familiares não o vissem como justificativa para pedir a ajuda de dois profissionais da área de saúde, a fim de me internar. Continha apenas quatro fotos, que eu havia selecionado das cerca de vinte que o fotógrafo oficial havia batido naquele dia.

A primeira mostrava meu pai e eu, sentados juntos em um banco de ferro forjado no jardim da casa de meus pais. Ele havia passado o braço ao redor de meus ombros e sorríamos abertamente um para o outro. Fora batida mais ou menos dez minutos antes de entrarmos no carro antigo, de capota levantada, que estava a nossa espera – tenho uma foto dele também.

A terceira fotografia da coleção, um tanto masoquista, era espontânea e exibia a noiva e as damas de honra de pé diante da igreja. Antonia havia acabado de nos informar que, na pressa de sair do banheiro, tinha feito um pouco de xixi no vestido, e todas ríamos de forma incontrolável. Das quatro fotos, essa era a minha preferida, bem como meu maior tormento, por representar, como era o caso, a mais recente prova concreta de que eu havia sido uma pessoa feliz, talvez até mesmo muito feliz. Eu a examinava com frequência, tentando, mas invariavelmente fracassando, capturar esse sentimento e sentindo, ao contrário, um misto de pena e desprezo pela versão fotográfica de sete centímetros, sempre sorridente e ridiculamente otimista, de mim mesma. A última das quatro fotos guardei apenas como recordação do momento *anterior* ao instante do descarrilamento. Era uma imagem descentrada das costas de meu pai e de mim, captada quando as amplas portas internas de madeira da igreja foram abertas e nos preparávamos para percorrer a nave. O que não sabíamos, é claro, é que, do outro lado dessas portas, um padrinho suando em profusão nos aguardava para informar que, momentos antes, O Rato havia fugido do prédio, presumia-se que pela janela da sacristia, desaparecendo sem deixar vestígios.

NADA RECORDO DO RESTANTE do dia e pouco das semanas que se seguiram, passadas na casa de meus pais em Hertfordshire. Os dias fundiram-se em uma extensão homogênea, indistinta. Duas sessões por semana com uma terapeuta, Tina Sharpe, pouco fizeram para aliviar a situação. Tina era loura, linda e bem-sucedida, com uma casa de três andares, dois filhos de cabelos dourados e um marido deslumbrante. Pedia-me em tons suaves, supostamente tranquilizadores, que fosse devagar e deixasse a poeira baixar enquanto seus retratos de família me gritavam das paredes: "Perdedora!" Por fim, a noção de tempo e de realidade se reafirmaram, ocasião em que concluí que Londres e o trabalho eram preferíveis à perfeição escancarada de Tina e à preocupação ansiosa de meus pais. Assim, após dois meses de licença por motivo de saúde, com aparência esquelética e ainda dependente de antidepressivos para me ajudar a *entrar* no trem suburbano todas as manhãs, em vez de apenas ficar de pé na beirada da plataforma, pesando os méritos de *me atirar* embaixo dele, voltei a trabalhar.

Assim que retornei a minha mesa, meu chefe, Alan Bullen, reconhecendo minha "confusão mental e minha fragilidade emocional", como expressou em seu estimulante discurso de volta ao trabalho, prometeu fazer o possível para facilitar meu retorno e reduzir ao máximo a tensão. Parecia sentir certo grau de responsabilidade pessoal tanto pela situação quanto por minha reabilitação. Eu não sabia ao certo se ele via a si mesmo como uma espécie de figura paterna, apesar de ser apenas dez anos mais velho do que eu; porém, mais de uma vez, ele lamentou não ter sido capaz de evitar "A Tragédia", como a chamava. Fazia três anos que trabalhávamos juntos e, embora ele e a mulher, Anne, houvessem jantado conosco em diversas ocasiões, eu nunca o havia considerado um amigo chegado. Na verdade, por vezes achava Alan um pouco irritante, propenso a adotar uma abordagem muito mais pessoal e emocional em questões que diziam respeito à equipe do que eu achava útil. Após "A Tragédia", no entanto, comecei a ver o valor de seu jeito paternal, ou mesmo maternal, de lidar com os problemas das pessoas e, em meio a minha névoa depressiva, era silenciosa, interna e imperceptivelmente grata a ele. Ao mesmo tempo, percebia que, a despeito do quanto ele me desobrigasse da pressão e da responsabilidade, o verdadeiro problema era não recorrerem a mim. A pressão e ser capaz de lidar com ela não era a questão; importar-se era a questão – e eu, literalmente, não podia me importar menos – com nada. Enquanto *antes* ficava arrasada com um e-mail esquecido, um início tardio ou um nome com erro de ortografia, *depois* eu me esforçava para lembrar por que quaisquer dessas coisas tinham alguma importância.

Ao que se constatou, a extensão do problema ficou exemplificada, à perfeição e de forma decisiva, durante uma reunião com James Gaville, nosso um tanto desinteressante presidente e executivo, à qual cheguei atrasada. O objetivo da reunião era discutir o programa de seguro corporativo para o ano seguinte e, embora Alan fosse mais do que capaz de representar nossa divisão sozinho, ele havia, como parte de sua "Iniciativa dos 3Rs" (reintegrar, reabilitar e rejuvenescer Ros), me pedido que também participasse. A reunião estava correndo bem, acho, quando, no que mais tarde reconheci como uma tentativa atípica de humor, Gaville comentou, com ar implicante, que achou curioso o fato de, em algumas seções de um folheto corporativo, pelo qual eu era basicamente responsável, ele ter sido citado como James P. Gaville, enquanto que, em outras, havia sido relacionado como

James Gaville – *sem o "P"; eu tinha visto?* Em seguida, expressou uma consternação sorridente diante desse "horrível lapso de continuidade". Estou pouco lembrada da totalidade da troca de palavras que se seguiu. Basta dizer que, de minha parte, ela incluiu a revelação do fato de que a vasta maioria de seus empregados acreditava que o "P" na realidade significava "punheteiro", e, portanto, se fosse ele, eu acharia que quanto mais frequentemente fosse omitido, melhor. Na verdade, não fui demitida e Gaville foi até muito gentil, ainda que com uma expressão bastante tensa no olhar, no sentido de me encorajar a permanecer. Entretanto, dadas as circunstâncias, optei por aceitar a dispensa voluntária que Alan deu um jeito de cavar. Senti que o havia decepcionado de forma terrível e esse redespertar de pelo menos algum senso de responsabilidade só fez aumentar meu sofrimento. Ele foi, é claro, como nos últimos tempos eu havia me habituado a esperar, compreensivo até não poder mais e não pareceu me imputar a mínima culpa pela triste sequência dos acontecimentos. Na realidade, suas palavras de adeus ao me enfiar dentro de um táxi depois dos drinques de despedida foram: "Sinto muito, Ros. De verdade. Mais do que consigo expressar." E quando o táxi partiu e me virei para vê-lo me olhar com ar melancólico, peguei-me desejando tê-lo reconhecido como o ser humano afetuoso e gentil que se mostrou no início de minha carreira. E isso, é claro, só fez com que eu me sentisse ainda mais infeliz.

Capítulo 3

A ESSA ALTURA, ainda que desempregada e, com plena certeza, inadequada para qualquer emprego, eu não estava de forma alguma na miséria. Graças a um salário decente e à morte de avós e de uma tia-avó solteirona alguns anos antes, eu possuía um confortável apartamento de dois quartos em Muswell Hill, que havia conservado e alugado por temporada durante meu período de coabitação com O Rato. Essa renda de aluguel acumulada, aliada à poupança e a uma rescisão extremamente generosa, significava que eu não me encontrava sob pressão imediata, ou mesmo a médio prazo, para trabalhar.

Então, dei início a um período terminantemente *sem* trabalho. Para completar, decidi acrescentar à mistura "não comer", "não atender o telefone" e "mal tomar banho". Após três semanas de "Ros não", meus pais, minha irmã e vários amigos resignados instituíram uma escala de visitas inesperadas, que incluía aparecerem em meu apartamento sem aviso prévio, entre as nove da manhã e as oito da noite, sugerindo passeios, xícaras de chá e excursões de compras. Porém, na maioria dos casos, as visitas apenas resultavam em eles limparem a cozinha e o banheiro e então se sentarem a meu lado enquanto me mantinha atualizada assistindo a *This Morning*, a *Loose Women* ou a *EastEnders*, dependendo da hora do dia. No final, ficou evidente que se eu queria poder assistir televisão em paz outra vez, precisava, ao menos aparentemente, me reorganizar. Só não sabia bem como.

POR FIM, O "COMO" surgiu na forma de Tom Cline, de 1,90m, um advogado agradavelmente roliço e um de meus amigos mais antigos.

Abri a porta da frente às 7:15h da noite, na segunda quarta-feira da escala, e o encontrei casualmente encostado na parede do corredor, com uma expressão cansada e um tanto resignada no rosto.

– Ah, meu Deus. Eles também o meteram nisso? – perguntei.

– Desconfio que sim – ele suspirou. – Posso entrar ou o quê?

Recuei e o recebi com um gesto teatral de braço.

– Posso oferecer-lhe uma taça de vinho ou coisa parecida?

– O que você tem aí?

Fomos para a cozinha e abri a geladeira. Tinha plena consciência de que ele estava avaliando o local, reparando nas bancadas atravancadas e nos pratos sujos.

– Não é das mais arrumadas, eu sei – admiti.

– Você está certíssima, não é mesmo – ele falou em tom firme. – E se acha que vou beber isso – apontou para as garrafas tanto de vinho branco quanto de vinho tinto na geladeira, acima de uma variedade de verduras podres, presentes não consumidos das outras pobres almas que integravam a escala – está redondamente enganada.

Olhei para Tom, perguntando-me se ele esperava alguma resposta, alguma mostra de espirituosidade. Sua vez de estar enganado.

– Tudo bem – disse, pegando uma garrafa para mim.

– Pode parar – ele falou em tom preocupado, colocando a mão em meu braço. – Não posso deixar que você faça isso consigo mesma, Ros. – E partiu para o corredor antes de voltar com sua pasta. Abriu-a e dela tirou uma garrafa de Riesling, mostrando o rótulo com um sorriso orgulhoso, como um pai apresentando o primogênito para ser admirado. – Ta da! – sorriu.

Retribuí o sorriso e comecei a soluçar. Detendo-se apenas para enfiar sua estimada garrafa no freezer, Tom pôs os braços ao meu redor e me envolveu em um imenso abraço, antes de me levar de volta ao corredor e à sala de estar.

Meia hora mais tarde, eu havia parado de soluçar e estávamos sentados no sofá, assistindo aos capítulos atrasados de *EastEnders* e bebendo nossa primeira taça de vinho.

– Isso não pode continuar, Ros – disse Tom.

– Já me dei conta disso – funguei.

– Quero dizer, você está com uma aparência de merda e é um verdadeiro pé no saco para todos nós. Sua família está doente de preocupação e o resto de nós está perdendo socialmente. Eu devia estar jantando com Amy hoje, não sentado, assistindo Phil Mitchell encher a cara. De novo. – Ele me olhou de cima a baixo. – E, pelo bom Deus, Ros, você era um bocado gostosa. Agora parece a mendiga do Tâmisa, aquela que usa sapatos enormes.

– A do gorro de tricô que parece um abafador de bule?

Ele tomou um gole de vinho e tornou a se virar para a TV.

– A própria.

Olhei para minha blusa florida mal abotoada e para a calça de moletom cinza e tentei me importar, mas realmente não consegui enxergar o problema. Elas estavam limpas, fora duas pequenas manchas de vinho tinto e um pouco de alguma coisa do almoço da véspera. Além disso, eu não estava a ponto de sair para farrear na cidade. Olhei de relance para o perfil carrancudo de Tom e cogitei em alegrar o ambiente buscando o abafador de bule na cozinha para enfiar na cabeça. Seria engraçado, não? Mas eu não tinha certeza e, pensando melhor, na verdade talvez me fizesse chorar outra vez, e quiçá também Tom, então descartei a ideia.

– Ah, Amy, a esgrimista olímpica formada em Cambridge que corre feito uma desesperada – disse, em vez disso.

– Esgrimista da Comunidade Britânica das Nações, nunca chegou às Olimpíadas. Ian Beale continua em *EastEnders*? Jesus.

– Ah é, desculpe... esqueci. Sua ambiciosa carreira médica interferiu no esfaqueamento de pessoas, não foi?

Ele pareceu surpreso e virou-se para me encarar.

– Sabe – disse sorrindo –, a pessoa agradável que você era ainda está aí em algum lugar. – Ele pegou o controle remoto, desligou a TV e colocou o braço ao meu redor. – O que aconteceu foi horrível, Ros. Sem dúvida, horrível. Mas você mal tem trinta anos. Não deixe que isso estrague toda a sua vida. – Ele apertou meu ombro. – Todos esperávamos que você estivesse se sentindo melhor quando voltou a trabalhar. Mas, sabe, mesmo depois do que aconteceu por lá, você podia enxergar tudo como uma oportunidade legítima de construir um novo começo. Podia...

– **Você o viu?** – interrompi.

Tom suspirou e se sentou de braços cruzados.

– Você sabe que sim.

– Recentemente. Você o viu recentemente?

– Na semana passada. Nós nos encontramos para beber.

– Ah!

Tom não deu mais informações e tentei deixar as coisas como estavam, mas, após um breve e hesitante conflito interno, perguntei:

– Ele já explicou por quê?

Tom revirou os olhos.

– Não, não explicou – respondeu. – E parei de perguntar – acrescentou, claramente irritado. – Ah, meu Deus, por favor, não chore outra vez, Ros, do contrário eu mesmo vou procurar os malditos antidepressivos.

– Estou chorando porque minha medicação foi reduzida – gemi, apertando os olhos com força.

– Que momento fantástico! – ele exclamou, furioso. – Jesus, quem é o seu médico? Alguém pesquisou as qualificações dele? Provavelmente é um desses malditos tapeadores sobre os quais a gente lê nos jornais, com um certificado de conclusão do ensino médio e um diploma de natação de cinquenta metros livres.

Fez-se um silêncio desagradável, durante o qual sequei os olhos com um rolo de papel higiênico gasto que encontrei no bolso de minha calça de moletom, e Tom esfregou a nuca, o que eu sabia que era um indício de extremo desconforto. Quando por fim falou, seu tom era outra vez gentil.

– Sinto muito, Ros. Mas seria bom ter você de volta, sabe. De onde quer que você tenha ido.

– Mal lembro de mim – solucei baixinho, apoiando-me nele e assoando o nariz. – Às vezes, tento pensar como a outra Ros teria lidado com a situação, ou o que teria dito, mas não consigo. Além disso, quando penso no que ela fez, no que aconteceu, como posso fazer outra coisa além de desprezar essa pessoa? Como ela pode ter sido tão idiota? – Era um questionamento genuíno, e olhei para Tom em busca de resposta.

– Você não foi idiota. Ninguém esperava por aquilo. Todos achavam que vocês eram o casal perfeito... – Ele fez uma pausa hesitante e encheu nossas taças antes de continuar. – Olhe – sorriu –, não sei se contar isso torna as coisas melhores ou piores, mas ele diz que ainda a ama. Muito. Está inconsolável com o efeito que isso teve sobre você.

– Eu sei. – Ri com amargura. – Celia contou a mesma coisa.

– Se existisse outra mulher envolvida, eu teria ouvido falar e teria lhe contado porque, de acordo com Amy, não tenho o menor tato, sutileza, nem capacidade para julgar uma situação. Mas não existe mais alguém e ele também não contou a ninguém por que fugiu naquele dia; só que teve que fazer isso.

– Ah, pelo amor de Deus – falei com raiva.

– Talvez ele esteja tendo algum tipo de colapso nervoso prolongado – sugeriu Tom.

– A firma vai bem, pelo que fiquei sabendo.

– As pessoas desmoronam de forma diferente, Ros, você sabe. Nem todos os que têm problemas de saúde mental acabam falidos e no hospício.

– Não acabam?

– Ah, pelo amor de Deus, não sei – ele suspirou, esfregando a testa. – Só estou tentando impedi-la de chorar em cima de mim outra vez. Esta camisa me custou uma fortuna e agora está cheia de meleca. – Ele apontou para uma mancha grande na manga direita.

Sorri.

– É isso aí – disse –, e mal ouvi o rangido dos músculos faciais. Agora – prosseguiu, abrindo a pasta –, tenho uma proposta de negócios para você.

– Está falando sério? – perguntei.

– Totalmente. – Ele extraiu um maço de papéis e fechou a pasta. – Está preparada?

– Pareço preparada?

Ele me olhou com ar incerto.

– Quer saber de uma coisa? – ele prosseguiu depois de uma ligeira pausa. – Você lida com o que quer que esteja pendurado na sua narina esquerda e vamos resolver isso de qualquer maneira.

Capítulo 4

Poucos meses depois da assinatura do acordo proposto por Tom, meu dia a dia havia mudado de forma considerável. Eu havia relocado o apartamento no código postal londrino N10 e alugado uma casa de dois quartos, mais um de despejo, semidilapidada e semigeminada, em St. Albans, com um jardim parcialmente inóspito de oitenta metros, lar de pelo menos uma raposa, um galpão caindo aos pedaços e um porquinho-da-índia, Mr. Edward. Este último tinha vindo com a casa, já que os donos anteriores não puderam levá-lo para o exterior. Embora nunca tenha pensado em comprar um animal de estimação, eu sentia verdadeira afeição por Mr. Edward e passava mais tardes do que o necessário limpando sua nova gaiola e a roda de correr, depois sentada com ele no colo, fosse na cozinha ou no que se aproximava a um gramado, não exatamente alegre, mas longe de me sentir infeliz.

A proposta comercial de Tom consistira em um investimento na Chapters, livraria de seu amigo e ex-colega Andrew O'Farrell, especializada em livros usados e antigos, em St. Albans. O negócio havia decolado, ou pelo menos engatado uma corrida leve, e Andrew estava à procura de um pequeno investidor que fornecesse o dinheiro de que necessitava para comprar e reequipar um local maior. Eu me encaixava nesse perfil e, além de injetar capital, fui designada para trabalhar três dias por semana, em regime de meio expediente e dois em expediente integral, "coadministrando" a loja. Na época, eu representava uma sócia não tanto passiva quanto semiconsciente e, durante as primeiras semanas de trabalho, quando quebrava diariamente a caixa registradora, não lembrava que o cliente estava sempre certo, guardava as chaves no lugar errado e, o que era pior, não demonstrava o grau adequado de preocupação com quaisquer desses incidentes, tinha certeza de que Andrew teria pagado de bom grado mais do que meu salário semanal só para que eu desaparecesse. Mas o contrato era bem claro: eu vinha junto com o dinheiro. O marido de Celia, David, examinara o contrato como meu representante, e me mantivera a par das repetidas tentativas de minha mãe de influenciá-lo em inclusões e alterações que, segundo ele, visavam mais meu bem-estar emocional do que enfileirar os milhões. Não fiquei nem um pouco surpresa com isso e não tinha dúvidas de que, se pudesse, ela teria inserido uma cláusula no seguinte sentido: "O contratante da primeira parte compromete-se, além disso, a lavar o corpo inteiro, escovar os cabelos e dentes e sempre usar trajes que combinem."

No passado, portanto, haviam ficado as viagens diárias de trem para a City, os contratos, os almoços de negócios e reuniões. Também ficaram no passado os coquetéis em pubs escuros depois do trabalho, as boates movimentadas e adegas subterrâneas; tudo isso fora substituído por uma caminhada ou um passeio de bicicleta ao centro de St. Albans, prateleiras de livros velhos, sanduíches de salada de frango mastigados atrás de uma caixa registradora, xícaras de chá e conversas leves e inconsequentes com meus três novos colegas de trabalho: Andrew, George e Joan.

Por um curto intervalo, de tempos em tempos, continuei a visitar meus velhos redutos londrinos com ex-colegas, mas em todas as ocasiões, à exceção de meus drinques exclusivos com Alan, senti-me pouco à vontade, ciente de que todos enfrentávamos o dilema de nos referirmos ou não ao Rato. Ele era o elefante metafórico na sala, e o esforço por ignorá-lo como tema de conversa era demasiado embaraçoso. Somado a isso, a viagem noturna de ida e volta à capital começou a parecer um fardo e nas poucas ocasiões que meus amigos da cidade ficavam impossibilitados de comparecer eu sempre sentia um alívio culpado. A consequência óbvia foi aos poucos começar a vê-los cada vez menos, até não sentir mais necessidade, nem por educação, nem pelo lado emocional, de manter contato.

Capítulo 5

Sentada em minha sala de estar, bebendo uma taça de Cava e entregando-me a uma tranquila sessão de autoavaliação em uma sexta-feira à noite, cerca de dezoito meses após o dia de meu quase casamento, surpreendi-me ao constatar que minha situação poderia ser descrita como "significativamente melhor". Eu de fato gostava de meus colegas de trabalho, St. Albans ajustava-se a meu estado de espírito, eu já não pensava diariamente no Rato e, mais importante, estava claro que meus amigos e familiares preocupavam-se menos comigo, o que julguei uma confirmação objetiva da mudança para melhor.

O que deixei de avaliar naquele momento foi que a contínua melhora em minha perspectiva e circunstâncias não havia, ainda, sido ameaçada por desafios reais, decorrentes de qualquer tipo de pressão pessoal, financeira ou profissional – minha família e amigos haviam se certificado disso. A morte inesperada de um animal de estimação, portanto, embora comparativamente sem importância pelos padrões normais dos acontecimentos da vida, para mim representaria o primeiro teste real da capacidade de lidar com um sofrimento emocional recente. E por mais inegavelmente inconsequente que o incidente tenha parecido a princípio, não seria exagero dizer que a morte prematura de Mr. Edward iria revelar-se um momento de igual importância à fuga do Rato, em termos dos efeitos sobre mim e do transcorrer da minha própria história.

É claro que eu não sabia nada disso quando me levantei, tornei a amarrar o roupão e fui atender a porta naquela noite tranquila de final de abril. Naquele momento, quando olhei pela janela para ver quem estava batendo, senti apenas contrariedade por minha noite

25

pacata com uma garrafa de bebida e um DVD de *Razão e sensibilidade* ver-se ameaçada por um sujeito barbado com um buquê. Ele não parecia um entregador da Interflora e, em todo caso, eu tinha certeza de que as flores não eram para mim. Encaminhei-me ao corredor e à porta da frente, fazendo muxoxos enquanto lutava para conservar meu turbante de toalha no lugar.

Ao abrir a porta, meus pensamentos voltaram-se de imediato para empanados de peixe e Robinson Crusoé. Meu visitante era bonito, com mais de 1,83m de altura, vestia um suéter cinza encardido, que parecia ter sido tricotado nas traves de um andaime, e ostentava a espécie de barba que em geral é mantida no lugar com arame de jardim sobre as orelhas. No entanto, tão logo articulou um hesitante "Oi... boa noite", a voz revelou que ele era não o lobo do mar coberto de sal que eu havia presumido, mas, na realidade, era bem-educado e muito provavelmente havia nascido nos arredores de Londres. A impressão geral era a de aparência e fala serem completamente incompatíveis e bastante inquietantes. Dei meio passo para trás e fechei um pouco a porta.

– Oi – ele repetiu, ensaiando um sorriso tão pouco sincero e trêmulo que só serviu para me alarmar ainda mais. – Você é a senhora – ele olhou de relance para minha mão esquerda, pousada na moldura da porta – ou Srta. Shaw? Estou no número certo?

– Em que posso ajudar? – perguntei, relutante em divulgar informações pessoais.

– Er... bem, sim. Olá. Outra vez. Meu nome é Daniel McAdam. Sou seu vizinho. Bem, não realmente seu vizinho. Meu jardim dá fundos para o seu jardim. Ou coisa do tipo... – Ele gesticulou em direção aos fundos da minha casa, ensaiou outro sorriso e desistiu, de forma bastante sensata, e parou.

– Entendo – falei, embora a essa altura ainda não estivesse entendendo nada.

– Moro na rua Clarendon...? – arriscou ele. Isso era uma pergunta?

– Tudo bem... – fiz uma pausa e, não obstante minha inquietação, consegui refletir que aquilo era outra contradição. As casas na rua

Clarendon eram todas de tamanho considerável, bem conservadas. Veja bem, talvez uma delas fosse uma clínica ou, melhor ainda, um centro de reabilitação. Eu podia apostar que os outros moradores adoravam. – Certo, bem, foi um prazer conhecer o senhor, Sr. McAdam, mas estou prestes a colocar as crianças na cama, então...

– Você tem filhos? – Ele parecia agoniado. – Sylvia disse que achava que não.

– Sylvia?

– Minha vizinha do lado. Ela conhece o seu senhorio.

Comecei a perder a paciência.

– OK, bem, não, Sylvia tem razão, na verdade não tenho filhos. O que eu quis dizer é que minha sobrinha e meu sobrinho vão passar a noite comigo e eu ia colocar os dois para dormir. Então...

– Meu Deus, tudo bem, me desculpe, é só um pouco difícil. – Ele mordeu o lábio inferior e me distraí com o pensamento de que a sensação devia ser semelhante à de mascar uma escova de dentes. A barba era realmente terrível... ele tinha que estar em algum tipo de programa de reabilitação de álcool. Ou talvez fosse apenas rico e estranho. Recordei o aparente mendigo no qual havia tropeçado, ao sair certa noite em Londres, vários anos antes. Foi só quando parei para me desculpar por minha falta de jeito que reconheci que o sujeito era um ator famoso e premiado. Talvez meu vizinho fosse igualmente rico e excêntrico.

Percebi que ele estava falando outra vez:

– ... e, então, perguntei se alguém tinha um porquinho-da-índia ou um coelho anão, e Sylvia disse que sim, que achava que você tinha.

– Ah, meu porquinho-da-índia! – por fim entendi. – Ele fugiu de novo? Ele é muito safado. Foi passear no seu jardim? Me desculpe. Só Deus sabe como ele sai. Você prendeu o bichinho? Vou só vestir um jeans e volto para ajudar.

O sujeito continuou de pé, imóvel, na soleira da porta. Era difícil entender suas emoções, visto que aproximadamente sessenta por cento de seu rosto encontravam-se cobertos de pelos. Mas pensei ver uma extrema tristeza, talvez matizada por uma ponta de medo, nos olhos azuis visíveis entre as sobrancelhas e a barba.

Olhei para o buquê, em seguida retornei àqueles olhos agonizantes de pescador.

– Ele está bem?

Daniel balançou a cabeça.

– O que aconteceu? – perguntei.

E então, enquanto ele explicava a protuberância no gramado, o movimento irrefreável do cortador de grama e exprimia seu extremo e profundo pesar, fechei a porta delicada, porém firmemente, em sua cara, diante de suas flores, e voltei à minha garrafa de Cava, escorando com cuidado o turbante de toalha à medida que caminhava.

CAPÍTULO 6

– ENTÃO, DEIXE EU entender isso direito, querida – disse Joan enquanto bebíamos chá em canecas e preparávamos a loja para abrir na segunda-feira seguinte pela manhã. – Esse jovem cavalheiro retardado.

– Joan – interrompeu Andrew, parando de colocar os Hardys recém-adquiridos em uma prateleira e virando-se para olhar para ela do alto de seu banquinho –, não sei se esse é um termo com o qual as pessoas fiquem inteiramente à vontade hoje em dia. – Seu rosto permaneceu impassível, mas detectei uma leve irritação em seu tom de voz. Ele parecia prestes a dizer mais alguma coisa, mas então pensou melhor e, em vez disso, voltou sua atenção aos livros.

– É claro. – Joan sorriu com ar benigno, parecendo completamente tranquila com a repreensão. – Me perdoe, Andrew, pertenço a uma geração diferente e às vezes me esqueço da necessidade de usar um estilo mais atualizado, mas você tem toda razão. Vou começar de novo. – Ela limpou deliberadamente a garganta e reduziu a velocidade de sua fala à metade da habitual. – Esse *débil mental* – disse com ênfase e um aceno radiante de cabeça na direção de Andrew – fez picadinho de Mr. Edward e então levou flores à guisa de pedido de desculpas. Foi o que aconteceu, minha querida?

Olhei de relance para ver se Andrew morderia a isca, mas, a não ser por um ligeiro arquear de ombros, ele não demonstrou nenhuma reação.

– Isso mesmo – respondi –, e fui incrivelmente rude com ele. Mas, Joan, não tenho certeza se ele era de fato... – hesitei, com a mente em branco quanto ao termo politicamente correto – er... simplório – prossegui em tom mais baixo, na tentativa de evitar que

Andrew escutasse. Um suspiro alto vindo de sua direção me informou que eu havia fracassado.

– Aah, você não deve ser tão dura consigo mesma, Rosalind, querida. – Joan apertou minha mão livre. – Quem sabe! O fato de ser simplório pode significar que ele não tenha sequer percebido que você estava sendo rude. Quando eu era criança, tínhamos um *idiot savant* morando do outro lado da rua e ele...

– Meu Deus – resmungou Andrew, baixando a pilha de Hardys, descendo e dirigindo-se à área da pequena cozinha nos fundos da loja.

– ... e ele – continuou Joan, aparentemente alheia à saída desesperada de Andrew – enfrentou um preconceito terrível, mas se manteve na mais feliz ignorância de todas as coisas desagradáveis. Teve uma vida muito feliz, acredito. – Seu olhar se perdeu a meia distância. – Foi isso... Michael Baines; babava muito, mas seus desenhos a lápis eram simplesmente maravilhosos.

– Verdade? Isso é fascinante, mas não tenho certeza de que meu homem esteja exatamente na mesma categoria que Michael Baines – falei, terminando meu chá e seguindo Andrew ao interior da cozinha. – Ele só parecia um pouco estranho e se vestia de forma bastante esquisita, como se sofresse de... uma leve a moderada dificuldade de aprendizagem – concluí, sorrindo para Andrew, que estava encostado a um armário, os braços cruzados, olhos fixos no teto, procurando desesperadamente seu lugar feliz, foi o que imaginei.

Pensei, não pela primeira vez, que o relacionamento entre Andrew e Joan era fascinante. Muitas vezes, me parecia que ele preferia estar onde Joan não estivesse, indo para o andar de cima, por exemplo, sempre que ela contava algum episódio de sua juventude – o que invariavelmente envolvia a si mesma, álcool e nudez ao ar livre. Desde o momento em que ela me cumprimentou, no primeiro dia, com um longo abraço e as palavras "Pobre querida, Rosalind. Os homens podem ser uns merdas, não podem, querida?", percebi que Joan era o que comumente se chama de "linguaruda", embora preferisse a classificação "espírito livre", que usava com frequência para referir-se a si mesma. Tinha sessenta e dois anos, não era casada, era apaixonada por teatro amador, trabalhava em horários flexíveis na loja para complementar sua pensão e morava sozinha, salvo pelo "obrigatório gato da velha maluca", como dizia Andrew.

Pessoalmente, mantinha minhas desconfianças de que Joan nada tinha da velha maluca por quem Andrew a tomava e, na realidade, extraía considerável diversão de sua capacidade de afastá-lo de um cômodo, como que por telecinesia. Mas, não obstante o que sentissem um pelo outro, era evidente que Joan amava seu trabalho e Andrew não podia negar que, do ponto de vista comercial, ela era um verdadeiro trunfo, sendo muito popular com os clientes. Mais de um parava para bater papo com ela e saía com um ou dois livros, ao que tudo indicava, comprados de forma involuntária sob a influência de "Joany".

Nesse meio-tempo, ela havia se juntado a nós na cozinha com sua caneca de chá vazia e a determinação de não deixar a conversa morrer.

— Então, querida — disse, começando a lavar a caneca. — E agora?

Olhei para ela.

— O que você quer dizer?

— Bem — ela colocou a caneca no escorredor e secou as mãos —, já pensou em como vai começar a suavizar a perda de Mr. Edward?

— Er... — Olhei de relance para Andrew, à espera de vê-lo arrancar os cabelos, mas em vez disso ele ficou me olhando com algo próximo ao interesse. —... bem, acho que posso conseguir outro porquinho-da-índia... no devido tempo. — Parei, esperando que a resposta a satisfizesse. Não tive essa sorte.

— Acho, minha querida, que talvez seja hora de deixar de lado os roedores. Estava pensando mais no sentido de... — Foi interrompida pelo som da porta da loja ao ser aberta e pelo tilintar do sino que pendia sobre ela. — Aah, cliente! — Ela sorriu de alegria e desapareceu. Suspirei, sentindo-me aliviada, e olhei para Andrew.

— Salva pelo gongo — ele falou com um vestígio de sorriso. — Não se esqueça — continuou, virando e saindo da cozinha —, isso é algo em que pensar, não é?

Fiquei um pouco surpresa com o comentário, mas, por outro lado, apesar de passar a maior parte da semana com ele fazia mais de seis meses, eu tinha a impressão de que, na verdade, mal conhecia Andrew. Na aparência, ele era um irlandês sério, muito inteligente, inteiramente voltado para o trabalho, de fala mansa e, conforme confessei a mim mesma desde o início, nem um pouco desinteressante, graças aos olhos verdes, aos cabelos negros e espessos e, é claro, ao sotaque. Em nosso primeiro encontro, pensei de imediato em pelo menos duas amigas solteiras às quais poderia apresentá-lo; no entanto, não custei muito a perceber que ele se achava decididamente fora do mercado, assim como eu.

Por intermédio de Tom, descobri que Andrew havia se mudado de uma cidadezinha em Galway para Londres quase dezessete anos antes, a fim de frequentar a universidade, e decidira continuar no Reino Unido após concluir os estudos. Essa história breve e um tanto maçante foi complementada e ligeiramente matizada pelo quarto membro do quadro de funcionários da livraria, Georgina, ou George, como preferia ser chamada. Ela contou que o verdadeiro motivo por que Andrew havia decidido não voltar à Irlanda fora que, ao final do curso de graduação, ele havia se apaixonado loucamente e permanecido nesse estado de bem-aventurança por bons sete ou oito anos, até a morte de sua companheira, em circunstâncias trágicas, mas frustrantemente vagas. O relato dessa história triste foi rematado pelo fato de que Andrew não havia se envolvido em nenhum relacionamento sério desde então. Manifestei minha surpresa por George ter conseguido extrair dele esse nível de informação pessoal, o que ela explicou com o comentário de que Andrew era "mais comunicativo depois de uma ou duas Guinness".

Talvez por parecer demasiado debilitada em termos emocionais devido a meu passado recente e infeliz para estar interessada no de qualquer outra pessoa, ou talvez por nunca ter lhe pago uma Guinness, Andrew não me havia confiado nada mais pessoal do que um profundo amor por James Joyce e Ted Hughes. Em minha experiência e companhia, um Andrew desprovido de Guinness mostrava-se indiferente e constantemente pouco sociável quando as conversas entre os funcionários voltavam-se para qualquer coisa mais pessoal do que fixar o preço de Shakespeare ou realocar suas preciosas primeiras edições. Eu o admirava por quase sempre conseguir disfarçar sua frustração por ver-se trabalhando com três mulheres tão visivelmente pouco propensas a levá-lo, ou ao seu negócio, a sério. No entanto, à exceção de mim, a quem ele estava atrelado quer gostasse ou não, Andrew havia escolhido a dedo seus funcionários – portanto, era difícil sentir muita pena quando ele por vezes parecia desgostoso, como se o caráter trivial de nossas conversas estivesse prestes a fazer suas orelhas intelectuais sangrarem.

QUANDO GEORGE APARECEU na loja mais tarde naquela manhã, Joan não deve ter perdido tempo em informá-la da morte prematura de Mr. Edward. Voltei de uma saída de quatro minutos para colocar um anúncio sobre a gaiola ociosa na banca de jornais local e a ouvi concluir sua versão com a frase: "babava constantemente, mas produzia desenhos a lápis absolutamente maravilhosos". Por sorte, Andrew não estava em parte alguma.

– Ah, Ros... – George girou na cadeira quando entrei –, Joan acaba de me contar sobre o pobre Mr. Edward. Meu Deus, e coitada de você também. Deve ter sido um choque terrível. – Ela olhou para mim com genuína preocupação e um sorriso solidário e ocorreu-me, não pela primeira vez, que ela era o que, em outros tempos, eu talvez aspirasse a me tornar.

George era a mãe muito atraente, bem-vestida e bem assessorada de Lottie, de seis anos. Seu marido, Mike, trabalhava na City e, mesmo antes de ter visto sua casa, eu sabia, por seu relato do dia de trabalho do marido, que ela não precisava de seu "empreguinho", como o chamava. Trabalhava em horário escolar dois dias por semana e, quando não estava cuidando da filha e abrindo a casa para toda a gente, praticava jogging, jogava tênis, reestofava móveis, voluntariava-se para trabalhar na escola, frequentava cafeterias e organizava e comparecia a jantares. Era ex-contadora e sua conversa mole e frívola camuflava, mas não conseguia de todo esconder, uma acentuada inteligência intelectual e emocional, que se revelava nas ocasionais referências a temas mais sérios e em sua sensibilidade para com as pessoas ao seu redor. Sim, George tinha o estilo de vida e a graça que eu cobiçava e, só de vez em quando, era doloroso gostar tanto dela, mas eu não conseguia evitar.

– Bem... fiquei um pouco triste no fim de semana – sorri –, mas agora estou me sentindo bem melhor. Na verdade, você não quer a gaiola, quer, George? Lottie ia gostar de um animal de estimação?

– Ela ia adorar – suspirou George, desprendendo suas várias pulseiras do casaco de casimira azul-claro que trazia pendurado no braço. – Mas Mike ia ficar furioso. Ouviu muitas histórias sobre o Nev Travesso para concordar com um porquinho-da-índia ou um coelho... ou qualquer outra coisa, na verdade – concluiu baixinho, ainda sorrindo para mim.

– Nev Travesso? – perguntei.

– É, era um coelho doméstico. Ganhei Nev pouco depois que comecei no meu primeiro emprego decente – suspirou. – Pobre Neville. Ele era lindo, mas fazia cocô pela Inglaterra inteira, menos na sua bandeja sanitária. Na verdade, fazia em qualquer lugar, menos nela. Além disso, roía todos os fios elétricos que conseguia encontrar. Na realidade – seu sorriso murchou –, isso foi literalmente sua morte. Ele mastigou o fio da geladeira.

Joan balançou a cabeça.

– Meu Deus! Quantas histórias tristes sobre animais de estimação hoje. Mas vocês sabem – prosseguiu, cutucando George –, também conheci um Neville meio travesso: meu tio-avô Neville. Era, bem, acho que hoje em dia vocês teriam que dizer que ele era viciado em sexo. Estava sempre lambendo os beiços e esfregando a parte interna das coxas. – Joan se levantou para demonstrar. – Assim. O tempo todo. Até durante a missa.

George cuspiu quando o chá que estava bebendo desceu pelo caminho errado, e enquanto Joan continuava sua história de disfunção familiar, não percebemos que Andrew havia se juntado a nós.

– Oi, George – ele cumprimentou. – O que você está fazendo aqui?

Ela respondeu com um sorriso, erguendo o casaco.

– Esqueci isso na sexta-feira – falou, pondo-se de pé. – Mas, na verdade, tenho outro motivo para estar aqui. – Vasculhou a bolsa Mulberry e dela tirou três envelopes prateados. – Isso é para vocês – disse, entregando um para cada um de nós. Joan foi a primeira a abrir o seu.

– Ah, que maravilha! – arfou, levando a mão ao peito. – Uma festa de aniversário!

– Meu Deus, então Mike vai fazer quarenta – falei, examinando meu convite. – Acho que eu não teria adivinhado.

– Não, ele está conservado, não está? – perguntou George, reaplicando o bálsamo para os lábios que tirou da bolsa. – Está melhor que eu, de qualquer forma, e é quatro anos mais velho.

Andrew murmurou alguma coisa, o que nos fez virar e olhar em sua direção. Ele corou de leve e disse:

– Desculpe, eu estava falando sozinho, me perguntando se estou livre nessa noite.

– Bem, se descobrir que tem um compromisso, espero encarecidamente que você dê um jeito – disse George, aproximando-se e socando-o de leve no braço. – Você tem meses e meses para reorganizar as coisas e vou comprar Guinness especialmente para você, então seria muito rude você não ir. Joany e Ros vão estar lá, não vão, meninas? – ela perguntou, tornando a virar-se para nós.

– Toda emperiquitada – disse Joan.

Olhei para Andrew e perguntei-me se ele compartilhava minha preocupação de que isso viesse a ser a mais literal das verdades.

– Claro, obrigada, George – respondi. – Vou adorar.

– E... – disse George com uma piscadela, encaminhando-se à porta – os três podem levar quem quiserem. Portanto – acrescentou ela, de saída –, desenterrem os livrinhos pretos e comecem a telefonar.

Joan voltou ao caixa e pôs-se a tagarelar sobre vestidos enquanto Andrew e eu permanecemos no lugar, ambos, desconfio, sentindo-se igualmente estranhos.

– Bem – suspirei –, fora desenterrar Mr. Edward e lutar com um tubo de supercola, não sei se tenho alguma ideia imediata de quem levar como acompanhante. – Andrew respondeu apenas com um sorriso amargo. – E então – perguntei –, quem você vai levar?

– Posso levar Sandra – ele respondeu.

– A Sandra gay? – perguntei.

– É, ela é gay – disse, me encarando –, mas, sabe, tenho reparado que os gays conseguem gostar de festas, apesar de sua deficiência.

Comecei a negar qualquer preconceito, mas, para minha surpresa, ele riu de repente.

– Estou brincando, Ros – falou, voltando ao andar de cima.

– Tudo bem – disse, um pouco desconcertada pela explosão de jovialidade. – Sabe, se você tiver amigos gays do sexo masculino que gostem de festas, pode dar meu telefone. Ei, mas ninguém que tire mais as sobrancelhas do que eu, por favor – acrescentei em alto e bom som quando ele desapareceu de vista.

A cabeça de Andrew reapareceu no topo da escada.

– Por sorte – disse ele –, adoro um desafio.

Capítulo 7

Eram sete da noite quando virei a esquina da rua Clarendon e comecei a tentar definir qual das casas dava fundos para a minha. As casas eram grandes demais e os jardins, muito extensos para que eu localizasse minha casinha semigeminada. Levei vários minutos subindo e descendo pelo meio da rua antes de me sentir confiante para bater em uma das portas.

A primeira casa que escolhi possuía uma ampla entrada de garagem em cascalho, grandes janelas *bay window* de ambos os lados da porta principal e vigas imitando o estilo Tudor. Quando me aproximei, não vi nenhum indício de que o lugar fosse um albergue ou uma clínica, e uma espiada por uma das janelas revelou que a casa era decorada em um estilo que minha mãe teria aprovado: várias peças de mobiliário aparentemente antigo; uma luminária de chão em metal com quebra-luz bege; um espelho grande e ornamentado em cima da lareira de mármore claro e, nas paredes, uma variedade de pinturas de paisagem, em uma composição de molduras douradas e de madeira. Perguntei-me se Daniel McAdam por acaso não moraria com os pais. Isso seria mais provável do que a hipótese da clínica.

– Em que posso ajudar? – perguntou uma voz cortante às minhas costas. A porta da frente havia se aberto sem que eu me desse conta; virei-me e vi uma mulher de meia-idade, cujos cabelos, que estavam ficando grisalhos, exibiam um corte tão austero quanto seu tom de voz.

– Ah, me desculpe – declarei, corando –, eu só estava tentando ver se tinha alguém em casa e...

– Posso lembrar que tocar a campainha talvez seja um método mais eficaz de determinar isso do que ficar espiando o interior das salas de visita? – ela repreendeu.

Suas feições endureceram em uma expressão de concreta desaprovação e, percebendo que me restavam poucas esperanças de agradar, olhei para o relógio e decidi ir direto ao assunto.

– Certo, bem, estou com um pouco de pressa. – Ela abriu a boca para dizer mais alguma coisa, mas não parei para respirar. – O Sr. McAdam mora aqui?

– Não – ela respondeu, apertando os olhos –, não mora. – Era evidente que estava desesperada para saber quem eu era e por que precisava falar com o Sr. McAdam, ao mesmo tempo que percebia que não se encontrava em posição de perguntar. Sorri amigavelmente, deleitando-me com sua angústia, sem fazer qualquer tentativa de preencher o prolongado silêncio que se estabeleceu entre nós. Quando não conseguiu mais aguentar, ela informou: – Ele mora na casa ao lado. Número 21 – antes de fechar a porta com muito mais força do que o necessário.

Estendi meus agradecimentos à superfície negra e lustrosa da porta, e tornei a percorrer o acesso de veículos e a atravessar os portões de madeira antes de virar à esquerda e penetrar no acesso à garagem adjacente, dessa vez pavimentado com pequenos ladrilhos cinza, elegantes e alongados, dispostos em um padrão geométrico atraente.

A casa a minha frente era uma variação do imóvel vizinho; ligeiramente menor e sem as vigas, mas, fora isso, basicamente a mesma coisa. Dessa vez, não houve necessidade nem mesmo de pensar em bater, pois uma mulher, que imaginei ter mais ou menos a minha idade, saiu da casa, arrastando atrás de si uma pequena mala com rodinhas e carregando uma chave de segurança, que agora apontava em direção a um miniconversível prata, parado no acesso à garagem.

Ela olhou para mim, balançando os cabelos louros brilhantes para afastá-los do rosto delicado e levemente bronzeado.

– Oi. – Deu um sorriso deslumbrante ao abrir o porta-malas do mini e colocar a bagagem em seu interior.

– Olá – retruquei, desejando ter pensado em usar fio dental antes de sair de casa –, estou procurando por Daniel McAdam. É o endereço certo?

– É – ela respondeu. – Mas ele tem uma reunião com um cliente no jantar e vai demorar um pouco. Você sabe como essas coisas se arrastam. Graças a Deus não era para os parceiros, ou eu mesma estaria empacada lá. – Ela me cegou com outro sorriso antes de continuar: – Talvez eu possa ajudar em alguma coisa? Mas – ela olhou de relance para o relógio – acho que tem que ser rápido, porque já estou ficando um pouco atrasada.

Espantava-me qualquer possível ligação entre essa mulher e Daniel McAdam. Havia acabado de insinuar que ele tinha algum tipo de emprego remunerado? E que era namorada dele? Como era possível? Vi-me rapidamente reavaliando minhas lembranças de sua aparência, ao mesmo tempo que avaliava a dela. Ela vestia uma camisa branca justa, aberta no pescoço, e calça preta apertada, esta mostrando à perfeição, para ser admirado, um traseiro de um atrevimento só passível de ser alcançado por meio de pelo menos três visitas por semana à academia, refleti. Completavam o conjunto uma pulseira de prata pesada e um par de sapatilhas perfeitamente simples, perfeitamente pretas, em pés perfeitamente pequenos. Ela exalava sofisticação casual da cabeça aos pés.

De repente, senti-me constrangida com minha própria aparência e olhei de relance, sem confiança, para o cardigã cinza, a camiseta branca, o jeans pelo menos um número maior e as sandálias franciscanas velhas, que eram muito confortáveis, mas que, subitamente, faziam com que eu me sentisse uma das irmãs feias prestes a entabular conversa com Cinderela.

– Estou ficando um pouco atrasada – repetiu Cinderela, agora com uma ponta de tensão na voz.

– Ah, desculpe – falei, sentindo uma crescente inquietação devido ao fato de que minha avaliação de três minutos, de soleira de porta, quanto ao papel do Sr. McAdam na sociedade e a seus níveis de inteligência geral talvez não houvesse sido inteiramente exata. – Vou voltar outra hora. Eu só queria dar uma palavrinha rápida com ele. Ele foi me ver na sexta-feira à noite e acho que não me pegou em um bom momento.

Ela fechou o porta-malas e olhou para mim com ar perplexo.

– Ele foi ver você? – perguntou, examinando-me de cima a baixo, seu olhar demorando-se de forma perturbadora em meus pés.

– Foi, ele... bem, sou Ros. Moro atrás de você e do Sr. McAdam.

– Ah, meu Deus, você é a mulher do hamster! – ela exclamou, com o que pareceu um misto de alívio e horror. – Desculpe, pensei que você fosse muito mais velha. – Senti um desconforto momentâneo, mas me recusei a analisar essa declaração. – É verdade, Daniel me contou que você ficou muito perturbada – disse, abrindo a porta do carro, estendendo o braço e extraindo uma bolsinha de maquiagem rosa. – Ele ficou tão transtornado, sabe. – Ela retirou da bolsa um estojo prateado e fino e começou a aplicar pó compacto na ponta do nariz e na testa, antes de se ocupar com o lápis labial. – Espero – falou, de forma ininteligível, enquanto tentava continuar a conversa ao mesmo tempo que delineava os lábios – co cê noe aí PA... – ela tornou a guardar o lápis labial e o pó compacto na bolsinha e fechou o zíper – que não esteja aqui para ter outro arranca-rabo com ele.

– Ah não, de jeito nenhum – disse, corando e balançando a cabeça. – Na verdade, vim me desculpar por ter exagerado. Espero que eu não tenha... – Fui interrompida por um Audi preto, que entrou devagar no acesso à garagem e estacionou ao lado do mini.

– Ele chegou cedo – ela comentou antes de se aproximar para receber o recém-chegado.

A porta do Audi se abriu e dele saltou um sujeito vestindo um terno cinza-escuro elegante, camisa branca e gravata fúcsia. Estava tão imaculadamente bem-vestido quanto Cinderela e, apesar da barba, comecei a me sentir como o estivador das redondezas.

– Chegou cedo, querido – ela falou, beijando-o de leve no que, em circunstâncias normais, seria seu rosto.

– Craig cancelou – ele disse, fechando a porta do carro e envolvendo a cintura da mulher com um braço –, então, pensei em voltar para casa e encontrá-la antes da partida.

– Ah, que simpático, mas já estou de saída – disse ela. – Ainda assim, pelo menos damos um beijo de despedida, certo? – Ela riu alegremente e ficou na ponta dos pés. Decidindo com rapidez que não desejava testemunhar esse evento em particular, murmurei algo sobre voltar outra hora e tentei uma saída discreta.

Fracassei.

– Quem é ela? – ouvi-o perguntar enquanto me apressava em direção ao portão. Acelerei ainda mais, perdendo uma sandália no processo. Virei para pegá-la, mas ele chegou primeiro.

– Aqui está... ah, Srta. Shaw – entregou-me o gigantesco calçado com um sorriso.

– Ros, por favor – disse, livrando-o da sandália. – Meu Deus, essas coisas estão tão velhas... alargaram com o tempo e não param mais no pé. Na verdade, só uso essas sandálias para trabalhar no jardim.

– Ah, certo, bem, também uso coisas feias para trabalhar no jardim – ele falou –, como você viu na sexta-feira à noite.

Olhei para minhas sandálias. "Feias" me pareceu um tanto hostil.

O som de um motor sendo acionado interrompeu a conversa. Debruçando-se à janela, Cinderela moveu o carro devagar em nossa direção.

– Sinto muito, Daniel, preciso ir. Miranda está me esperando por volta das oito e já vou me atrasar.

Ele inclinou-se e beijou-a.

– Divirta-se. – Sorriu. – Até quarta-feira.

– Tudo bem. Vou passar em casa primeiro para pegar roupas limpas e o vejo por volta das nove.

– Ótimo. – Ele bateu no topo do carro e ela deixou o acesso à garagem. Senti uma necessidade irremediável de acabar logo com aquilo e desaparecer.

– Olhe – comecei. – Eu...

– Que tal uma xícara de chá? – Ele voltou ao seu carro e pegou uma pasta no banco traseiro. Hesitei. – Ou sua sobrinha e seu sobrinho continuam com você? – perguntou, fechando a porta do veículo e retornando ao local em que eu me encontrava.

Olhei para ele sem saber se se tratava de sinceridade ou sarcasmo, e ocorreu-me que a dinâmica da situação havia mudado com muita rapidez. Eu havia chegado com a intenção de me desculpar com meu vizinho, um possível alcoólatra, um possível deficiente educacional, por minha incivilidade e, em vez disso, via-me convidada para uma piedosa xícara de chá por um homem confiante e bem-vestido, que havia tachado minhas sandálias de "feias" e, quase com certeza, me considerava uma solitária fantasiosa, que inventava hóspedes noturnos porque seu único verdadeiro amigo neste mundo era um porquinho-da-índia.

– Não – respondi, optando por uma abordagem de informações mínimas para a crise.

– Chá, então? – Ele olhou para mim com ar inquisitivo antes de acrescentar: – Aquilo foi uma coisa horrível, um pouco de hospitalidade é o mínimo que posso fazer. Ah, oi, Sylvia! – ele ergueu a mão, olhando por sobre meu ombro.

Girei a cabeça e vi a vizinha que já havia encontrado. Estava de pé na entrada de acesso à garagem com dois bassês pequenos, que puxavam na ponta de uma guia dupla.

– Boa noite, Daniel – ela cumprimentou sem sorrir. – Estou vendo que essa jovem finalmente o encontrou.

– É, encontrou. Obrigado, Sylvia. Você bateu na porta errada, Ros? – ele perguntou, olhando para mim. Abri a boca para responder, mas ela se antecipou.

– Posso garantir que ela não bateu, Daniel, de jeito nenhum. Descobri essa moça olhando pela janela da sala – ela falou de mau humor.

– Sabe, um chá está me parecendo ótimo – disse baixinho.

– Tudo bem. – Ele sorriu. – Tchau, Sylvia. E obrigado por ter indicado a direção certa a minha amiga.

– O prazer foi todo meu – ela mentiu –, mas se você puder apresentar sua amiga às campainhas e aldravas em um futuro próximo, eu ficaria muito agradecida.

– Me desculpe por isso – murmurei enquanto caminhávamos em direção à casa.

Ele riu.

– Tudo bem. O latido dela é muito pior que a mordida – disse.

– Ela é só um pouco obcecada por estatísticas de arrombamentos. De qualquer forma, venha, vou ligar a chaleira.

Segui-o por um corredor revestido de ladrilhos brancos e pretos até a cozinha e a sala, amplas e abertas, decoradas em tons neutros impecáveis. O piso cinza fosco era suavizado na sala de estar por um imenso tapete multicolorido e as paredes claras, interrompidas a intervalos por óleos explosivos e gravuras simples a carvão. Portas francesas conduziam a um extenso jardim, do qual eu havia tentado vislumbres ocasionais por entre o emaranhado de arbustos e árvores indomados ao final do meu gramado e da alta cerca viva que circundava o dele. Nada havia de emaranhado ou indomado nesse espaço verde – um vasto gramado guarnecido com bordas bem-cuidadas e uma área mais afastada, que uma cerca reduzida escondia parcialmente de vista.

– É um jardim incrível – falei.

– Eu adoro – ele respondeu, passando por mim e abrindo as portas. – Podemos nos sentar lá fora... não está fazendo muito frio, está? Você quer chá? – perguntou, voltando à cozinha. – Mas tem café ou... – ele examinou a geladeira – ... suco de fruta, limonada, vinho, cerveja...

– Uma limonada seria ótimo, obrigada – respondi.

– Perfeito. – Ele se ergueu com uma garrafa e dois copos de um armário na parede.

– Olha – recomecei sem jeito, decidindo fazer uma segunda tentativa de pedido de desculpas –, vim aqui esta noite só para... – Ele me estendeu um copo de limonada e gesticulou em direção à mesa e às cadeiras de ferro forjado no pátio externo. – Obrigada – agradeci, saindo e me sentando. Ele puxou uma cadeira a meu lado. – Certo, então, na verdade, vim aqui só para me desculpar – continuei, apressando-me por temer outra interrupção. – Sabe, por ter sido tão grosseira na sexta-feira à noite, quando tudo o que você estava tentando fazer era pedir desculpas. E, como você já deve ter adivinhado, não tenho uma sobrinha e um sobrinho. Bem, tenho um sobrinho, dois, na realidade, mas nenhum dos dois estava passando a noite comigo. Falei que tinha visita porque queria ficar em paz, e peço desculpas por isso também. De qualquer forma – prossegui, como uma aprendiz de motorista, incapaz de localizar o pedal do freio –, fui rude na semana passada e, agora, com essa coisa da vizinha, das sandálias e dos parentes fictícios, piorei a situação. Mas, sabe, eu só queria esclarecer isso tudo.

Afastei os olhos do copo, que vinha contemplando fixamente. Ele estava inclinado para a frente, com os cotovelos na mesa, a mão pressionada contra a boca, como se refletisse. Eu sabia, sem sombra de dúvida, que ele estava tentando não rir.

— Tudo bem, obrigado — disse por fim. — Mas você não precisa se preocupar. Garanto que fiz coisas bem piores do que usar sandálias feias. — Por que ele precisava chamar as sandálias de feias? — Ah, e de inventar uma sobrinha, Ros.

Seu uso delicado de meu nome de batismo completou meu crescente sentimento de submissão. Tentei sorrir enquanto refletia, mas senti que aquilo não estava correndo conforme o planejado. Qualquer sensação inicial de superioridade havia, a essa altura, evaporado por completo e eu estava fazendo o papel da necessitada, excêntrica e malvestida, o que não combinava nem um pouco com perfeição. Brinquei com a ideia de afirmar que tinha completo discernimento da situação, mas concluí que já havia falado demais. Em vez disso, confortei-me em saber que nunca mais teria de ver ou falar com ele. Dali a um ano, esse encontro nada mais seria do que uma anedota divertida em um jantar.

— Obrigada pela compreensão — disse, com toda a dignidade que consegui reunir. Estava desesperada para ir embora, mas achava que qualquer tentativa nesse sentido poderia gerar mais apoio amigável, com o qual eu seria incapaz de lidar. Em vez disso, optei por uma mudança de tom e de assunto. — Então — perguntei alegremente —, há quanto tempo você mora em St. Albans?

— Três anos — ele respondeu. — Estou sendo patrocinado, por falar nisso.

— Você está sendo patrocinado para morar em St. Albans?

— Não — ele riu. — Estou sendo patrocinado — e esfregou o queixo — para não fazer a barba. É para caridade.

— Ah, certo, e você gostaria que eu o patrocinasse? — perguntei, em dúvida.

– Não, não. É que geralmente conto isso assim que conheço as pessoas para que elas não pensem que sou meio estranho. Infelizmente, não era um tópico de conversa apropriado da última vez que esbarrei em você. – Ele torceu a ponta da barba. – Aposto que ficou se perguntando que diabos era isso.

– Ah, não, de jeito nenhum – retruquei. – Na verdade, para ser honesta, nem percebi que você tinha barba.

– Verdade? – ele perguntou, erguendo uma sobrancelha. – Só que você fica olhando horrorizada para o meu queixo.

Comecei a negar, então tornei a cair sobre a cadeira e levei a mão à testa, sentindo-me repentinamente exausta.

– Ah, meu Deus, eu fico fazendo isso?

– Fica. – Ele sorriu.

Olhei para ele, que sorria com pena de mim, e senti uma súbita irritação pelo fato de sua decisão de não se barbear a longo prazo ter contribuído para meu extremo mal-estar social. Foi sua barba ridícula, refleti, que me fez julgar tão mal toda a abordagem à situação. Endireitei o corpo e decidi enfocar o aspecto "nunca mais" daquele encontro.

– Bem, sabe, *Daniel*, talvez eu fique encarando seu queixo – declarei, olhando para meu copo àquela altura vazio enquanto empurrava a cadeira para trás e me preparava para sair pela esquerda do palco. – Mas não é de surpreender. Quero dizer, não é um bigodinho com uma barbicha, é? – Forcei um sorriso tenso. – Para falar a verdade, fico esperando que você pegue um acordeão e comece a contar a pescaria do dia. De qualquer forma – continuei, decidida a não lhe dar chances de comentar minha óbvia contrariedade –, obrigada pela limonada, mas realmente agora preciso ir andando. – Ele não deu resposta e, quando ergui os olhos, fiquei horrorizada ao vê-lo inclinado para a frente, como se sentisse dor. – Ah, meu Deus, você... – comecei, mas fui interrompida por sua risada, que de repente passou de uma variedade silenciosa para outra bastante audível.

– Pescaria do dia... – ele riu. Então, tentou várias vezes dizer mais alguma coisa, mas foi incapaz de falar e, no final, sua hilaridade se mostrou contagiosa e peguei-me, inesperadamente, rindo junto com ele.

Continuamos a nos divertir com a brincadeira por vários instantes, antes que se seguisse uma pausa, durante a qual me arrependi de minha atitude impiedosa para com o crescimento caridoso de sua barba e achei que ele parecia quase atraente quando sorria.

Por fim, quebrei o silêncio:

– Não que eu esteja em posição de debochar da aparência de alguém, é claro. – Retirei os pés de debaixo da mesa. – Elas são patéticas, não são? – perguntei, inspecionando as sandálias franciscanas imensas e manchadas de suor, que eu tinha certeza de que o próprio Cristo teria renegado.

– Ah, mas eu tenho barba vinte e quatro horas por dia, sete dias por semana – ele falou, acariciando o rosto. – Você pelo menos só usa as sandálias para trabalhar no jardim.

Balancei a cabeça.

– Usei para ir ao trabalho hoje – confessei, surpresa com minha própria sinceridade.

– Ah, entendo – ele disse, com vontade de rir outra vez, mas agora, aparentemente, com medo de ofender.

– Mas elas são muito, muito confortáveis.

– Ah, bem, então... desde que sejam confortáveis. E parecem ser tamanho único, o que é uma mão na roda – falou.

– Um pé na roda – corrigi.

– Isso, um pé na roda – ele concordou, sorrindo.

Devolvi o sorriso e seguiu-se outra pausa.

– Tenho que ir – disse, após um instante.

Ele me ofereceu educadamente mais limonada, que educadamente recusei, apesar de certa convicção de que apreciaria muito mais o segundo copo do que o primeiro. Em todo caso, ele não fez nenhuma tentativa de me convencer a mudar de ideia.

– Bem, preciso dar uns telefonemas – ele anunciou, suspirando e pondo-se de pé. – Mas obrigado por ter vindo, Ros, e por ter feito com que eu me sinta melhor, sabe, a respeito do incidente. – Levantei-me e o segui até a porta da frente. – Foi muito bom vê-la. Outra vez. – Ele estendeu a mão.

– Foi bom. – Apertei sua mão e, quando ele abriu a porta, trocamos um último e breve aceno e um sorriso de despedida antes que eu saísse e me afastasse, ouvindo a porta se fechar atrás de mim.

Peguei a rua Clarendon e fui para casa, rindo de minhas sandálias cònfortáveis e decidindo comprar sapatos na primeira oportunidade.

CAPÍTULO 8

COLOQUEI A CAIXA GRANDE e branca de papelão que continha o bolo no assento do passageiro a meu lado, sacudi-a um pouco na tentativa de simular uma freada brusca. Uma vez convencida de que a caixa tinha ao menos cinquenta por cento de chance de chegar ao destino intacta, dei partida no motor e iniciei o percurso de trinta minutos até a casa de meus pais.

Meu pai estava virando a curva dos setenta e, tipicamente, "não queria confusão". "Ele ia simplesmente adorar que você, Celia, David e os garotos viessem para o fim de semana", minha mãe havia dito, "se estiverem livres. Mas não mudem os planos que já tenham feito." Ergui os olhos diante disso. Meu pai era altruísta, quase ao ponto da irritação – mas não tanto. Além disso, seu pedido de uma reunião familiar pequena e íntima me chegou como um imenso alívio. Tive medo de pensar em tias, tios e primos, que não via desde o casamento fracassado, aparecendo e oferecendo condolências tardias.

Entrei no terreno particular por volta do meio-dia e senti a habitual sensação de conforto e segurança crescentes que sempre sentia tão logo a casa surgiu. O exterior havia mudado pouco em treze anos, desde que fui para a universidade, em Londres; a porta havia trocado de cor algumas vezes e a cerejeira ornamental na parte superior do caminho de acesso à garagem havia ganho altura, mas, fora isso, era a mesma casa e o mesmo jardim para os quais eu voltava desde os dez anos.

Quando estacionei do lado de fora, meus pais estavam no acesso à garagem para me receber e Celia acenava como louca da janela da sala de estar. Confrontada com tanto carinho, engoli em seco e cerrei os punhos, decidida a não chorar.

– Olá, pequena. – Meu pai aproximou-se e me abraçou. – Que bom te ver – disse, segurando-me com os braços estendidos e examinando-me de cima a baixo. – Não é que você está linda? Parece que começou a tomar um pouco de cuidado consigo mesma outra vez.

– Ah, pelo amor de Deus, Ted – disse minha mãe, arrancando-me dele como se eu fosse um bastão em uma corrida de revezamento e, por sua vez, me abraçando. – Que coisa para dizer! – Ela beijou minha bochecha. – Olá, querida. Fez boa viagem?

– Só estou dizendo que ela está linda – retrucou meu pai em tom magoado. – Ela passou por um período sem muito banho e sem mudar de roupa e agora está linda outra vez. É só o que estou dizendo.

– Está bem, pai. Tomei isso como um elogio. Gostou dos sapatos novos? – Virei o pé para mostrar melhor as sapatilhas pretas e elegantes, compradas poucas semanas antes.

– Lindos. Sua mãe vai me matar depois, você sabe. – Ele sorriu.

– Por que deixar para depois? – disse ela, fingindo bater nele.

– De qualquer forma – continuei, ciente de que os acenos na janela prosseguiam –, podemos entrar? A que horas Ce chegou?

– Há mais ou menos meia hora – respondeu meu pai. – Entre e dê um oi. Me dê a chave do carro que vou pegar sua mala.

Minha irmã veio até a porta.

– Ninguém vai entrar? Ou vamos fazer a festa na frente da garagem? – Ela sorriu. – Anda logo. Ben e Stephen estão doidos para ver você.

Não acreditei que fosse verdade. Com oito e seis anos respectivamente, a recordação básica que Ben e Stephen tinham da tia era a de uma mulher que ou se sentava a um canto chorando ou, nos dias bons, sentava-se a um canto encarando o vazio – em ambas as circunstâncias, eles em geral eram trazidos, induzidos a dar um oi rápido e, em seguida, escoltados depressa para fora do quarto. Portanto, o fato de Celia declarar que eles estavam desesperados para me ver era gentil, mas, a menos que houvesse dito aos meninos que eu ia distribuir Xboxes na chegada, era mentira. A incredulidade devia ser evidente em meu olhar.

– Eles estão! – insistiu Celia, rindo.

– Por quê? O que você disse a eles? – perguntei.

– Meu Deus, Ros, não seja tão cínica. Eles só estão animados por ver a tia.

Na sala, a elaborada pista de Scalextric de meu pai ocupava a maior parte do espaço no chão, enquanto Ben e Stephen empoleiravam-se no assento da reentrância da janela com os controles nas mãos. David estava sentado em um dos sofás, com um exemplar de *The Times* aberto no colo. Sorriu quando entrei.

– Olá, Ros! Meu Deus, você parece bem. – Ele se inclinou para a frente, mas não se levantou. – Acho que estou morrendo de medo de pisar nessa pista fantástica do Ted. Como vai St. Albans? Como vai Andrew? Meninos... – Ele virou-se na direção dos filhos. – É a tia Ros.

– Oi, tia Ros – disse Ben com um sorriso –, estou muito feliz em ver você. – Ouvi um gemido leve vindo de Celia atrás de mim.

– Oi, Ben – cumprimentei. – Que pista incrível!

Ouvi um clique que, percebi, era Celia instigando Stephen a falar.

– Oi, tia Ros... – Ele examinou a parte de baixo do carro vermelho do Scalextric. – Meu nome é Stephen Hawthorn. Moro em Barnstaple. Gosto de futebol e...

– Stephen... – disse David baixinho. Stephen largou o carrinho e ergueu os olhos em minha direção.

– Oi, tia Ros – recomeçou. – Eu, eu... Você sempre chora quando vai a nossa casa, não chora?

– Stephen! – reclamou Celia, rindo com nervosismo. – Não seja bobo! Tia Ros nem sempre...

– Celia – interrompi –, para ser justa com Stephen, tenho tendência a chorar quando visito vocês em Devon. Mas, sabe de uma coisa, Stephen? – falei, virando-me para ele com um sorriso. – Agora estou me sentindo muito melhor e não sinto nem metade da vontade de chorar que eu sentia.

– Por que não? – perguntou Stephen.

– Não importa por que não – respondeu Celia com severidade. – A tia Ros está precisando de uma xícara de chá.

– Eu sei por que não – disse Ben.

– Não, não sabe, Benedict – repreendeu Celia. – Ros, venha pegar uma xícara de chá – ela chamou, colocando um braço ao redor de meus ombros.

– Eu sei, mãe – insistiu Ben. – Ouvi você e papai conversando. Você falou que...

– Vamos, Ros – disse Celia, pressionando de leve meu braço.

– ... tia Ros gostava muito de onde morava e de onde trabalhava e que, mesmo quando o vizinho matou seu porquinho-da-índia, ela... – Enquanto Ben prosseguia com sua explicação e Celia tentava freneticamente abreviá-la com olhares de esguelha e gestos de mão não muito discretos, olhei de relance para Stephen e fiquei horrorizada ao ver seu lábio inferior tremer de forma incontrolável. Tentei alertar Celia sobre a situação, mas, àquela altura, ela estava preocupada demais, tentando obstruir o fluxo do discurso indireto que emanava da boca de seu filho mais velho, para ouvir. Um instante depois, o rosto do pequeno Stephen contorceu-se em uma expressão de completo horror e aflição, como o de uma gárgula, e ele se desfez em lágrimas bastante sonoras.

– Mr. Edward! – gemeu. – Por que mataram Mr. Edward?

– Ah, meu Deus – disse Celia. – Ninguém matou Mr. Edward, eu só estava brincando com papai, não é, papai?

Ela virou-se suplicante para David, que, em resposta, ergueu os olhos, em seguida o jornal e murmurou, de forma quase inaudível por sobre os soluços:

– É isso mesmo, Stephen. Não foi um dos momentos mais engraçados da mãe de vocês, mas foi só.

– É verdade que foi uma brincadeira, mãe? – insistiu Ben, erguendo a voz acima do ruído. – Então, o homem não atropelou Mr. Edward com o cortador de grama? Você só estava brincando? – Sua expressão era a de surpresa e ansiedade aliadas a um divertimento tenso, como se ele estivesse vendo a mãe sob uma luz completamente nova e não soubesse ao certo se exultava diante desse estranho senso de humor ou se se colocava sob os cuidados da autoridade local.

– Um... cortador... de grama! – berrou Stephen, em meio a uma série de soluços. – Por que... ele... cortou... Mr. Edward... em pedacinhos?

– Humm, quero saber o que a vovó está tramando – falei baixinho e saí da sala ao som do choramingar incessante de Stephen.

Segui o ruído de louça batendo e encontrei minha mãe preparando chá e arrumando xícaras e pires na cozinha.

– Que diabos é essa barulheira toda? – ela perguntou quando entrei. – Stephen se machucou na pista do seu pai? Eu disse que ele estava entulhando demais a sala com aquele segundo número oito.

– Humm... onde *está* papai? – Olhei pela janela da cozinha e reparei que andaimes circundavam a parte de trás da casa. – Ele não está lá em cima, está?

– Não, não está – respondeu mamãe em tom irritado. – Ele subiu lá todos os dias de sol das duas últimas semanas para recolocar a argamassa entre os tijolos, e eu pedi que não subisse no dia do aniversário.

– Onde ele está então?

– Não sei. Provavelmente no banheiro. De qualquer forma – ela se afastou das xícaras e dos pires e olhou para mim –, é muito bom vê-la assim.

– Assim como?

– Blusa elegante, sapatos novos. A minha Ros. – Ela me abraçou e passou-se um minuto ou dois antes que eu percebesse que ela estava chorando.

– Mãe! – exclamei. – Por favor, não chore. Esse é o meu papel e parece que todo mundo está atrás disso hoje.

– Ah, desculpe, Ros – ela me soltou e enxugou os olhos com o avental. – É que está todo mundo tão preocupado com você há tanto tempo, sabe? Conversando com você ao telefone, ao longo dos últimos meses, e, agora, ver você tão linda... bem, é maravilhoso.

A essa altura, Celia entrou na cozinha, ligeiramente corada.

– Me desculpe por isso, Ros.

– O que aconteceu? – perguntou minha mãe.

– Ben contou a Stephen sobre Mr. Edward – suspirou Celia.

– O que tem ele?

– Você lembra, mãe, o vizinho passou por cima dele no jardim. Está lembrada? – perguntei.

Mamãe pareceu horrorizada.

– Eu não sabia! Meu Deus, pobre Edwards. Ele está no hospital? Por que ninguém me contou?

Celia e eu nos entreolhamos e fizemos muxoxos.

– Estou chocada com vocês duas – queixou-se minha mãe. – Pobre Edwards. A mulher dele deve estar se perguntando por que...

– Mãe – falou Celia –, não o Sr. *Edwards*. Mr. *Edward*, o porquinho-da-índia de Ros. Está lembrada?

Minha mãe pareceu momentaneamente confusa, em seguida começou a rir.

– Ah, sim! Ah, ah, ah! É claro. Eu tinha esquecido que era esse o nome dele. Ai, meu Deus! – ofegou. – Eu estava me perguntando por que um carro atravessou o jardim de Edwards.

A essa altura, David entrou na cozinha acompanhado de Stephen, que, embora continuasse com o rosto congestionado, havia se acalmado de forma considerável.

– Ah, entre e venha ver a vovó, querido – disse Celia, curvando-se e beijando o topo da cabeça do filho.

– Ah, querido – chamou minha mãe, ainda rindo. – Venha comer um dos biscoitos especiais da vovó.

– Você está rindo de quê, vó? – Stephen perguntou, sorrindo para ela.

– Ah, querido – ela respondeu –, vovó ficou um pouco confusa e agora não consegue parar de rir quando pensa no pobre Edwards feito em picadinhos no próprio jardim. Não é uma bobagem?

Stephen girou um rosto trêmulo e ansioso, com olhar intrigado, na direção da mãe. Não esperei pelas lágrimas; em vez disso, saí apressada em busca de meu pai.

Encontrei-o, ou melhor, vi suas pernas, projetando-se do alçapão no sótão.

– O que você está fazendo? – gritei.

– Vou descer agora – respondeu ele. – Só queria pegar o Lego para os meninos. – Ele desceu carregando uma caixa azul, repleta de bloquinhos de plástico, que retirei das suas mãos.

– Para os meninos ou para você? – perguntei com um sorriso.

– Bem... – ele riu, descendo os últimos degraus e devolvendo a escada ao sótão.

– Feliz aniversário, pai – cumprimentei, beijando-o no rosto. – Está gostando do dia até agora?

– Você me fez ganhar o dia, Ros – ele respondeu, sorrindo –, por estar tão feliz e tão linda.

Suspirei. Juntos, eles estavam decididos a me fazer chorar.

– Estou me sentindo melhor – disse baixinho. – Só não sei como vocês me aturaram.

Meu pai balançou a cabeça.

– Estamos todos muito orgulhosos de você, Ros. Não deve ser tão dura consigo mesma, não deve perder tempo com o que já passou e desapareceu. – Ele me tirou a caixa, abaixou-a e colocou o braço ao redor de meus ombros. – Deve guardar as melhores lembranças enquanto olha para a frente. – Ele contemplou o corredor e balançou um dedo em direção a um horizonte invisível, antes de acrescentar, com olhar intrigado: – Parece que tem muito choro e ranger de dentes na cozinha. Será que Stephen levou algum tombo? – Então gesticulou em direção à caixa de blocos. – E se a gente levar isso para o jardim de inverno para esperar que sua mãe vá até lá com o chá? Ou – continuou, tomando minha mão entre as suas e me encarando com um brilho perigoso no olhar – podíamos subir no andaime. A vista é maravilhosa, sabe.

MAMÃE HAVIA RESERVADO uma sala de jantar exclusiva em um hotel local para um jantar no começo da noite, que terminou com meu bolo de campo de futebol sendo cortado e as sete modestas, mas representativas, velas sendo sopradas. Por volta das 9:30 da noite, havíamos voltado, os meninos estavam na cama, e, no escritório com papai,

David o ajudava a resolver um problema no computador enquanto minha mãe, Celia e eu relaxávamos no sofá da sala, bebendo taças de champanhe.

– Que dia muito, muito agradável – suspirou mamãe. – Seu pai me disse que nunca teve um aniversário melhor.

Sentamos em silêncio por um momento, antes que eu percebesse que mamãe estava franzindo os lábios e sacudindo de leve a cabeça na direção de Celia.

– Tem alguma coisa errada? – perguntei.

Celia fez um muxoxo.

– Ah, pelo amor de Deus, mãe – disse. – Desculpe, Ros, mamãe quer que eu pergunte...

– Você também quer saber, Celia – interrompeu mamãe.

– Quer saber o quê?

– Bem – hesitou Celia –, nós só queríamos saber se podia haver... se pode haver alguém novo na sua vida. – Celia sorriu e minha mãe se inclinou para a frente com ar esperançoso.

– Acho que não – respondi sem afetação. Minha mãe endireitou o corpo, mas conseguiu manter o sorriso no lugar.

– Ah – disse Celia –, bem, não importa. Só queríamos saber porque você parecia...

– Mas – falei, para minha própria surpresa – acho que poderia haver alguém novo. Quer dizer, a ideia de conhecer alguém não me parece ridícula.

Celia olhou para mamãe, que assentiu com um movimento de cabeça. Celia também balançou a cabeça.

– Ah, pelo amor de Deus, o que é? – perguntei. – Isso está parecendo um maldito show de mímica.

– Mãe, você não tem nenhuma sutileza nem senso de oportunidade – Celia falou com um suspiro. – O que está acontecendo, Ros, é que o marido da minha amiga Katrina tem um primo, Sam, que se mudou recentemente para Harpenden, e Katrina queria saber se pode dar a ele o número do seu telefone.

– O quê? Para que eu mostre a ele as paisagens e os sons de Harpenden e St. Albans? – Ri.

– Ele parece ser muito interessante, Ros – disse mamãe, em tom encorajador.

– É mesmo? Katrina é a das orelhas, não é? – perguntei.

– Se o que você está querendo saber é se ele é orelhudo, então a resposta é não sei. Não conheci o cara – respondeu Celia, esvaziando sua taça e estendendo a mão para a garrafa na mesinha de centro. – Mas ele não tem nenhum vínculo genético com Katrina, então é pouco provável.

– O que você acha, querida? – perguntou mamãe.

– Bem, preciso de alguém para levar à festa de George, então acho que se conhecer o sujeito um pouco antes e as orelhas forem proporcionais à cabeça, posso arrastá-lo até lá... – Fiz uma pausa, sentindo-me um pouco tonta e tentando me concentrar em como de fato me sentiria caso ele me telefonasse. – Ele sabe... o que aconteceu? – perguntei.

Celia ficou horrorizada.

– É claro que não. Isso é você que tem que contar, se e quando sentir que pode... ou deve.

– Conte a ela mais alguma coisa sobre ele, Celia – disse mamãe, enchendo sua taça. – Conte sobre o cachorro.

– Ele tem um cachorro – falou Celia, com um encolher de ombros.

Minha mãe sorriu de alegria.

– Viu, Ros? Um cachorro.

– Tudo bem, então ele tem um cachorro. Por que isso é um argumento decisivo? Não entendo.

– Bem, sua boba – continuou minha mãe, agora com a fala um pouco arrastada –, ele tem um cachorro, você tem... desculpe, você *tinha* sei-lá-o-quê... um porco... um porquinho-alguma-coisa. Os dois gostam de animais. Perfeito – concluiu ela, erguendo a taça.

– Perfeito – concordou Celia, piscando para mim e unindo-se ao brinde.

– Ah, vão em frente, então – suspirei, batendo com minha taça na delas –, podem dar meu telefone a ele.

CAPÍTULO 9

– VOCÊ ESTÁ BEM, GEORGE? – perguntei quando ela se debruçou sobre uma listagem na mesinha da cozinha nos fundos da loja.

Ela ergueu os olhos e abriu um sorriso estranhamente cansado.

– Estou bem – respondeu, deslocando a caneta pela lista de números. – Só estou fazendo isso para Andrew.

– Pode dividir comigo – sugeri. – A loja está tranquila.

– Meu Deus, não. Está tudo bem... ele já fez a maior parte.

– OK – disse –, se tem certeza. Você só está parecendo um pouco cansada hoje. – Fiz menção de sair da cozinha, mas parei quando ela falou.

– É uma coisa muito boba na verdade – disse George com um suspiro, endireitando o corpo na cadeira. – É a festa de Mike. Normalmente, adoro organizar esse tipo de coisa, mas, dessa vez... Não sei bem o que ele quer.

– Você acha que ele pode não querer uma festa? – perguntei, sentando-me a seu lado.

– Ele está teimando que quer – ela inclinou o corpo para a frente, com os cotovelos na mesa e o queixo pousado nas mãos –, mas não está interessado em nenhum dos preparativos. Tudo bem, mas, sabe, o desinteresse às vezes pode ser um pouco desestimulante, não é? – Ela hesitou, então deu de ombros e sorriu. – Mas não importa, ele não parece infeliz... na verdade, parece mais é preocupado.

– Não pode ser o trabalho?

Ela pareceu em dúvida.

– Acho que pode ser. – Deu de ombros outra vez. – Ah, não sei o que é. Talvez seja só essa coisa toda dos quarenta. – Ela me cutucou e sorriu. – Mas, ei, seu encontro é amanhã, não é? Você já decidiu o que vai usar?

– Só sei que não vou usar as meias e as ligas que Joan me trouxe ontem. – Fiz um muxoxo. – Eu não me importaria, mas são aquelas meias compressoras do Dr. Scholl. – George riu. – Ela disse alguma coisa sobre "tesouros ocultos", mas não me convenceu. Seja como for, vamos só beber alguma coisa na adega nova aqui perto e depois, quem sabe, jantar. Nada muito importante, na verdade.

George sorriu com ar malicioso.

– Não mesmo?

– Ah, meu Deus – falei, em tom de desespero. – Não sei. Estou tentando não transformar isso em nada muito importante, mas, por mais que queira me convencer, é um encontro às escuras, o que me apavora.

– Ele parece legal – disse George.

– Bem, ele tem um jeito agradável ao telefone e nenhuma condenação criminal, imagino.

– São duas excelentes qualidades. Agora – ela endireitou o corpo na cadeira e pôs-se a dar pancadinhas no lábio inferior com a caneta –, o que vestir...

– Isso? – Indiquei a camiseta branca justa, a saia cinza e as botas pretas que estava usando.

– Ros, isso é fabuloso para trabalhar, mas você é tão linda. Podia nocautear o cara. – Ela esmurrou o ar com o punho.

– Acho que posso experimentar algumas coisas hoje à noite – disse, um tanto sem entusiasmo.

– Desculpe interromper a semana da moda – falou Andrew, enfiando a cabeça pelo vão da porta –, mas já terminou com esses números, George?

– Ela não terminou e a culpa é minha – disse, se levantando. – Estou distraindo George.

– Gosto da blusa verde que você usa com aquele seu jeans novo lindo – sugeriu George. – É uma combinação excelente, realça os seus olhos e não vai parecer que você está forçando a barra. É só acrescentar um colar ou uma pulseira pesada.

– Desculpe, eu podia jurar que tinha *interrompido* a semana de moda – disse Andrew.

– Ah, Andrew – George fez cara feia –, não seja tão mau. Ros tem um encontro amanhã e nós, mulheres, precisamos de um pouco de apoio e encorajamento antes desse tipo de coisa.

Andrew suspirou.

– OK. Bem, Ros, boa sorte. Acho que, se tudo correr bem, então estou livre da fria de encontrar alguém feio para você levar à festa de George e, se as coisas não correrem bem, não faz mal, continuo a busca.

– Andrew! – exclamou George. – Como diabos isso pressupõe alguma ajuda?

– Não, está tudo bem, George – ergui a mão, virando-me para Andrew. – Obrigada. Você devia ser conselheiro pessoal, sabia? – Passei por ele e entrei na loja.

Ouvi George falar em tom baixo antes que Andrew me seguisse e dissesse:

– Desculpe, Ros. Eu só estava tentando alegrar o ambiente. Acho que talvez deva deixar esse tipo de coisa para George.

– Não, não, está tudo bem. – Sorri. – E você está certo. Preciso ter senso de humor com relação a isso. É só um encontro... na verdade, nem isso.

– Acho que entendo, sabe.

Olhei para ele surpresa.

– Entende? Você já participou de algum encontro às cegas?

– Não – ele balançou a cabeça –, não foi bem o que eu quis dizer.

– Ah! – Esperei explicações adicionais e, quando estas não surgiram, perguntei: – E você consideraria a possibilidade de um encontro desse tipo?

Ele afastou brevemente os olhos da pilha de cartas e documentos que havia começado a selecionar.

– Acho que uma situação fabricada não ia funcionar para mim – respondeu antes de retomar a tarefa e destinar várias folhas de papel à lata de lixo. – Ao que tudo indica, sou o tipo de pessoa que é sempre pega de surpresa... e isso, é claro, não deixa de ter suas dificuldades.

Eu estava prestes a perguntar sobre a natureza dessas dificuldades quando o sino acima da porta retiniu e dois casais de idosos entraram na loja.

– Parece que vamos ter correria. – Andrew acenou com a cabeça em direção à porta. – Ah, e George tem razão, por sinal – ele ajeitou a pilha de papéis e começou a dirigir-se aos recém-chegados –, você sabe... sobre a blusa verde.

NAQUELA NOITE, FIQUEI de frente para o espelho de corpo inteiro em meu quarto e fiz um inventário. Meu cabelo havia sido cortado em um *bob* curto pouco antes da festa do meu pai, e estava bom. Quanto ao corpo, cheguei à conclusão de que as coisas tampouco iam de todo mal. Eu havia ganho algum, mas não todo o peso que havia perdido antes de me mudar para St. Albans, e vestia agora um inofensivo manequim 40. Tudo bem. Roupas íntimas: humm, não muito adequadas. Eu estava usando um sutiã bege acolchoado bem velho, que, a julgar pela superfície externa cheia de relevos, em algum momento devia ter tido uma experiência bastante traumática na secadora, e era bem representativo de todos os outros sutiãs que eu possuía. A calcinha preta, grande e desbotada, mais compatível com uma roupa de ginástica dos anos 1940 do que com a lingerie do século XXI, completava meu conjunto atual. Sobre a cama, a minha esquerda, jaziam quatro montanhas de roupas, que eu havia passado a última hora categorizando como "Muito Grandes", "Muito Velhas", "Muito Formais" e "Muito Associadas ao Rato". Uma quinta pilha, que consistia nas minhas compras mais recentes de um jeans, uma blusa branca, uma calça preta e a blusa verde tão favorecida por George e, ao que tudo indicava, também por Andrew, achava-se sobre a cadeira a minha direita. Suspirei. Não havia, portanto, muitas opções.

Vesti um roupão de banho, desci, servi-me de uma taça de vinho e me sentei à mesa da cozinha, pensando por um curto tempo se devia comprar roupas na manhã seguinte, antes de descartar prontamente a ideia como ridícula e tomar a decisão de voltar lá para cima e experimentar as várias combinações de jeans, calça preta, camisa branca, camisa verde.

Já havia alcançado o pé da escada quando o telefone tocou. Hesitei, então atendi.

– Alô?

– Ros? – perguntou uma voz masculina.

– Tom! – disse, abrindo um sorriso, sinceramente satisfeita ao ouvi-lo. – Eu estava justamente pensando em você!

– Estava? Fico lisonjeado. Ou você estava cortando salsichas? Ri.

– Não, na verdade, você não vai adivinhar. Tenho um encontro amanhã à noite e estava me perguntando se devia comprar um abafador de bule novo ou usar o velho.

– Aah – ele pareceu pensativo. – Bem, você sabe como sou fã da alta-costura daquela mendiga. E é um estilo que você usa inegavelmente bem. Mas quando a vi no mês passado, na verdade, você estava quase a ponto de parecer bastante atraente outra vez, então talvez seja um erro mudar de direção por enquanto.

Sorri e senti-me corar um pouco, satisfeita com o elogio casual.

– Bem, de qualquer forma – falei, levando o telefone para a sala e desabando sobre o sofá –, o que você conta de novo?

– Ah – ele respondeu –, você sabe. Tudo velho, tudo velho. Como vai Andrew?

– Livresco, irlandês...

– Nenhuma mulher nova no horizonte, então? – ele perguntou.

Hesitei; esse não era um dos tópicos habituais de conversa de Tom.

– Acho que não. Por que você está perguntando?

– Ah, por nada – respondeu, parecendo evasivo. – Como foi a festa de aniversário do seu pai?

– Ei, ei, ei – disse. – Mais devagar. Por que a pergunta sobre a vida amorosa de Andrew? Estou deixando escapar alguma fofoca aqui? Você esteve com ele na semana passada, não foi?

– Veja bem, Ros – ele soou ríspido –, que fique bem claro neste instante que Andrew não me disse uma palavra sobre nenhuma nova mulher. Está entendendo? Sei como você é com as suas deduções.

– Tudo bem, estou entendendo. Agora pare de enrolar e me conte o que sabe.

– OK, mas você promete que não vai dizer nem insinuar nada a ele? Na verdade, não vai nem contar que conversamos.

– Tudo bem, tudo bem, tudo bem. Agora fale.

– Bem, foi só que ele me fez muitas perguntas sobre Amy e se eu achava que só existia uma pessoa certa para cada um. Você sabe, coisas piegas desse tipo. – Ele parou.

– Certo... e...?

– Na verdade, foi só isso.

– Só isso?

– Foi estranho, incompatível. Ele nunca discutiu relacionamentos comigo antes, e ficou claro que era isso o que tinha em mente.

Tinha que admitir que, por mais limitada que fosse, a informação era interessante. Decidi submetê-la ao crivo de George na segunda-feira.

– Humm... – fiz eu. – Bem, se existe alguém, ele não contou nem levou a pessoa até a loja. E não reparei ele torcendo as mãos, recitando poesia nem...

– Passando mais tempo no banheiro do que o habitual. – Tom soltou uma gargalhada da própria piada.

– Você é *muito* grosseiro.

– Mas você me ama mesmo assim.

– É – disse com sinceridade. – Amo.

– De qualquer forma – ele limpou a garganta –, na verdade, eu queria contar outra coisa. – Ele parecia ansioso.

– Está tudo bem?

– Está, está – ele deu uma risada nervosa. – Está tudo ótimo. Está tudo tão bem que...

– O quê? – perguntei. – Vamos lá, o que é?

– Vai haver um casamento. Eu vou me casar.

Senti como se um peso frio, um pedaço de chumbo, houvesse repentinamente descido da minha garganta para o meu estômago.

– Ros? – ele pareceu preocupado. – Se você se sente pouco confortável com essa ideia...

– Meu Deus! – exclamei. – Eu realmente não esperava por isso.

– O quê?

– Você se casar.

– Nunca? – perguntou ele. – Estou magoado.

– Bem, não até ficar um pouco mais rico. Você sabe, um partido melhor. – Ele riu. – Imagino que seja Amy – continuei. – Ou você arranjou alguém na internet?

– Aah, muito obrigado por todos esses votos de confiança – ele retrucou. – Eu ia lhe pedir para ser minha madrinha, mas agora pode cair fora.

– Estou arrasada. Mas sério, Tom – tomei um gole de vinho, seguido de uma respiração profunda –, estou muito, muito feliz por você e por Amy. Sei o quanto você gosta dela.

– Gosto. Obrigado, Ros.

– Ei, e mesmo que agora eu não seja mais sua madrinha, estou ansiosa pelo convite. Prometo não me jogar no piso da nave, batendo com os punhos no chão e berrando: "Devia ter sido eu!"

– Promete?

– Promete. Vou fazer isso na frente da igreja.

– Bastante justo – ele hesitou. – E, Ros, você deve dizer se a ideia do casamento... bem, você sabe, depois do que ele fez... Se você preferir que nós não...

– Ah, cala a boca, seu bobo – ri, mas senti lágrimas brotarem em meus olhos. – Mas obrigada por ser tão sensível, o que é estranho. Realmente me fez ganhar a noite.

Meia hora mais tarde, eu havia voltado ao andar de cima com meu sutiã deplorável e minha calcinha grande demais, a essa altura ocultos sob o jeans novo e a blusa verde. A esse conjunto minimalista eu havia acrescentado um dos muitos colares que George gentilmente me havia emprestado para experimentar. George, pensei, ao tocar a criação pesada, de prata, tinha um gosto impecável, um coração de ouro e muito dinheiro.

Em um impulso, entrei no banheiro e comecei a me maquiar; corretivo, base, blush, delineador, rímel, batom, lápis labial. Recuei para avaliar o resultado. Lá estava ela. Outra Ros. Meu Deus, parecia bem-apessoada, com um ar não muito diferente da Cinderela de Daniel McAdam. Cinderela era mais alta, claro, e morena, mas sim, ela era igualmente, irritantemente, *bem-apessoada*.

Antes que tivesse tempo de decidir se ficava horrorizada ou impressionada com a transformação, o clarão repentino da luz de segurança no jardim me distraiu e, apagando a luz do banheiro, olhei para fora a tempo de ver o que parecia minha raposa arrastando alguma coisa pelo gramado e para dentro da vegetação rasteira. Com a curiosidade desperta, minhas inibições embotadas e a confiança aumentada por duas taças grandes de vinho, entrei no quarto às pressas e peguei minha câmera na primeira gaveta do armário ao lado da cama. Parando apenas para verificar se estava carregada, corri para o andar de baixo e entrei na cozinha, agarrei uma lanterna embaixo da pia, calcei as galochas que ficavam na porta dos fundos e saí para o jardim, a fim de investigar.

A luz de segurança que, a essa altura, havia se apagado, ganhou vida outra vez, iluminando o gramado, as árvores e os arbustos que o circundavam em três lados. Fiquei quieta um instante, esforçando-me por ouvir algum farfalhar que me fornecesse uma pista do paradeiro da raposa, mas me frustrei ao escutar apenas o som de conversa e risos baixos, provenientes da extremidade mais afastada do jardim. Produzi estalos com a língua na direção do ruído. Enquanto me afastava ainda mais da casa, a luz de segurança tornou a se apagar e acendi a lanterna, girando-a loucamente ao redor, na tentativa de não tropeçar no emaranhado de galhos e arbustos que estava atravessando.

A essa altura, era evidente que não havia o menor sinal da raposa, mas minha atenção captou a conversa claramente audível travada no jardim que dava fundos para o meu. Tive a vaga consciência de que a cerca viva divisória era consideravelmente mais baixa do que me lembrava durante minha última incursão às profundezas de meu jardim e, ao alcançá-la, precisei abaixar-me para não ser vista. Ao me agachar e afastar um pouco as folhas, pude não apenas ouvir, mas distinguir duas silhuetas, um homem e uma mulher, contra as luzes instaladas em uma borda atrás deles.

– Meu Deus, você está deslumbrante – ele disse, com a fala ligeiramente arrastada.

– E você – respondeu a mulher – está bêbado.

– Pode ser – retrucou o homem –, mas sei que você está deslumbrante mesmo quando estou totalmente... sóbrio... e impassível. – Um feio estalar de lábios formou a pontuação entre cada palavra enquanto ele se inclinava na direção dela.

– Pelo amor de Deus, Charlie – ela falou com uma risada –, saia de cima de mim e cale a boca. Alguém vai ouvir.

– Ah, então esse é o único motivo por que você quer que eu me afaste? – ele perguntou, com voz arrastada. – Porque se for, vamos procurar um lugar um pouco mais discreto da próxima vez.

Ela deu uma risadinha e começou a objetar, mas, àquela altura e carecendo de sensibilidade, interrompi a doce troca de palavras ao gritar e cair dolorosamente para a frente e sobre a cerca quando alguma coisa, que imaginei que fosse a raposa que tanto queria encontrar, passou correndo por mim.

Ela gritou, ele xingou e, enquanto eu lutava para me desvencilhar daquela armadilha silvestre, me dei conta de que várias outras pessoas chegavam às pressas à cena. Quando consegui por fim me levantar, foi diante de uma plateia considerável... oito ou nove pessoas no mínimo.

– Olá para todos – disse, espreitando timidamente por sobre a cerca e balançando a lanterna à guisa de saudação. – Estou perseguindo uma raposa.

Houve um curto silêncio, durante o qual movi a luz da lanterna pelo jardim e ergui a câmera, a fim de dar peso à justificativa de "perseguição".

– Essa é a minha vizinha, Ros. – Dirigi a lanterna em direção à voz e iluminei um homem alto, com uma quantidade impressionante de pelo facial. – Oi, Ros – disse Daniel.

– Essa é a vizinha do porquinho-da-índia – comentou a parceira de conversa de Charlie, que a essa altura reconheci como Cinderela.

Houve um murmúrio generalizado, que indicava compreensão.

– Vi uma raposa – falei com voz fraca – e decidi... seguir o animal.

– Ela também entra no meu jardim – disse Daniel.

– Humm... – murmurei enquanto o restante da plateia se mantinha em silêncio. – Bem, acho que agora a perdi... – Olhei para a esquerda e a direita. Alguém abafou o riso.

A essa altura, fez-se um penoso silêncio, que se prolongou pelo que me pareceu pelo menos um ou dois dias. Em desespero, optei pela conversa fiada.

– Está uma noite agradável, não? – Outro riso abafado, dessa vez com educação, mas disfarçado como um acesso de tosse reprimido.

– Certo, então, foi bom vê-la outra vez, Ros, não foi, Tish? – Daniel dirigiu a pergunta a Cinderela.

– Com certeza – respondeu Tish. – É sempre um acontecimento. Charlie explodiu em uma gargalhada.

– Charlie – ela reprovou com ar divertido –, você é simplesmente terrível. Desculpe Charlie, Ros. Ele já bebeu muito.

– É, eu testemunhei – declarei, decidida a marcar pelo menos meio ponto.

Não vi a expressão no rosto de Cinderela, mas ela e uma pequena multidão viraram-se e começaram a caminhar em direção à casa, conversando em sussurros pontuados pelo riso. Abaixei-me para desvencilhar a perna esquerda do jeans de um arbusto particularmente cruel e, ao me levantar, fiquei surpresa ao descobrir que Daniel continuava ali.

– Você cortou o cabelo – ele comentou. – Ficou bom. Mesmo depois de ter sido arrastado de trás para a frente em uma cerca viva.

Suspirei.

– Obrigada.

– Eu a convidaria para juntar-se a nós – ele gesticulou na direção do grupo que se afastava –, mas acho que você já esteve em uma festa esta noite.

– Por que você está dizendo isso? – perguntei.

– Ah, não sei. É só alguma coisa no seu... jeito. – Ele levou a mão à boca. – Ah, e a sua escolha de roupas, claro. Porque eu diria que está mais para a vida noturna do que para a vida selvagem.

– Bem, me desculpe – disse simplesmente. – Mais uma vez. Me desculpe, me desculpe, me desculpe. E peça desculpas aos seus amigos pelo transtorno que causei à noite.

Não precisa se desculpar, Ros – ele falou.

– Humm... – Girei em direção a minha casa. – Tchau, então.

– Tchau. Ah, e Ros – ele acrescentou, olhando para baixo por sobre a sebe.

– O que foi?

Ele fez um gesto na direção de meus pés.

– Prefiro as sandálias.

Não respondi e tornei a caminhar em direção à luz da cozinha. Quando chegasse lá, ia decidir se ria ou chorava.

Capítulo 10

Sentei-me com a taça de vinho na mesa a minha frente e esperei. Eram apenas 8:25 da noite e havíamos concordado em nos encontrar às 8:30, mas eu sabia que não seria capaz de atravessar a adega em passos elegantes com ele me observando, portanto havia decidido, em vez disso, chegar cedo, o que não era nem um pouco de bom-tom. Eu vestia blusa branca e calça preta, tendo rasgado a manga da blusa verde durante meu safári da meia-noite no dia anterior. No entanto, apesar de estar usando minha segunda opção em termos de roupas, sentia-me bem. George me havia feito uma visita rápida por volta das seis para aprovar minha escolha de acessórios e fazer outro discurso estimulante do tipo "você está linda" e, ainda que eu não estivesse exatamente explodindo de confiança, tampouco me sentia uma pilha de nervos. Tomei um gole de vinho, coloquei o celular em cima da mesa a minha frente, relaxei na cadeira e pensei em pegar o livro que havia levado, caso Sam se atrasasse.

Meu telefone vibrou. Era Joan. Hesitei antes de aceitar a chamada.

– É Joan, minha querida – ela disse. – Ele já está aí? Estou interrompendo?

– Não, tudo bem, Joan – respondi, erguendo ligeiramente os olhos.

– Que bom, olhe, eu só queria dizer que li seu horóscopo em três publicações diferentes hoje, e todos os presságios são bons. – Ouvi o farfalhar de papel no outro lado da linha.

– Obrigada, Joan. Você é atenciosa. – Era verdade.

– Bobagem, querida. Não é nada. Agora, Jonathan, em *The Mail* diz que... – Ah, meu Deus, ela ia ler tudo. – ... os planetas de vocês estão em rota de colisão.

– E isso é uma coisa boa, Joan? – perguntei com desconfiança.

– Ah, é sim, querida. Significa que a aura dos dois está muito carregada, sexualmente falando. A propósito, você se lembrou das meias, querida? Acho que elas proporcionam aquele algo mais de confiança sobre o poder de sedução.

– Humm, as meias e as ligas estão no lugar – respondi sem pensar, estendendo a mão por baixo da mesa e procurando o livro na bolsa –, o que é uma boa notícia com toda essa coisa astrológica de sexo.

– A gente precisa parar de se encontrar assim – disse uma voz masculina suave, que reconheci no mesmo instante. Ergui os olhos e vi Daniel McAdam de pé ao lado da mesa. Parecia satisfeito, informal, mas impecavelmente vestido, com camisa listrada roxa e preta e jeans escuro; a barba continuava incompatível como sempre.

– Desculpe, Joan, mas tenho que ir – falei ao telefone.

– Aah, é ele? – ela gritou. – Divirta-se, querida. – Ela encerrou a chamada com ruídos de beijos ao telefone. Apressei-me a desligar e atirei o celular dentro da bolsa.

– Ah, oi, Daniel – disse, da forma mais calma possível, rezando para que ele não tivesse ouvido nenhum dos dois finais de conversa.

– Sempre pensei que ligas tivessem a ver com associação de metais. – Ele olhou para a minha calça.

Droga.

– Na verdade, não estou usando ligas – retruquei. – Uma amiga bem-intencionada, mas um pouco excêntrica, me deu um par de ligas e eu não queria magoar ninguém, dizendo que não as estava usando. Além disso, apesar do que você talvez tenha ouvido, não vou fazer sexo com ninguém esta noite.

Ele hesitou.

– A essa altura, como não sei bem se lhe dou meus parabéns ou meus pêsames, vou só concordar com a afirmação e seguir em frente. – Ele bebeu da taça grande de vinho tinto que segurava e enfiou a outra mão no bolso. – Estou aqui com meu irmão mais velho, Miles... ele veio de Edimburgo para o final de semana. – Daniel acenou com a cabeça em direção a um homem alto, de cabelos louros, extremamente atraente, apoiado no bar, que ergueu a mão em saudação e sorriu. De repente, fiquei muito satisfeita por ter feito um esforço. Acenei e devolvi o sorriso. – E – continuou Daniel – Miles estava entre meus convidados de ontem à noite. Então, na verdade, vocês já se conhecem.

Meu sorriso congelou.

– Fantástico – falei, baixando a mão e tomando um grande gole de vinho. – Bem, foi ótimo ver você outra vez, Daniel, mas vou deixá-lo voltar para Miles. Tenho certeza de que vocês querem aproveitar ao máximo o tempo que vão passar juntos.

Ele não se moveu.

– Ah, a gente já se conhece de cor e salteado. Ele não vai se importar que eu converse um pouco com você.

Gemi em silêncio.

– Que simpático – disse.

– Então – ele sorriu –, o que você vai fazer esta noite?

– Vou encontrar uma pessoa para uns drinques e depois vamos sair para jantar.

– Em algum lugar legal?

– Isso.

Ele continuou a sorrir e tomou um gole de vinho. Olhei para o relógio. 8:40.

– Um velho amigo? – perguntou.

– O quê?

– Esse amigo ou amiga com quem você vai se encontrar. Ela, ou ele, é um velho amigo?

– Ah... não. É um amigo recente. – Tomei outro gole.

– Miles e eu temos tempo – disse. – Tudo bem se a gente acompanhar você enquanto espera? Só que parece que não tem mais nenhuma mesa livre. – Fez um gesto em direção ao lugar cada vez mais lotado.

Pensei em contar a verdade. Pensei em contar sobre O Rato, sobre James T. Gaville, sobre o esforço que eu havia feito naquela noite, pela primeira vez desde o dia de meu casamento, a fim de parecer atraente para um membro do sexo oposto. Levei em conta a possibilidade de lhe implorar para que, por favor, fosse embora.

– Claro, isso seria ótimo – concordei.

– Excelente! – Ele acenou para Miles, que abriu um sorriso, provavelmente diante da perspectiva do entretenimento leve, cortesia da maluca que havia escapado do sótão, e veio juntar-se a nós.

– Oi novamente, Ros – ele me cumprimentou com voz idêntica à do irmão.

– Olá – respondi.

– Ros vai encontrar um amigo e gentilmente disse que podíamos dividir a mesa com ela – anunciou Daniel.

– Ótimo. – Miles sentou-se. – Então, Ros, o que você acha disso? – E puxou a barba de Daniel. – Pessoalmente, não dá para encarar. É como se meu irmão tivesse sido parcialmente engolido por uma palha de aço da Bombril.

Continuei a atacar o conteúdo de minha taça de vinho.

– Quando conheci Daniel, pensei que ele fosse um alcoólatra em recuperação – confessei.

Miles riu. Meu rosto continuou inexpressivo.

– Acho que ela não está brincando, Dan – disse Miles.

– Não pensei nem por um minuto que estivesse, Miles – retrucou o irmão.

Olhei para o relógio. 8:43.

– A que horas você está esperando o seu amigo? – perguntou Daniel. Pensei detectar um olhar de preocupação condoída por trás de seus pelos faciais.

– Oito e meia – respondi, esvaziando a taça.

– Dê uma olhada no seu telefone – sugeriu Miles –, talvez ele esteja preso em algum lugar.

Meu telefone! Estava no *vibracall*. Enfiei a mão na bolsa e peguei o aparelho. Duas chamadas perdidas de Sam.

– Droga! – exclamei. Levei o aparelho ao ouvido. Nenhuma mensagem da primeira vez. Reproduzi a mensagem da segunda chamada. *Oi, Ros*. Ele parecia hesitante. *Olhe, eu esperava encontrá-la antes que você estivesse a caminho. Deixei uma mensagem no seu telefone fixo. Acho que não vou poder ir hoje à noite. Não estou me sentindo muito bem. Estava bem até meia hora atrás e, então, de repente, comecei a me sentir bastante indisposto e joguei...* Apertei "deletar" e devolvi o telefone à bolsa.

Ninguém falou por um momento, em seguida Daniel perguntou:

– Que tal outra bebida, Miles? Posso trazer alguma coisa para você, Ros?

Respirei fundo e engoli em seco.

– Não, obrigada. Meu amigo está doente. Acho que vou embora.

– Que pena que seu amigo está doente – disse –, mas por que não fica e toma outra bebida rápida conosco? Não temos nenhum plano definido.

Miles sorriu e acenou, concordando com a proposta, mas balancei a cabeça.

– Não, obrigada – murmurei e me levantei. – De qualquer maneira, estou cansada.

Daniel também se levantou.

– Vou levá-la até a porta.

Eu queria protestar contra aquela sugestão ligeiramente ridícula, mas decidi não arriscar uma frase comprida, tendo optado, em vez disso, por um "OK". Peguei minha bolsa embaixo da mesa, consegui me despedir de Miles e então me encaminhei, com Daniel, à porta que se abria para a calçada.

– Posso conseguir um táxi para você? – ele perguntou.

– Não, obrigada, vou a pé.

– É uma pena que sua noite não tenha dado certo – falou. – Você tem absoluta certeza de que...

Senti uma súbita torrente de irritação e orgulho ferido.

– Olhe – disse, virando-me para ele –, sei que você me acha ridícula e... – ergui a mão quando ele tentou interromper. – Só me deixe terminar. Sei que você me considera uma figura cômica, meio digna de pena e tudo bem. Ter chegado a essa conclusão não é nenhum absurdo, com base nas nossas interações bastante desastrosas até hoje. Mas por qualquer que seja o motivo, queria que você soubesse que, na verdade, apesar de todos os porquinhos-da-índia, das sandálias feias, das raposas e dos caras que me dão bolo... apesar de tudo isso, eu sou esperta, inteligente e também fui, em outros tempos, extremamente bem-sucedida, tanto em termos profissionais quanto pessoais. Ganhava dinheiro e fazia sexo.

– Ora, Ros, acho que você talvez não...

– Você é uma pessoa muito bem-sucedida, Daniel. Tem uma casa linda, um irmão sexy e uma namorada com um traseiro incrível. Não acho, nem por um momento, que tenha tido a intenção de ferir meus sentimentos, mas considero muito difícil aceitar compaixão, especialmente vinda de alguém como você, então realmente gostaria que não sentisse pena de mim. Não preciso que você nem ninguém sinta pena de mim. – Virei-me e comecei a caminhar a toda pressa na direção de casa. Senti-me aliviada por ele não ter tentado me seguir e, quando dobrei a primeira esquina, comecei a chorar. Não querendo pegar um táxi ou continuar a pé naquele estado de evidente sofrimento, decidi ir até a loja. Eu tinha as chaves. Entraria, prepararia uma xícara de chá e depois chamaria um táxi, ou iria para casa a pé assim que me sentisse melhor.

CHEGUEI NA CHAPTERS menos de cinco minutos depois. Dois minutos adicionais remexendo em minha bolsa à procura das chaves e eu já havia entrado e estava me perguntando por que o alarme não havia sido ajustado. Foi só depois de tornar a trancar a porta e guardar as chaves na bolsa que percebi que não estava sozinha.

– Ros? – Andrew estava parado no vão da porta da cozinha iluminada, com uma lata em uma das mãos e o celular na outra. Permaneci imóvel e em silêncio na loja às escuras. Ele disse ao telefone: – Donal, tudo bem se eu voltar a ligar? Minha sócia acaba de aparecer na loja e acho que temos alguns assuntos a tratar. Certo... certo... nos falamos então. Tudo de bom. – E desligou. – Você não devia estar no meio de um encontro neste exato momento? – perguntou baixinho.

Não respondi. Havia parado de chorar e não tinha pressa em recomeçar.

– Ros? – ele tentou novamente. – Ros, você quer uma bebida? Tem um pouco de vinho na geladeira e você me faria companhia com minha Guinness. – Ele ergueu a lata.

Caminhei em sua direção e, quando alcancei a entrada da cozinha, ele abriu os braços. Larguei a bolsa e me inclinei sobre seu peito. Ele fechou os braços ao meu redor e ficamos assim por um minuto ou dois.

– Alguém contou a ele – falei de encontro à camisa xadrez azul e branca.

– Alguém contou o que a quem? – perguntou Andrew.

– Alguém contou a Sam sobre mim, e então ele me deu o bolo. – Respirei fundo na tentativa de evitar o retorno das lágrimas.

– Ele disse isso? – Andrew perguntou com voz gentil.

– Não foi preciso. Hoje à tarde, no telefone, ele foi sedutor, estava feliz e saudável. Seis horas mais tarde, de repente está com disenteria.

– Bem, talvez ele esteja com disenteria.

Afastei-me, peguei a bolsa e procurei desajeitadamente um lenço, no qual assoei o nariz de forma bem barulhenta.

– Aposto meu dinheiro no fato de que ele não está doente.

– Vem, vamos beber alguma coisa – chamou Andrew. – Não precisamos nos sentar na cozinha. Podemos nos sentar na loja, onde esses olhos vermelhos e esse nariz escorrendo não vão ficar tão bem iluminados. – Ele sorriu para mim.

– Tudo bem. Obrigada – disse, conseguindo, em troca, dar um sorriso trêmulo.

– Certo. Você se senta na escada e lhe trago uma taça. Pegue a almofada de Joan atrás da caixa registradora.

Obedeci e esperei que ele tornasse a sair da cozinha. Após um instante, ele voltou com meu vinho e se sentou a meu lado em silêncio enquanto eu bebia e o colocava a par dos acontecimentos da noite. Quando terminei o relato, ele se inclinou para trás, abriu uma nova lata de Guinness e disse:

– É, não foi a melhor das noites, Ros. Mas, sabe, quando você olha para a situação de forma objetiva, talvez Sam esteja doente, e – falou, ignorando minha tentativa de protesto – mesmo que não esteja e se, como você diz, ficou sabendo o que aconteceu com você no passado e se sentiu ansioso, mesmo assim, isto não significa que ele represente a maioria da população masculina. – Andrew fez uma pausa para beber sua Guinness. – Só significa que ele é um cara meio triste, tacanho, que provavelmente tem muitos problemas e sem o qual você está muito melhor.

– Eu só – terminei o restante da taça em dois goles – me sinto um pouco como se estivesse sendo vista como mercadoria estragada, justamente quando estou começando a me sentir inteira outra vez.

– Ele assentiu com um movimento empático de cabeça e tornou a encher minha taça. – Além disso tem o meu maldito vizinho peludo, que fica aparecendo de surpresa e me tratando como se eu fosse alguma candidata à assistência comunitária.

– Meu Deus! – exclamou Andrew, balançando a cabeça com desalento. – Só não sei quem diabos esse cara pensa que é com essa preocupação gentil pelo seu bem-estar e se oferecendo para fazer-lhe companhia e pagar-lhe uma bebida. Parece um perfeito idiota, sem sombra de dúvida.

Ri. Não sabia se devido ao vinho ou à análise de Andrew da situação, mas estava começando a me sentir um pouco melhor.

– Ah, não – dei uma risadinha.

– O que foi?

– Disse que a namorada dele tinha um traseiro incrível. – Pisquei quando a sala ondulou um pouco.

– Jesus, Ros, como você conseguiu enfiar isso na conversa?

– Não sei... – suspirei – mas foi o que eu fiz.

Andrew sorriu.

– Uma façanha e tanto.

– Humm... Ei – virei-me na direção dele e cutuquei-o com um dedo –, você ainda não me contou o que está fazendo aqui.

– Ah, você sabe, eu tinha algumas coisas para rever... alguns telefonemas a dar. Esse tipo de coisa. E às vezes – ele contemplou sua Guinness – só não gosto de ir para casa.

– Você está querendo dizer que não gosta de ir para casa sozinho? – perguntei.

– Talvez – ele respondeu.

– Acho que entendo – disse, estendendo a taça para outro refil.

– Acho que provavelmente entende. – Ele sorriu e me serviu meia taça. – Vá um pouco mais devagar, Ros.

– Ah, meu Deus, você sabe o que isso significa! – gritei.

– O quê?

– Significa que você vai ter que me arranjar um amigo gay encrencado!

– Ai, meu Deus – ele retrucou –, essa é uma péssima notícia.

– E por quê?

– Porque – ele respondeu em tom sério – já pensei nisso, e nenhum deles é tão encrencado quanto você.

Senti-me profundamente ferida por um instante, antes de abrir um sorriso e balançar um dedo na direção dele.

– Ah, você só está me sacaneando, não é, seu sacana, você... – disse, com certa dificuldade, percebendo que minha língua de repente parecia estar sofrendo algum tipo de paralisia parcial.

– Não consigo enganá-la, não é, Ros? É, estou sacaneando.

– Então, você me arranjou um encontro?

– A verdade, Ros, é que nem me dei ao trabalho de procurar porque sabia que, assim que dedicasse sua atenção a isso, desistisse de se vestir como matrona e parasse de emitir essas vibrações de que todos-os-homens-são-o-diabo, você não teria o menor problema para encontrar alguém.

– Matrona? – perguntei, franzindo as sobrancelhas. – Verdade? Meu Deus. Mas, de qualquer forma – balancei a cabeça e tentei me concentrar –, mais importante do que isso, Andrew, é o fato de que agora não tenho ninguém para levar à festa de George.

– Ainda faltam mais de dois meses. Você vai ter alguém até lá – falou, sorrindo no que imaginei que fosse um jeito tranquilizador.

– Ah, meu Deus, mas não tenho mais energia para me vestir e para toda essa confusão de novo. Não quero outro encontro às escuras por no mínimo uns *três* meses. – Ergui quatro dedos para enfatizar a afirmação.

– Tudo bem – ele concordou. – Vem comigo então.

Errei a boca com o vinho.

– Por quê? Onde você vai?

– Está escorrendo pelo queixo, sua boba – disse, tirando o lenço de minha mão e enxugando-me o rosto. – O que quero dizer é: vá comigo à festa de George.

– Você está querendo dizer... juntos? Ir um com o outro?

Ele parou de limpar meu rosto e olhou para mim.

– Por que não? Também não consegui ninguém para ir comigo.

– Não existe outra pessoa com quem você realmente gostaria de ir? – Ele não respondeu. – Que tal Sandra? – pressionei.

– O mais engraçado – disse, devolvendo o lenço e voltando sua atenção para a bebida – é que parece que ela não é dada a esse tipo de reunião.

Fiquei um instante em silêncio antes de entender o comentário.

– Ah, é – ri –, porque ela é gay. Você é muito engraçado, Andrew. Por que nunca reparei nisso? – Recostei nos degraus, segurando o copo acima da cabeça. – Estou bêbada, sabe.

– Nem me fale. – Ele tirou o celular do bolso de trás da calça. – Vamos. Vou chamar um táxi para nós. Deixo você em casa no caminho.

Capítulo 11

Eu não via Alan Bullen fazia cerca de seis meses quando ele telefonou sugerindo que saíssemos para beber. Estava bastante curiosa quanto ao desempenho de meus antigos colegas, pois tinha ouvido boatos de cortes iminentes e sabia que Alan podia ser gloriosamente indiscreto. Combinamos de nos encontrar às seis e meia da tarde seguinte no The Poet, que ficava na esquina de seu escritório. Não me atrasei mais do que dez minutos, no entanto, quando cheguei, ele estava sentado em um compartimento a um canto e já em sua segunda lata de cerveja. Mesmo à distância de cinco metros, percebi que havia alguma coisa errada. A possibilidade de demissão me veio de imediato à mente. Respirei fundo e avancei para me reunir a ele.

– Oi, Alan – cumprimentei, tocando-o no ombro quando cheguei.

– Ros! – ele disse, erguendo-se e me dando um beijo no rosto. – Há quanto tempo! Mas olhe para você! Está fantástica. Adorei os sapatos.

– Obrigada – agradeci. – Posso trazer-lhe uma bebida quando for até o bar?

– Eu trago uma bebida para você.

– Bobagem. Uma cerveja?

– Uma cerveja está ótimo. Obrigado. – Ele tornou a se sentar e fui buscar as bebidas. De pé no bar, dei outra olhada nele enquanto esperava. Alan olhava direto para a frente e parecia estar a quilômetros de distância. Concluí que, agora, seria minha vez de proporcionar um ouvido atento e, se necessário, pensei ao ver seu tronco subir e descer com o esforço de um imenso suspiro, oferecer-lhe um ombro para chorar.

Paguei as bebidas e voltei à mesa.

– Aí está, Alan. – Entreguei-lhe a cerveja e me sentei diante dele. – Então, como vai?

De perto, ele parecia ainda pior. Havia olheiras e uma barba curta cobria-lhe o queixo. Ele abriu um sorriso débil.

– Na verdade, Ros – respondeu –, as coisas não estão correndo muito bem.

– É o trabalho? – perguntei. – Ouvi dizer que o novo presidente andou fazendo algumas mudanças.

– Trabalho? – Ele pareceu genuinamente confuso por um instante. – Ah, não, o trabalho vai bem. Quer dizer, Newman, Youngman e Marshall saíram da nossa divisão. E Wendy Haynes e Kate Woodruff também foram demitidas. Mas estou bem.

Meu queixo caiu ligeiramente.

– Meu Deus! Mas isso é horrível. Deve ter sido tão difícil ver o pessoal sair... e significa muita pressão extra em cima de você.

– Na verdade, não. – Ele terminou a segunda cerveja.

– Alan – inclinei-me e coloquei minha mão sobre a dele –, qual é o problema?

Ele me encarou com lágrimas nos olhos vermelhos.

– Ah, Ros. Você é com certeza a última pessoa que eu devia sobrecarregar com isso.

– Bobagem – falei. – Você me deu tanto apoio em meus dias mais sombrios. É claro que quero tentar ajudar... se puder.

– É tudo uma confusão terrível – ele disse, uma lágrima por fim escapando e escorrendo por seu rosto. – Eu nunca quis isso, sabe. Magoar as pessoas a torto e a direito.

– Meu Deus, Alan. Que diabo aconteceu?

– Anne e eu estamos... estamos nos divorciando.

– Ah, que pena. Essa é uma notícia triste. – Eu me recordava de Anne como uma mulher baixa, sólida, de seus quase quarenta anos. Na verdade, não a encontrei com frequência suficiente para formar opinião sobre sua personalidade, ou sobre seu relacionamento com Alan, a não ser pelo fato de que eles pareciam perfeitamente felizes na companhia um do outro.

– Eu não devia estar incomodando você com tudo isso. Só pensei que... Meu Deus, não sei o que pensei. – Sua mão tremia quando partiu para a terceira lata. – Sinto que preciso de perdão. É isso que está me torturando. Não consigo dormir, pensando em tudo. Só preciso de absolvição, Ros.

– Da parte de Anne?

– Da parte de Anne, de... bem, de todos. Tenho a impressão de que decepcionei todo mundo, Ros. Decepcionei muito você, não foi?

– De jeito nenhum, de jeito nenhum. Você fez tudo o que podia por mim, Alan. Fui eu que simplesmente desabei, e quer saber? Sair foi a melhor coisa que podia ter me acontecido. Um amigo me disse na época que era um novo começo, uma nova oportunidade, e ele estava certo. – Sorri de forma encorajadora.

– Verdade? – Ele pareceu um pouco menos desanimado.

– Com certeza – respondi. – E o seu divórcio, por mais horrível que possa parecer neste momento, talvez seja um novo começo para você e para Anne também. Quero dizer, desconheço os motivos... – parei para lhe permitir que esclarecesse, se desejasse; quando ele não o fez, fui em frente com minha conversa estimulante – ... mas sei que coisas boas podem acontecer a partir da mais terrível das situações.

– E quanto ao perdão, Ros?

– Perdão?

Ele deixou a cabeça pender, em seguida ergueu os olhos injetados de sangue e me encarou.

– Você perdoou?

Sentei com os braços cruzados. Simplesmente não podia dizer a esse homem à beira do abismo, desesperado pelo perdão da mulher, que não, eu não havia perdoado O Rato e nunca o perdoaria. Que, na realidade, gostaria de arrancar seus testículos, passá-los por um moedor de carne, acrescentar um pouco de manjericão, transformá-los em duas almôndegas e servi-las com salada verde a... humm, eu precisaria pensar a quem gostaria de servir a iguaria.

– É claro que perdoei, Alan – respondi vivamente. – Ele teve seus motivos para fazer o que fez e perdoei meu ex há muito tempo. Tina, minha terapeuta, deixou bem claro para mim logo no início que abrigar sentimentos de ódio e ressentimento só serve para obstruir o processo de cura pessoal. – Era isso, pensei, eu serviria as almôndegas de testículos para Tina.

Alan pareceu imensamente aliviado e conseguiu algo que se aproximava de um sorriso.

– Ros, você não pode nem começar a imaginar o quanto isso me ajudou. Isso realmente me dá esperanças para o futuro.

Tomei meu primeiro gole de vinho e me parabenizei. Se uma mentirinha havia evitado que Alan se atirasse no Tâmisa, que fosse. Fiquei feliz em ajudar.

O restante da noite correu relativamente bem, levando-se em conta o humor flutuante de Alan. Ele não forneceu mais detalhes sobre o divórcio e, em vez disso, insistiu em tomar conhecimento da melhora de minhas condições. Como isso parecia de fato fazer com que ele se sentisse melhor, fiquei feliz em ajudar e, após uma noite de positividade implacável de minha parte, dirigi-me à Blackfriars, ainda preocupada com Alan, mas bastante satisfeita com minhas bênçãos atuais, tendo passado a maior parte da noite enumerando-as para ele.

Cheguei à plataforma lotada cinco minutos antes da chegada do próximo trem para St. Albans. Vi um lugar vazio a minha direita, no final de uma fileira de três, e sentei-me ao lado de uma jovem morena, vestida num terno e ocupada enviando mensagens de texto a uma velocidade impressionante. Quando o trem chegou, poucos minutos depois, levantei-me e segui-a em direção às portas duplas mais próximas. Quando as portas se abriram e os passageiros à espera começaram a embarcar, ela pisou ligeiramente em falso e seu companheiro reagiu rápido, segurando-a pelo cotovelo para evitar a queda. Eles trocaram um "opa", uma risada alegre e encontraram dois lugares perto da saída.

Foi só quando me sentei diante deles que percebi que conhecia o homem que a acompanhava.

– Mike! – disse, rindo. Uma cintilação momentânea de surpresa chocada cruzou seu rosto antes que ele forçasse um sorriso.

– Oi, Ros! O que você andou fazendo esta noite?

– Só fui tomar uns drinques com um antigo colega de trabalho. E você? – Sorri para a mulher a seu lado. Ela retribuiu o sorriso, revelando um conjunto de dentes perfeitamente alinhados e brancos e se inclinou um pouco, na expectativa de uma apresentação.

– Tivemos uma reunião de última hora. Esta é India Morne, uma de nossas advogadas na Marsh – ele disse, voltando-se para ela. – India, esta é Ros Shaw. Ela é coproprietária da livraria onde George trabalha.

– É um prazer conhecê-la, Ros – ela sustentou o sorriso e estendeu a mão manicurada para que eu apertasse. – Então, você trabalha com a mulher de Mike?

– Trabalho, e achamos que temos muita sorte por ter George conosco – respondi.

– Bem, só encontrei Georgina um par de vezes, mas não tenho dúvidas de que ela seria um trunfo enorme para qualquer organização... grande ou pequena.

Mike concordou com um movimento de cabeça e sorriu com orgulho.

– Você está completamente certa – disse –, e além disso ela é uma mãe incrível. Ela realmente tem tudo. – Suspirei. – Eu devia detestar George com razão.

Mike riu e India continuou a sorrir.

– Então, você trabalha com Mike? – perguntei.

– Não todos os dias, mas nossos caminhos se cruzam – ela respondeu, virando-se para olhar para ele.

– Ros, e como vão os negócios? – Mike afrouxou a gravata e abriu o primeiro botão da camisa.

Conversamos a respeito de livrarias, fusões e o tempo passou rápido, com Mike de bom humor, ao mesmo tempo alegre e descontraído. Como consequência, nossa chegada a West Hampstead me pegou meio que de surpresa.

– Essa é minha parada – disse India de repente. – Foi realmente um prazer conhecer você, Ros. Vou fazer questão de passar na Chapters na próxima vez que estiver em St. Albans.

– Por favor, faça isso – disse. – Tenho certeza de que George também gostaria.

India se despediu, lembrando Mike de lhe enviar por e-mail um documento para uma reunião na manhã seguinte, e partiu.

– E então, Mike – perguntei assim que ficamos sozinhos –, está ansioso pela festa? Eu não sabia se mencionava o assunto na frente de India... não sei se ela vai estar lá.

– Acho que não – ele respondeu, olhando para a plataforma enquanto o trem se afastava –, na verdade, ela é mais uma colega do que uma amiga.

– Bem, ela pareceu muito legal – falei em tom casual.

– Verdade? – ele perguntou, erguendo as sobrancelhas.

– Claro – respondi. – Você parece surpreso. Agora vai me dizer que ela é uma perfeita cadela, não vai?

– De jeito nenhum – riu. – É que foi gentil você ter dito isso. – Sorri e dei de ombros, divertida com sua reação a um elogio casual.

Pelo restante da viagem, conversamos sobre seu próximo aniversário e o entretive com histórias da recente festa de meu pai. Ao chegar a St. Albans, dividimos um táxi da estação e, não mais de dez minutos após me despedir, eu estava livre da maquiagem, vestindo meu pijama e escovando os dentes.

Havia sido uma noite interessante e, apesar da notícia triste de Alan, nem um pouco desagradável. Ainda assim, enquanto escovava os dentes e me examinava com ar distraído no espelho do banheiro, senti-me oprimida por uma súbita sensação de mal-estar. O que era? Era Alan? Bem, eu o havia deixado muito melhor do que o havia encontrado. E não sentia nenhuma preocupação por seu bem-estar imediato; ele já havia me enviado uma mensagem de texto para me agradecer por ter saído com ele e para informar que havia chegado são e salvo à casa da irmã, em Dulwich. Portanto, não, não era Alan. Incapaz de encontrar uma explicação para meu mau pressentimento, decidi, em vez disso, me concentrar em alcançar com a escova meu difícil molar inferior esquerdo.

Um instante depois, havia lidado de forma satisfatória com o molar e o processo com o fio dental ia em meio quando minhas mãos congelaram e encarei, com horror, os olhos arregalados e a boca aberta, meu recém-esclarecido reflexo.

Havia me voltado à memória. Durante os minutos que havia me sentado ao lado de India na plataforma em Blackfriars, ela estava de mãos dadas com o homem a seu lado. Com Mike.

Capítulo 12

Fui trabalhar no dia seguinte, aliviada por ser dia da folga de George. Tanto Joan quanto Andrew me perguntaram, na primeira meia hora, se havia alguma coisa errada. Andrew aceitou de imediato um "Não, está tudo bem" e não perguntou novamente; Joan, porém, insistiu e, por fim, fui forçada a dizer que me sentia um pouco indisposta.

– É cistite outra vez, querida? – ela perguntou enquanto entregava o troco a um senhor idoso. – Porque se for, posso comprar uma caixa de suco de amora quando sair para o intervalo. – Percebi que o cliente se demorava, interessado na causa de meus sintomas.

– Não, não é cistite – respondi, dirigindo-me diretamente a ele. Ele sorriu aliviado, ergueu a mão em uma saudação silenciosa e saiu.

– Ah, bem, então talvez seja alguma coisa que você comeu – ela disse, vestindo o casaco. – Ou talvez – acrescentou com uma piscadela – alguma coisa completamente diferente, que você vai me contar outra hora.

Sorri.

– Talvez.

– Está tudo bem, querida. – Ela esfregou meu braço. – Quando eu voltar, me lembre de falar mais um pouco sobre *Oaklahoma!*, nossa próxima produção. Sei que você vai querer ingressos. – Sorri e concordei com um movimento de cabeça enquanto ela saía às pressas da loja.

– É, e vamos torcer para que Joan não acene para nós do palco este ano – comentou Andrew, vindo para o andar de baixo. – No ano passado, aquilo parecia a festa de Natal de um colégio de crianças.

– Espero que você tenha razão... – falei, com ar distraído.

Ele veio até a caixa registradora.

– Então, você vai me contar qual é o problema, ou vai simplesmente continuar o dia inteiro com essa aparência de quem está tomando algum sonífero?

– O quê? Ah... – Olhei de relance para baixo e, procurando uma desculpa incontestável para minha prolongada distração, dei uma pancadinha em uma revista que ele havia largado aberta no balcão.

– Desculpe, Andrew, eu estava concentrada nesse artigo de sua revista. – Olhei para a página. – Muito absorvente. É... muito interessante.

– OK – ele estendeu o braço e girou delicadamente a revista em cento e oitenta graus –, mas você está lendo de cabeça para baixo, Ros. E ainda que eu admire o desafio adicional que está se propondo, isso dificulta muito o entendimento do efeito resultante dos altos níveis de investimento na China. – Olhei para cima. Ele sorriu e ergueu as sobrancelhas com ar inquisitivo.

Fechei a revista.

– Não sei se entendo alguma coisa nos dias de hoje. – Suspirei antes de acrescentar em um impulso: – Andrew, você não está livre para tomar um drinque depois do trabalho, está?

– Bem... acho que sim. – Ele pareceu hesitante, aparentemente um pouco desconcertado pela surpresa da proposta.

– Não se preocupe se não puder. Não é nada demais – disse, sentindo-me estranha de repente.

– Não, não, vai ser ótimo. É, vamos fazer isso. Aonde você quer ir?

– Que tal o Six Bells? – sugeri antes de me dar conta de que restava um problema logístico delicado a ser resolvido. – Podemos nos encontrar mais ou menos meia hora depois de fechar? Não quero que Joan se sinta excluída, mas tem uma coisa que preciso discutir com você sozinha. – Eu sabia o quanto isso soava mal, mas Andrew parecia ter se recuperado do desconforto inicial e a essa altura apenas deu de ombros e balançou a cabeça à guisa de assentimento.

– Por mim, tudo bem – disse, pegando uma pilha de livros e rumando outra vez para a escada. – Vejo você lá, às seis e meia.

CHEGUEI AO PUB PRIMEIRO e pedi uma taça grande de vinho branco para mim e uma Guinness para Andrew. Ele apareceu cerca de cinco minutos depois e acenei de meu lugar a um canto.

– Oi – ele cumprimentou, aproximando-se e colocando o casaco nas costas da cadeira à minha frente antes de se sentar. – Obrigado por isso – ergueu o copo e tomou um gole apreciativo. – Então, Ros – perguntou, indo direto ao assunto, o que era, refleti, um jeito tipicamente masculino –, qual é o problema? Espero que não seja o trabalho, porque você acabou de pegar o jeito da coisa.

– Não, não é o trabalho. – Sorri. – Gosto do trabalho.

– Que bom – retrucou ele. – Mas – acrescentou, com uma seriedade fingida –, se não é o trabalho, então talvez você esteja conversando com a pessoa errada. Quer dizer, antes de dar o chute inicial, tem certeza de que não prefere conversar com George sobre qualquer que seja o problema? – Ele viu minha expressão mudar. – George não é o problema, é? – perguntou, agora parecendo genuinamente preocupado. Balancei a cabeça em sinal de assentimento, e ele baixou a Guinness e a deixou de lado. – Vá em frente, então – falou.

Contei-lhe minha volta para casa na noite anterior. Ele ouviu com ar impassível, olhando fixo para as mãos, que se achavam entrelaçadas sobre a mesa a sua frente. Quando terminei, continuou em silêncio e não forneceu nenhuma pista imediata do que estava pensando. Comecei a me perguntar se ele havia interpretado meu relato como fofoca.

– Me desculpe – falei. – Talvez eu não devesse ter contado, mas estou com isso na cabeça desde que aconteceu e queria discutir o assunto com alguém que conhecesse todos os envolvidos e...

– Você tem certeza? – ele perguntou de forma brusca.

Olhei-o, surpresa com a interrupção repentina.

– Certeza do que vi? Se ela estava segurando a mão dele?

– Isso.

– Certeza absoluta. Lembro de ter pensado que ela devia ser canhota, porque estava mandando mensagens muito rápido enquanto segurava a mão da pessoa à direita. Passei muito tempo ontem à noite imaginando cenários nos quais você pode inocentemente segurar a mão de um integrante do sexo oposto... quando está angustiado ou se a pessoa é um bom amigo. – Reiniciei o processo de tentar encontrar uma explicação reconfortante para o que havia visto. – Quero dizer, seguro o braço de Tom sempre que saímos, mas Mike foi muito claro quando disse que eles eram basicamente colegas, não amigos de verdade... com certeza não chegados o bastante para convidar a mulher para a festa de aniversário dele. Meu Deus, e agora estou com essa coisa horrível na cabeça, que quero explicar, mas não consigo. E acho que talvez deva conversar com George a respeito o mais rápido possível, porque se...

– Meu conselho é que não – disse Andrew baixinho, ainda olhando para a mesa.

Hesitei, confusa tanto com a forma quanto com a natureza da resposta.

– Mas é...

– O que você quer fazer? – Ele ergueu os olhos para me encarar e esforcei-me por decifrar sua expressão. – Instintivamente, quero dizer. Você não quer ter essa conversa com ela, quer?

– Não, claro que não.

– Então, siga esse instinto.

– Isso é tão masculino... – falei, ligeiramente irritada com a análise simplista e o inesperado tom corriqueiro. – Sabe, talvez realmente ajudasse se você me explicasse um pouco esse seu processo de pensamento. George é uma de minhas melhores amigas. Você não esperaria que um amigo chegado lhe contasse se visse sua parceira abraçada com alguém no trajeto diário?

– Mas foi *isso* o que você viu? – Ele me olhou com ar inquisitivo. – Você tem certeza absoluta?

– Já disse o que vi. Tentei pensar em outra explicação, mas não consigo.

– Você mesma disse, quando as pessoas estão angustiadas, buscam conforto.

– Ela não parecia nem um pouco angustiada.

Andrew balançou a cabeça.

– Nem todo mundo carrega uma placa anunciando seus sentimentos, Ros. Algumas pessoas os escondem muito bem. E só porque, vinte e quatro horas depois, você não consegue propor uma explicação alternativa para o que viu, não quer dizer que não exista uma.

Ele estendeu a mão para a bebida e, por um momento ridículo, um vacilar em sua expressão me fez pensar que talvez fosse me acertar com o copo. Mas em vez disso, é claro, ele apenas tomou um gole da Guinness antes de tornar a pousar o copo com cuidado na mesa a sua frente.

– Dê um passo atrás e se conceda uma chance de refletir. Não faça nada sem pensar muito bem e com cuidado. – Ele fez uma pausa antes de acrescentar, em tom mais gentil: – E me desculpe.

Olhei para ele e fiquei surpresa ao ver algo parecido com vulnerabilidade.

– Desculpar? Por que diabos? – perguntei.

– Por não ter tornado mais fácil para você ver George na segunda-feira de manhã.

– Tudo bem – disse. – O dilema não é seu. É difícil descobrir... a coisa menos errada a fazer.

Ele suspirou.

– Só posso falar de coração – disse, usando inconscientemente o estilo e o tom de voz que tanto encantavam nossas clientes. – E acho que, quaisquer que sejam os fatos, não adiantaria alguém me contar que a pessoa que eu amo sente alguma coisa por outra. Eu não ia acreditar até o momento em que descobrisse por mim mesmo. E – ele continuou, com um sorriso triste – não tenho a menor dúvida de que daria dois tiros no mensageiro.

– Tudo bem – concordei.

Por consentimento tácito e mútuo, mudamos o tema da conversa, a atmosfera aos poucos ficou mais leve e evitamos novas menções a

George até termos terminado nossas bebidas e decidido ir para casa, nenhum dos dois se sentindo constrangido.

– É que detesto a possibilidade do que está por acontecer a ela – disse quando saímos para a calçada.

– Ela merece coisa muito melhor, com certeza – retrucou Andrew. – Sabe – acrescentou –, realmente não acredito que exista nenhum homem que deixe de apreciar o que ele tem.

Sorri e concordei com um aceno de cabeça, otimista, mas, quando peguei o caminho de casa, sentia-me tudo, menos otimista com relação a George.

Capítulo 13

– **Um fim de semana** fora para as meninas! – disse Celia quando abri a porta da frente.

– Bem, na verdade, com base estritamente nos fatos – beijei-a –, *você* é a menina que está fora. Eu sou uma menina em casa. Mas sei o que você está querendo dizer. Vamos, entre.

Fomos para a cozinha.

– Ah, Ros, está tudo tão lindo! – disse, acariciando o pano sobre a mesa e admirando alguns desenhos que eu havia comprado a preço acessível em uma feira de artesanato.

Sorri.

– Acho que o que você está querendo dizer é que está tudo limpo, Celia.

– Não – ela insistiu –, o que estou querendo dizer é que está tudo lindo. E você colocou cortinas novas – ela observou, voltando ao corredor e dando uma olhada nas salas de estar e de jantar. – Tudo isso faz uma grande diferença.

– Na verdade – acrescentei –, eu adoraria poder comprar um lugar para mim.

– Você está procurando? – perguntou Celia.

Balancei a cabeça.

– Não... Acho que vou precisar de mais um ou dois anos com a loja indo bem antes de pensar seriamente em comprar... e vai ser um lugar menor do que este. Só que gosto tanto do jardim... – falei, olhando pela janela da cozinha.

– Ah, se você também gostasse de jardinagem... – comentou Celia, juntando-se a mim ao lado da pia e contemplando os arbustos demasiado crescidos.

Ri.

– Atrevida! Roma não foi construída em um dia, sabia?

– Eu sei – ela sorriu. – Estou só brincando. Agora, me fale sobre a loja. O negócio está correndo bem?

– Na verdade, está – respondi, pegando uma garrafa de *rosé* na geladeira e balançando-a em sua direção com ar interrogativo. Ela aceitou com um movimento de cabeça. – A gente se sentou com o banco na semana passada e todos pareciam muito satisfeitos com a forma como tudo está correndo.

– Maravilha – falou enquanto eu lhe servia uma taça de vinho. – E vou ousar perguntar: você já se recuperou do fiasco com Sam?

– Ah, já – respondi, sentando-me e balançando a mão com desdém. – Na verdade, fico contente que ele não tenha aparecido. Se ele ficou tão constrangido com a situação, a coisa toda teria sido um desastre.

– Humm. – Ela franziu a testa. – Fiquei meio chateada com Kat por causa de tudo isso, sabe.

– Entendo que ela tenha sentido a necessidade de contar a ele – comentei. – Acho que no lugar dela eu teria feito o mesmo.

– É, mas contasse uma semana antes... ou dois dias depois – retrucou Celia. – Não quando ele está calçando a porra dos sapatos para sair porta afora.

– Na verdade, ele me telefonou dois dias atrás; eu pretendia lhe contar – anunciei.

– Meu Deus, telefonou? E o que ele disse?

– Sugeriu um encontro, mas falei que achava que devíamos deixar as coisas como estavam por um tempo. Além disso – acrescentei, tomando meu primeiro gole de vinho –, vou à festa de George com Andrew, então acabou a pressão de tornar a encontrar alguém.

– Andrew? – Ela me olhou com desconfiança.

– Celia, posso garantir que não existe nada entre mim e Andrew. Mas estamos muito mais relaxados um com o outro atualmente.

Ela me lançou um sorriso malicioso.

– Verdade? Você está mais *relaxada*?

– Você é terrível.

– Mais uma vez, estou só brincando. Mas você sabe que sempre achei Andrew bastante atraente.

– Sei, você já me disse muitas vezes e não foi a única. E ele é. Mas não faz a minha cabeça.

– Quem faz?

Hesitei, surpresa ao me pegar pensando seriamente na questão.

– Na verdade, o cara que matou Mr. Edward tem um irmão muito bonito.

– Aah, tem? – Celia interessou-se.

– Tem, mas – contrapus, erguendo um dedo na tentativa de reprimir qualquer comemoração prematura – mora em Edimburgo.

– Ah...

– E ele me viu cair na cerca viva e ir embora chorando depois de levar um bolo.

– Não foi muito auspicioso, então.

– Não.

– Que pena!

– É, uma pena – suspirei.

Permanecemos momentaneamente caladas antes que Celia se reanimasse:

– Então... – ela disse – comida para viagem, vinho e – ela inspecionou a bolsa e extraiu um DVD – filme hoje à noite. E amanhã compramos roupas para sua festa e para o meu batizado... Depois tomamos coquetéis e jantamos fora. Combinado?

– Parece um plano perfeito! – Fiquei satisfeita que esse fosse, afinal, um fim de semana realmente divertido para ela, em vez de apenas uma incursão compassiva para cuidar da irmã necessitada.

– Fantástico. – Ela sorriu de alegria. – Comida chinesa ou indiana? Você escolhe.

CELIA E EU só fomos levantar da cama lá pelas dez da manhã, tendo permanecido acordadas conversando até as duas na noite anterior. Perambulamos de roupão pela casa até a hora do almoço, tomando chá e conversando um pouco mais. Ela sentiu-se suficientemente segura da minha recuperação em curso para me contar alguns de seus problemas, o que não fazia havia quase dois anos. A maioria de suas preocupações dizia respeito aos filhos: estavam fazendo e conservando amigos na escola? Havia exigido demais de Ben em termos acadêmicos? Entrariam para a escola secundária estadual local quando chegasse a hora? Ao que tudo indicava, Celia não se preocupava consigo mesma, e as referências casuais a David e ao relacionamento dos dois eram reconfortantemente benignas. Concluí que ela estava, de modo geral, muito feliz com seu quinhão. Não me ressenti disso, por ser ela, de fato, a autora de seu próprio contentamento.

Após um almoço leve, fomos a pé até o centro de St. Albans, altura em que Celia insistiu em que o primeiro encargo da empreitada simplesmente *tinha* que ser encontrar um vestido de festa para mim. Não discuti, pois sabia que ela de fato gostaria da ideia de me vestir como uma boneca de papel para recortar. Passamos a hora e meia seguinte dando uma olhada nos nomes da High Street e nas butiques menores. Depois de rejeitar pelo menos uma dúzia de vestidos como brilhante demais, apertado demais, curto demais, danceteria demais, por fim encontrei um vestido elegante, na altura dos joelhos, justo, em seda púrpura, no qual nem mesmo eu consegui encontrar defeito. Celia determinou que ele devia ser usado com saltos, ou não ser usado de jeito nenhum e, portanto, um par de sapatos com filigrana de prata, ridiculamente altos, foi acrescentado as minhas aquisições, apesar de, com eles, eu medir aproximadamente 1,80m e mal conseguir dar um passo.

– Pratique andando de um lado para o outro no corredor quando chegar em casa – recomendou Celia quando ensaiei uma fraca recusa. – Vai ficar tudo bem... e eles fazem suas pernas parecerem espaguete.

– E isso é uma coisa boa? – perguntei, olhando para baixo. – Onde ficam meus tornozelos nessa comparação?

– Ah, você sabe o que estou querendo dizer – ela respondeu. – Só compre os sapatos, Ros.

Celia, como eu já sabia, conseguiu se paramentar da cabeça aos pés em menos de meia hora, mas depois levou mais que o dobro desse tempo escolhendo presentes para os meninos. Deram cinco horas antes que concordássemos em fazer um intervalo para uma xícara de chá e uma fatia de bolo.

Dirigimo-nos ao pequeno café, em uma rua lateral tranquila, onde por vezes eu me refugiava após manhãs movimentadas na loja. Desabamos em um sofá perto de uma mesa baixa, pousando uma montanha de sacolas no chão a nossos pés, e pedimos nosso lanche.

– Muito obrigada, Celia – agradeci.

Ela afastou um cacho de cabelo da testa e dispensou minha gratidão com um aceno.

– Não, obrigada *você* – disse. – Isso é muito mais divertido do que passar o sábado vagando sozinha pelas lojas de Exeter. – Ela pegou o bule de chá que a garçonete havia acabado de colocar a nossa frente e começou a servir.

– Não estou me referindo só ao fato de você ter vindo fazer compras comigo – falei baixinho. – Refiro-me a tudo. Gostaria, por sua causa e por todos os outros, que tivesse conseguido me recompor um pouco antes.

Celia pousou o bule e levou um dedo aos lábios.

– Shhh... – fez e inclinou-se para me abraçar. – Estou muito orgulhosa de você, Ros. Não tenho certeza se eu teria sobrevivido àquilo.

Sorri. Ela simplesmente não conseguia evitar.

– Calada – disse eu.

– Tudo bem, vou me calar. Vou terminar de servir o chá, em vez disso. E, ei – ela olhou por sobre o ombro –, onde está o nosso bolo?

Tomamos nosso primeiro coquetel de champanhe às oito e preparamos Cosmopolitans em casa por volta da meia-noite. A comida, no intervalo entre os dois, estava saborosa, mas foi secundária à conversa e ao álcool. Havíamos conversado sobre a dieta de mamãe, o andaime de papai, o emprego de David e a falta de confiança de Celia em suas habilidades como mãe, cada tópico sendo concluído de forma satisfatória e otimista, à exceção da dieta – que ambas concordamos que se achava fadada ao fracasso. Em seguida, passamos às fofocas, e Celia mencionou uma velha amiga de escola e mãe de três filhos que havia saído da casa em que morava com o marido, em Blackheath, para morar com alguém chamada Regina, que tinha vários piercings e um estande no mercado em Brixton. Consegui receber a notícia com o grau apropriado de choque, seriedade e desolação por cerca de quarenta e cinco segundos antes de me desfazer em ataques de riso.

De repente, lembrei-me de Tom.

– Meu Deus, Ce, esqueci completamente de lhe contar que Tom vai se casar. Ainda não tinha contado, tinha?

– Não – ela deu um soluço, parecendo surpresa –, não tinha. E quando vai ser isso?

– Janeiro.

– Brrrr...

– Eu sei! Ei – ri –, vamos ter que fazer compras outra vez.

– Viva! – Ela abriu um sorriso e brindou com o restante de seu coquetel. – Ele vai se casar com Anna? – perguntou.

– Amy. – Dei um gole na bebida.

– Amy. É claro. E você está bem com tudo isso? – Eu vinha inspecionando uma mancha de bebida no sofá e, quando ergui os olhos, o sorriso de Celia havia desaparecido.

– Com o quê? Com o casamento dele? – Ri com ar de incredulidade. – Eu nunca gostei dele, Celia.

– Não, não, quis dizer ir ao casamento.

– Ah, sim – respondi –, só porque o meu não aconteceu não significa que não posso ficar feliz por outra pessoa. Fui ao de Florence, não fui? E correu tudo bem.

– Não é isso o que estou querendo dizer, Ros – objetou ela, depositando a taça vazia de forma instável sobre a mesinha de centro. – O que eu tinha em vista é que, bem, imagino que Tom vá convidar... – Sua voz foi diminuindo e ela olhou para mim com olhos preocupados; seu primeiro momento de ansiedade naquele final de semana.

De repente, entendi o que Celia estava querendo dizer e ela estava certa. Por isso Tom havia ficado tão preocupado ao contar que ia se casar. Não por achar que eu tivesse um problema com casamentos ou por talvez abrigar sentimentos velados a seu respeito. Ele estava preocupado porque O Rato estaria presente.

Capítulo 14

Despedi-me de Celia depois do *brunch* na manhã seguinte, tendo-a tranquilizado – esperava que para sua completa satisfação – de que não estava nem um pouco preocupada com a perspectiva de ver O Rato depois de todo aquele tempo. Mas, na prática, a situação era bem mais confusa. Embora a ideia de vê-lo não me aterrorizasse, eu não podia afirmar que estava totalmente em paz com isso. Sentia-me como se fosse fazer uma prova para a qual estava medianamente preparada; sentia ansiedade e relutância em igual medida ante o momento iminente em que descobriria se as cartas representavam o fracasso ou o sucesso.

Do que eu tinha certeza é que precisava saber, de um jeito ou de outro, se ele estaria presente. Não podia simplesmente passar os seis meses seguintes em estado de ansiosa incerteza. Portanto, cerca de meia hora depois que Celia partiu, peguei o telefone e liguei para Tom. Estava deixando uma mensagem, pedindo-lhe que telefonasse quando Amy atendeu.

– Oi, Ros. – Seu tom de voz era entrecortado. – Como vai? Não nos falamos há meses, ainda que Tom me mantenha atualizada, claro. Ao que tudo indica, a livraria está sobrevivendo e você está se saindo um pouco melhor.

Resolvi ignorar as ofensas dissimuladas.

– É, o negócio está crescendo – retruquei, enquanto procurava freneticamente um motivo para ter telefonado e me amaldiçoava por não ter ligado para o celular de Tom –, mas preciso parabenizá-la pelo casamento que está se aproximando.

– Obrigada, estamos muito animados.

Houve uma pausa levemente constrangedora.

– Como vão os preparativos? – arrisquei.

– Ótimos – ela respondeu. – O local, o bufê e a festa já estão acertados.

– Isso é maravilhoso... bem – a inspiração surgiu –, na verdade, telefonei porque quero pegar uma informação com Tom. Ele tem um consultor financeiro de quem está sempre falando... Laurence alguma coisa...

– Laurence Feehily.

– É, esse mesmo. Eu só queria pegar o telefone dele, se possível. É para o meu pai...

– Com certeza. Vou chamar Tom. Acho que ele está no escritório... na verdade, ele acaba de chegar. – Houve uma ligeira distorção no som quando ela colocou a mão sobre o receptor, embora não o suficiente para me impedir de ouvir sua ponta da conversa. – É Ros – falou, com voz inexpressiva. Tom disse alguma coisa indistinta, ao que ela respondeu: – Meu Deus, não sei. Ela falou umas bobagens sobre querer o número do telefone de Laurie. – Encolhi-me e esperei que Tom surgisse na linha.

– Me desculpe por isso – falei, quando ele pegou o telefone.

– Não, não, tudo bem, vou procurar o número para você – ele disse em tom jovial.

– Não quero o número.

– Sei disso – ele declarou. – Aqui está. Você tem uma caneta?

– Não.

– Ótimo. É 077... espere um minuto, Ros. Só tenho que me despedir de Amy. – Ouvi ruídos que indicavam outra vez uma das mãos sobre o receptor.

– Não sei por que você fica fingindo – ela falou.

– Fingindo o quê? – ele perguntou.

– Deixa pra lá. Vejo você mais tarde. – Ouvi uma porta se fechar.

– Desculpe, Ros. Já estou de volta. O que você quer? – ele perguntou.

– Sabe essa coisa que vocês dois fazem de cobrir o fone com a mão? – indaguei.

– Sei.

– Não adianta porra nenhuma. Existe uma tecla *mute* para esse tipo de coisa, sabia?

– Vou levar isso em conta. Agora, o que você realmente quer?

– Bem, eu gostaria de não me apavorar com a sua noiva, para início de conversa.

– É do que todo mundo gostaria, mas as coisas são como são – ele suspirou. – Agora vá direto ao ponto. Preciso mijar.

– Tudo bem. – Respirei fundo. – Vou fazer uma pergunta, mas quero que você saiba que não precisa se preocupar com a resposta que vai dar.

– Já estou preocupado.

– Não fique. Está tudo bem. Só preciso saber.

– OK.

– Ele vai ao casamento?

– O quê?

– Ele vai ao casamento em janeiro? – Fez-se silêncio do outro lado da linha. – Tom?

– Pensei que você tivesse entendido isso. – Ele parecia consternado.

– Ah, claro, claro – tentei soar descontraída. – É claro que sei que ele foi *convidado*, mas só queria saber se ele aceitou, só isso. Só quero saber para estar preparada.

– Preparada em que sentido? – perguntou Tom. – Preparada tipo: emocionalmente preparada? Ou preparada tipo: chegar armada com uma pistola?

– Ah, Tom – ri.

– Estou falando sério, Ros – retrucou. – Eu não estou rindo. Você está me ouvindo rir? Escuta isso. – Houve uma pausa.

– Não estou escutando nada.

– Isso sou eu sem rir.

– Ah, vai fazer seu xixi e pelo amor de Deus pare de se preocupar – pedi. – Eu só precisava saber, só isso. Estou numa boa.

– Ótimo, e continue assim – ele falou. – Ele também está numa boa. Então, está tudo bem.

– Ele está? Bom. Bom. – Fiquei desesperada para saber mais. Os dois haviam conversado a meu respeito? Ele estava preocupado? Ia levar mais alguém?

– Ros?

– O quê?

– Você tem certeza de que está encarando isso numa boa? – Seu tom foi mais gentil dessa vez. – Porque, caso não esteja, vamos dar um jeito. Só Deus sabe como, mas vamos dar um jeito. Não quero que você se angustie e, acima de tudo, não quero ver o dia de Amy estragado.

– É claro que não vou estragar o dia dela! Já faz algum tempo que não sou mais aquela ruína que afunda chorando no sofá, sabe – retruquei, um pouco ofendida. – Ando muito consciente dos sentimentos das outras pessoas atualmente.

– Eu sei, eu sei. Me desculpe – ele disse. – É que Amy está muito tensa com tudo. Não conseguiu lidar com uma unha lascada, o que dirá com pancadaria na recepção.

– Posso avaliar – disse. – E garanto que não vai haver pancadaria.

– Tudo bem. É melhor eu ir, mas você quer sair para beber na semana que vem ou na seguinte? No seu pedaço de selva.

– Acho ótimo – respondi. – Me mande uma mensagem de texto com duas datas.

– Legal. Vou fazer isso – ele falou. – Ei, e quando a vir, você vai poder me olhar nos olhos e dizer que não tem assassinato na cabeça?

– Vá fazer xixi, pelo amor de Deus.

– Tarde demais... já vazou um pouco. Você sabe, com o estresse desta conversa.

– Vá de uma vez.

– Tudo bem. Tchau.

Desliguei e imediatamente decidi telefonar para minha mãe. Precisava de um pouco de conversa fútil sobre as dificuldades e atribulações de viver com meu pai, a fim de me distrair de questões mais importantes, como traição e a incapacidade de perdoar e esquecer.

– Alô? – O tom de minha mãe foi o habitual misto de expectativa e excitação moderada.

– Oi, mãe. Sou eu.

– Ros! Que bom. Como vai, querida?

– Estou bem. Como vão as coisas por aí? Como está papai?

Ela suspirou.

– Bem, sabe a estufa antiga? Seu pai derrubou tudo e agora está no jardim dos fundos tentando construir um sistema de aquecimento solar. Eu disse a ele: *"Ted, se você quer derrubar alguma coisa, derrube aquele galpão monstruoso que você construiu no verão passado."* Honestamente, Ros, quantas pessoas você conhece que têm um galpão com janelas de Ford Transit?

Sentei-me no sofá e relaxei. Era exatamente disso que eu precisava.

Capítulo 15

Observei George com atenção nas semanas seguintes, procurando sobretudo indícios de ansiedade ou angústia quando o nome de Mike era mencionado. Mas ela parecia a pessoa de sempre e, na verdade, mostrava-se um pouco mais animada, visto que, de repente, Mike havia revelado interesse e um novo entusiasmo pela comemoração de seu aniversário. Por fim, comecei a achar que devia haver uma explicação inocente para as mãos dadas e senti-me grata por Andrew ter me advertido contra agir por impulso e contar a George o que havia visto.

Se Andrew fosse mulher, eu teria compartilhado com ele minhas observações, reflexões e conclusões em curso. Para minha decepção, ele revelou-se muito masculino a respeito da coisa toda; decididamente comportava-se como se nunca houvesse discutido o assunto. Sua atitude e comportamento na presença de George continuaram inalterados e, nem uma vez sequer, ele abordou o assunto Mike, mesmo quando estávamos sozinhos.

Minha preocupação com respeito ao incidente das mãos dadas diminuiu até se tornar nada mais do que uma ocasional desconfiança irritante e a conversa e a atenção feminina na loja começaram a centrar-se, de forma crescente e incontestável, na festa de Mike e na estreia iminente de Joan em *Oaklahoma!* Na realidade, a essa altura, os dois tópicos faziam-se convenientemente acompanhar do fato de que Joan planejava levar Ali Hakim, vulgo Robert Lochran, seu coadjuvante, como acompanhante à festa de George. Nenhum de nós mencionava que, aos 62 e 67 anos, respectivamente, Joan e Bobby, como ela o chamava, eram um pouco mais velhos do que se esperaria que fossem Ado Annie e Ali. No entanto, como salientou

Andrew, Joan havia, repetidas vezes, contado piadas que confirmavam ser ela uma mulher com total incapacidade de dizer "não", e isto, aliado a um impressionante volume vocal, havia sem dúvida influenciado a escalação do elenco.

– Ah, Bobby é tão safado! – comentou Joan, dirigindo-se a George e a mim uma tarde enquanto nos colocava minuciosamente a par da produção e Andrew simulava surdez a menos de três metros de distância. – Agarra toda e qualquer oportunidade de passar o braço pela minha cintura ou me dar um tapinha na bunda. Arthur precisou até mesmo insistir em uma atuação um pouco menos tátil no último ensaio geral. – Joan deu risadinhas como uma colegial.

– Arthur? – perguntou George.

– O diretor, querida – exultou Joan. – Na verdade – riu ela –, cá entre nós, acho que pode haver um pouco de ciúme nisso. – Ela cutucou George e piscou para mim.

– Verdade? – perguntou Andrew, decidindo tomar parte na conversa. – Então, Arthur é gay?

– Acho que não, meu querido – respondeu Joan. – Mas Binky Breslow, do coro, espera ter uma chance algum dia, ainda que no momento esteja tudo encoberto. Posso apresentar-lhe a ele depois do espetáculo desta noite, se você quiser.

Andrew sorriu com o que parecia verdadeiro deleite.

– Ah, é, quase tinha esquecido que esta noite é a noite. – Ele virou-se para George e para mim. – Nos encontramos para beber alguma coisa antes do espetáculo?

– Que ótima ideia, Andrew! – exclamou George. – Vou pedir à babá para chegar cedo. Sabe, Joany, estou realmente ansiosa por esta noite. No ano passado foi muito divertido.

– Desculpe, mas sou a única a querer saber mais sobre Binky Breslow? – perguntei, incrédula.

– Já estivemos com ele, Ros – disse George com ar distraído enquanto aplicava batom como preparação para a fugida até a escola. – Ele era a irmã Berthe naquela produção de A noviça rebelde à qual Joan nos levou em Hatfield, fevereiro passado. Está lembrada?

– Ele era a freira alta com óculos de aro de tartaruga?

– Não, querida – respondeu Joan. – Você está pensando em Pauline Fisher. Ela tem ovários policísticos.

– Então, quem... Quer saber, não importa – falei. – Enfim, também estou realmente ansiosa para assistir ao espetáculo, Joan. Ei, e acene para nós se puder. Me dá a sensação de ter acesso aos bastidores.

Joan sorriu e piscou para Andrew.

– Claro que vou fazer isso, querida. Claro que sim.

Capítulo 16

SENTAMOS COM NOSSAS BEBIDAS ao lado da lareira apagada no bar relativamente tranquilo de meio de semana no The Six Bells, ainda com quarenta e cinco minutos para gastar antes de ocuparmos nossos lugares para a estreia de Joan. A noite estava quente e tranquila e senti um inesperado afluxo de alguma coisa que lembrava contentamento enquanto bebericava o que, meia hora antes, havia sido uma grande taça de vinho branco e ouvia a trágica narrativa de George sobre a recente má apresentação de Lottie no concurso de talentos da escola.

– E foi isso – continuou George –, ela ficou um pouco decepcionada porque ensaiamos o poema infinitas vezes e o que estou querendo dizer é que foram mesmo – ela terminou seu gim-tônica – *infinitas vezes*. Mas eu disse: *"Lotts, foi uma primeira tentativa e, no ano que vem, tentamos algo um pouco mais chamativo."*

Andrew sorriu.

– O que você tem em mente?

– Ah, não sei. Um menino muito meigo executou um truque de mágica e uma menina fez uma dobradura de papel. Ela era realmente muito boa. Fez um passarinho, que atirou para a plateia. – George hesitou. – Bem, acho que foi um passarinho. Ou foi um passarinho ou um crucifixo.

– Ele voou? – perguntei.

– Não. Foi por isso que fiquei me perguntando se não seria um crucifixo.

Fiquei intrigada.

– Por que ela atiraria um crucifixo para a plateia?

– Isso não é uma cena de *O exorcista*? – perguntou Andrew.

George riu.

– Então, quem ganhou? – Tentei não me preocupar com o fato de estar genuinamente interessada.

– Ah, uma menina muito flexível chamada Alicia. Ela prendeu com fita adesiva uma escova de cabelo no pé e dividiu o próprio cabelo no meio. Mas, como expliquei a Mike ao telefone, isso na verdade não é um talento, é? É só uma realidade fisiológica. – George deu uma cotovelada em Andrew. – Isso não é um talento, é, Andrew?

– Não tenho certeza, George, mas eu certamente classificaria o interesse em poesia acima da capacidade de alguém roer as unhas do próprio pé. Quem quer outra bebida? – ele perguntou, levantando-se.

George e eu aceitamos o oferecimento e Andrew encaminhou-se ao bar. George observou-o afastar-se.

– Ele é tão bonito, Ros – disse, sorrindo. – Eu só queria que ele encontrasse alguém, sabe?

Contemplei Andrew debruçado sobre o bar para fazer o pedido e reparei que a garçonete lançou uma espiada rápida e dissimulada quando ele olhou para baixo para tirar dinheiro da carteira. Andrew era sem dúvida um cara bonito.

– E não é só bonito – continuou George –, é inteligente e atencioso, além disso. Um bom partido. Vou lhe dizer, Ros, se eu não fosse casada e feliz... Não que ele se interessaria por alguém da *minha idade*, é claro. Ia querer alguém muito mais jovem... mais ou menos da sua idade.

Sorri intimamente. Não era a primeira vez que George exaltava as virtudes de Andrew na tentativa de bancar o cupido. Balancei a cabeça.

– George, nós duas sabemos que ele teve muitas, muitas oportunidades. Metade do nosso negócio provém de mulheres de trinta e poucos anos buscando o amor de Andrew, mas ele simplesmente não está interessado. O coração dele está partido, perdido ou coisa do gênero. Ah, e – acrescentei, terminando meu vinho e cutucando seu antebraço com o indicador de minha mão livre – o fato de ser seis ou *sete* meses completos mais velha do que Andrew não a torna exatamente um caso geriátrico.

– Aqui estão as bebidas. – Andrew depositou os drinques a nossa frente. – Então, o que eu perdi? Vocês já deixaram para trás os crucifixos voadores e a esquisitice dos membros flexíveis?

– Na verdade, já – respondi maldosamente. – E George estava se perguntando – fiz uma pausa a fim de prolongar a agonia de George – se o caso de Joan e Bobby é sério ou se é só uma aventura.

George estreitou os olhos em sinal de advertência e virou-se para Andrew.

– É, Andrew – disse, bebericando seu segundo gim-tônica com ar apreciativo. – Desejo ou amor? – Ele olhou de relance primeiro para George, depois para mim e corou de leve por algum motivo que não consegui decifrar. Olhei para George para ver se ela havia percebido o desconforto de Andrew, mas George estava de cabeça baixa, a atenção agora voltada para o conteúdo de sua bolsa enquanto procurava o celular e resmungava algo a respeito da babá. Quando tornei a olhar para Andrew, ele parecia impassível como sempre.

– Bem, sabem – ele respondeu quando George, que parecia ligeiramente atrapalhada, por fim encontrou o celular e o depositou sobre a mesa a sua frente. – Tendo a achar que a mistura dos dois é bastante interessante.

George tornou a erguer seu drinque.

– Desculpe, Andrew, isso foi muito indelicado da minha parte. – Ela fez uma pausa. – Sabem, perdi completamente a noção do que estávamos conversando.

– Talento adquirido *versus* ser uma aberração da natureza – apressei-me a dizer, sem saber ao certo o que havia acabado de acontecer, mas sentindo instintivamente que uma mudança de assunto se fazia necessária.

– Ah, sim – disse George com um sorriso. – Agora... me deixem contar sobre Monty, o amigo de Lottie que ligou um gravador com o nariz. E ele estava resfriado e com o nariz escorrendo, pobrezinho. Não sei bem se isso é algum talento, mas com certeza demonstra dedicação à própria arte.

– Joan conseguiu acenar para nós não menos que três vezes durante o espetáculo, o que encantou a George e a mim, e, por fim, como

Joan teria desejado, suscitou um "Jesus Cristo!" alto e bom som por parte de Andrew. Como ela havia pedido, fomos ao camarim depois da apresentação para felicitá-la pelo triunfo dramático e para sermos apresentados a Bobby e ao restante do elenco. Joan nos esperava à porta do camarim feminino e, com um amplo movimento de braço, indicou a nós três que entrássemos.

– Entrem, entrem, meus queridos! – gritou.

– Acho que vou esperar aqui fora, Joan, até você se aprontar – disse Andrew, incapaz de escapar da visão de vários espartilhos protuberantes através da porta semiaberta.

– Ah, pode entrar também, Andrew. Ninguém se importa. – Joan tocou-o de leve no braço. – Ninguém se importa, não é, queridas? – ela acrescentou, dirigindo-se às outras ocupantes do aposento. Mais ou menos uma dúzia de pares de olhos femininos voltaram-se para Andrew e ele foi saudado por uma cacofonia de incentivo e risadas agudas.

– Ah, não, eu não me importo *de jeito nenhum*. Não por causa de um rapaz bonito desses, Joany.

– Tenho certeza de que esse não é o primeiro conjunto de meias compridas que ele viu. É, querido?

– Você acha que ele vai me ajudar com o zíper, Joany?

Pobre Andrew. Um espaço repleto de Joans e nenhum jeito óbvio e educado de escapar. Ele ficou ali parado, como que feito de mármore.

Joan passou o braço pelo dele e puxou-o pelo portal, dirigindo-se às ocupantes do camarim enquanto o fazia.

– Deixem o rapaz em paz, senhoras. Ele está comprometido. Entre, Andrew. – E apoiou-se nele, dando ligeiramente as costas a suas colegas de elenco. Em um sussurro quase inaudível, disse: – Elas estão completamente cobertas, Andrew, e não estou tentando envergonhar você, meu querido, mas gostaria que conhecesse minhas amigas. Falo de você e daquela loja linda o tempo todo.

Pelo período de não mais que um segundo, a expressão de Andrew passou da surpresa à perplexidade e à satisfação, antes de se fixar em uma resignação fingida. Ele ergueu os olhos para o céu.

– Ah, vá em frente, então – suspirou alto. – Mas sejam gentis comigo, certo, senhoras? – A gritaria recomeçou, juntamente com as apresentações.

Por fim, saímos do teatro pouco mais de uma hora mais tarde, diante do pedido cansado do zelador. Após a provação de Andrew no camarim feminino, Joan havia nos conduzido ao longo de um corredor até uma espécie de escritório, onde Bobby aguardava com uma garrafa de Prosecco e cinco taças de plástico. Brindamos ao sucesso de sua primeira noite enquanto Joan contava a Bobby tudo sobre nós e depois nos contava tudo sobre Bobby, tendo pousado, a certa altura, a mão no peito do amigo e exultado diante de sua "masculinidade estonteante", o que, tendo-se em conta sua cabeça predominantemente calva e a estrutura de 1,68m, cheirou um pouco a exagero. Mas ninguém pareceu se importar com a disposição das lentes cor-de-rosa de Joan e todos nós, até mesmo Andrew, rimos e não fizemos nenhuma tentativa de corrigir seus desvios altamente lisonjeiros da verdade no que nos dizia respeito.

Por volta das onze e meia, Andrew e eu acenamos para Joan, Bobby e George em um táxi antes de seguirmos a pé até a Chapters para pegar nossas bicicletas. No caminho, discutimos o espetáculo, as possíveis consequências da revisão de aluguel que estava por vir e se Binky Breslow algum dia representaria uma mulher convincente antes que Andrew tocasse no assunto do casamento de Tom. Não havia me ocorrido que Andrew iria, mas era evidente que, como um dos amigos mais próximos de Tom, seria impensável ele não ter sido convidado.

– Estou ansioso pelo casamento – comentou Andrew. – Conhecendo Tom, ele não vai poupar despesas.

– Humm... – murmurei, sem me comprometer.

Estávamos em uma passagem para pedestres, esperando o sinal fechar. Apertei o botão repetidas vezes.

– Você não tem certeza quanto ao casamento? – perguntou ele.

– Ah, sei que, quando estiver lá, vou adorar. Mas vou ter o problema de sempre, que acompanhante levar. – Ergui a mão para impedir o oferecimento, que eu sabia ser iminente. – Não. Não é necessário. Mas obrigada mesmo assim. Eu me resolvo dessa vez e você pode levar uma acompanhante adequada. Mas espero que nos coloquem na mesma mesa.

– Talvez eu convide Mary – disse Andrew quando o sinal por fim fechou e começamos a atravessar.

– Que Mary?

– A Mary cujas botas desamarrei e tirei esta noite. A Mary que não consegue se abaixar por causa da artrite no quadril.

Sorri.

– É claro. Bem, ela ficou bastante grudada em você. – Hesitei, então decidi correr o risco de tornar a conversa um pouco mais pessoal. – Mas por mais que Mary tenha sido amável, todos sabemos que você pode almejar mais do que isso, Andrew. George passou outra vez a noite o elogiando. Ela teria feito você se casar umas cem vezes, sabia?

Andrew nada disse e uma olhada rápida em sua direção não revelou sinais de irritação sobre o assunto, então fui em frente:

– E ela está certa, sabe? Você precisa reparar nas mulheres diariamente pestanejando para você do outro lado do balcão. Nenhuma o agrada?

– Eu podia lhe fazer a mesma pergunta – ele retrucou.

– E se você quer saber, fico feliz em responder. A verdade é que não sou mais contra a ideia de um relacionamento. Só que ainda não me senti tentada. – Olhei-o e vi que estava sorrindo. – É como você se sente? – perguntei.

– Não. Minha situação é justamente o contrário. – Havíamos chegado à loja. – Você tem as chaves à mão? – Peguei minhas chaves e as entreguei a ele.

– É só isso o que você vai dizer?

– Como?

– Que a sua situação é justamente o contrário da minha?

Ele deu de ombros.

– Bem, é a verdade. Pronto. – Ele segurou a porta aberta para mim, mas não me mexi.

– Desculpe, Andrew. É que sou mulher. Então, preciso de mais detalhes.

– Jesus, Ros – ele suspirou. – Olhe – ele me fez passar gentilmente pela porta e desativou o alarme –, você disse que não era contra um relacionamento. Bem, eu sou contra. – Encaminhamo-nos até os fundos da loja para pegar as bicicletas. – E sei que isso provavelmente não vai mudar tão cedo.

– Posso perguntar por que motivo você é contra?

– É claro que pode perguntar. – Atravessamos a loja com as bicicletas em direção à calçada.

– Mas você não vai me dizer, vai?

Andrew trancou a loja e me entregou as chaves.

– Você me conhece muito bem, Ros – disse, montando na bicicleta e erguendo a mão em despedida.

– Longe disso – suspirei, concluindo a conversa sozinha enquanto ele seguia ladeira abaixo. – Muito longe disso.

CAPÍTULO 17

NA SEMANA ANTERIOR à festa de Mike, George havia planejado passar alguns dias na casa de veraneio de seus pais no País de Gales, com Mike e Lottie. Infelizmente, as datas coincidiram com a finalização de uma fusão envolvendo uma subsidiária da Marsh, e Mike relutava em delegar a responsabilidade pelas fases finais do negócio a qualquer outra pessoa. Portanto, ficou acordado que George e Lottie iriam ao País de Gales e dividiriam o chalé com amigos enquanto Mike permaneceria em casa para supervisionar a finalização e depois relaxaria em um final de semana de comemoração geral. George me pareceu filosófica ao mencionar a mudança de planos em seu último dia de trabalho antes da partida.

– É uma pena, porque eu queria que Mike e Lottie passassem algum tempo juntos antes do aniversário dele – disse enquanto vestia o casaco e preparava-se para anotar nossos pedidos de café e bolo do meio da manhã. – Principalmente porque Lottie não vai passar o dia conosco. – Ela fez uma pausa e dirigiu-se ao teto. – O que você vai querer hoje, Andrew? – gritou. Quando não recebeu nenhuma resposta do primeiro andar, escreveu *Americano* em seu pedaço de papel. – Tenho certeza de que é o que Andrew vai querer. – George sorriu e continuou a escrever. – Vou comprar um muffin também, para animar nosso amigo. Ele está um pouco tristonho esta manhã, não está?

– Está? Não tinha reparado – respondi. – Então, você está encarando bem isso de viajar sozinha? Tenho certeza de que vocês vão se divertir.

– Estou, Lottie e eu vamos amanhã de manhã, depois deixo Lottie com mamãe e papai na quarta-feira à noite. Vai ser ótimo. – Ela suspirou. – E conheço Mike bem o suficiente para entender que ele ficaria totalmente preocupado com as negociações, mesmo que fosse conosco. Então, mais vale ele ficar em casa e depois ser capaz de aproveitar a festa, sabendo que tudo ocorreu sem problemas.

Nas raras ocasiões em que me pegava querendo saber se havia perdido o movimento e os desafios da City, conversas como essa com George serviam para me lembrar dos benefícios de minha nova ocupação, muito mais sossegada.

– Imagino que você queira um cappuccino, Ros? – perguntou, saindo para a calçada.

– Está ótimo, obrigada.

George acenou e sorriu para mim ao passar pela vitrine e então girou para atravessar a rua, bonita e bem-vestida como sempre, embora a tenha achado um pouco mais cansada do que de costume. Atribuí o fato ao maior número de horas sozinha como mãe, visto que Mike estava sendo forçado a passar mais e mais tempo no escritório, na tentativa de concluir as negociações dentro do prazo.

– Alguém me chamou? – Assustei-me, girei e vi Andrew parado a poucos metros.

– Meu Deus, Andrew – disse, levando a mão ao peito. – Você me deu um susto. Está parecendo aquelas gêmeas de *O iluminado*.

– Não li o livro, nem vi o filme.

– O que você está dizendo – murmurei, antes de acrescentar mais alto: – De qualquer forma, sim, George perguntou se você queria café.

– Droga, eu queria um americano.

– Bem, então você está com sorte – anunciei, folheando seu exemplar da *London Review of Books* –, porque foi o que ela disse que você ia querer, então é exatamente o que vai tomar.

Ergui os olhos. Andrew continuava imóvel, olhando para mim com uma expressão indecifrável no rosto: um misto de inquietação e alguma outra coisa.

– Qual é o problema? Você está bem? – perguntei.

– O quê? Desculpe, eu estava a quilômetros de distância, Ros. O que você disse?

– Eu disse que George vai lhe trazer um americano e depois perguntei se você estava bem – respondi. – Você me pareceu preocupado.

Ele balançou a cabeça.

– Não, estava só pensando na revisão do aluguel.

– Bem, não há nada com que se preocupar – falei, voltando minha atenção à revista. – Ela parece que vai nos favorecer e, nos negócios, ainda estamos resistindo à tendência... a parte dos colecionáveis vai muito bem e o futebol está aparentemente em alta... – acrescentei, esquadrinhando a loja deserta.

– Humm... – Ele não me pareceu convencido.

Fechei a revista.

– Olhe, Andrew. Se você tem algum problema com o jeito como as coisas estão andando, seria bom falar sobre isso agora. Sei que, do ponto de vista comercial, estamos nos saindo muito bem, mas se você tem outro tipo de preocupação, então vamos nos sentar e conversar a respeito. Talvez você queira que eu trabalhe mais algumas horas e tire um pouco da pressão de cima de você. Também tenho pensado nisso e ficaria muito feliz em fazer alguma coisa. Os negócios podem aguentar se você se propiciar um descanso, se é isso o que quer. Você certamente merece.

– Adoro vir trabalhar – ele respondeu.

– Tudo bem. É bom ouvir isso, mas, infelizmente, tenho um temperamento meio paranoico e estou percebendo que alguma coisa está errada; se você não me disser o que é, vou partir do princípio de que tem alguma coisa a ver comigo, o que não vai ser bom para ninguém.

– Você não está me deixando deprimido, Ros – ele disse, olhando pela vitrine.

Segui seu olhar e vi George esperando para atravessar a rua com a bandeja de cafés e um pequeno saco de papel.

– Tudo bem, Andrew, isso vai servir por ora. Mas se o problema estiver relacionado com os negócios, então sua obrigação é se sentar e discutir o assunto comigo.

Ele virou-se para mim e sorriu.

– Jesus Cristo, quando foi que você se tornou tão empresarial?

– Foi acontecendo aos poucos.

– Pode-se dizer que de forma quase imperceptível.

Balancei o dedo na direção dele.

– Terreno perigoso, Andrew O'Farrell.

George fez o sino da loja soar quando entrou.

– Ta-da! – sorriu, estendendo a bandeja e balançando o saco de papel. – Andrew, tenho um agrado especial para você, para afastar a melancolia das quintas-feiras.

Vi-o arrancar o saco da mão de George e examinar seu conteúdo.

– Banana integral – falou, olhando para George. – Meu preferido. Como você sabia? – Ela soprou as unhas e esfregou-as na lapela, desfrutando o sucesso. Em troca, ele abriu o sorriso fácil que fazia com que muitas de nossas clientes voltassem querendo mais. O sorriso permaneceu no lugar enquanto ele se encaminhava à cozinha com seu presente, mas, quando se virou para fechar a porta e olhou momentaneamente para a loja, vi a ansiedade inconfundível em seus olhos.

Comecei a me preocupar com o que Andrew talvez soubesse e eu não.

Capítulo 18

– Droga. – Pisquei, o que fez com que uma pincelada de rímel à prova d'água escorresse em direção à sobrancelha. – Droga, droga, droga.

Olhei para o meu telefone no peitoril da janela do banheiro. Andrew chegaria para alguns drinques pré-festa em menos de dez minutos, e eu continuava de roupão. Removi o risco preto da pálpebra com um lenço umedecido e decidi esperar até que minhas unhas estivessem devidamente secas antes de me aventurar a uma segunda investida nos cílios. Entrei no quarto, onde o vestido e a meia-calça se achavam sobre a cama. Não, deixaria isso quieto também, até que as unhas estivessem absolutamente secas. Olhei no espelho. Bem, exceto pelos cílios, o vestido, a meia-calça e os sapatos, eu estava pronta em todos os demais aspectos – pronta como jamais estaria. De manhã, havia cortado os cabelos e, pela primeira vez em muito tempo, havia feito luzes e estava bastante satisfeita com o resultado. Sentei-me na cama com as mãos abertas no colo e comecei a contar até sessenta – mais um minuto resolveria o problema.

A campainha soou. Andrew devia estar adiantado. Corri ao andar de baixo e, ao chegar à porta da frente, examinei devagar a unha do dedo indicador com a mão direita antes de decidir que era seguro tentar girar a maçaneta. Abri a porta.

– Escolha de roupa interessante – disse Andrew me olhando de cima a baixo. – Fico aliviado por não ter tentado complementar esse estilo com um ramo de flores. Mas em vez das flores eu trouxe isso. – Ele exibiu a garrafa de champanhe que trazia às costas.

– Nenhum de nós dois sai o bastante, sai? – perguntei, aceitando a garrafa com um sorriso e beijando-o de leve no rosto.

– Nem de perto – ele concordou.

– Em todo caso, entre. Sirva para nós duas taças, que eu vou terminar de me arrumar. Só falta pintar os cílios e então estou pronta para ir.

– E quem sabe você possa aproveitar e vestir um roupão limpo! – ele gritou enquanto eu subia as escadas correndo. – Esse parece ter alguma coisa na bainha. Estou torcendo para que seja creme de amendoim!

– As taças estão no armário alto à esquerda da geladeira! – gritei, desenroscando a tampa do rímel.

No andar de baixo, ouvi o tilintar das taças e o estouro da rolha enquanto vestia a meia-calça e me enfiava no vestido. Peguei a bolsa de mão, emprestada de coração por Celia para a ocasião, os sapatos prateados ridiculamente altos e desci até a cozinha, onde Andrew limpava um pouco da champanhe derramada com papel-toalha.

– Só peço a Deus para não quebrar o pescoço nesses saltos – disse, depositando os sapatos sobre a mesa da cozinha. – Venho treinando há semanas, mas um nó desonesto no piso de madeira de George e estou fadada a dar com os burros n'água. – Ri, ergui os olhos e vi Andrew parado com uma taça de champanhe em cada mão e uma expressão de aparente horror no rosto.

– Meu Deus, qual é o problema? – Ele olhava para o meu vestido. – Andrew, qual é o problema? – insisti, sentindo um pânico crescente. – O que foi? Está muito curto? O QUÊ?

– Ros – ele falou de repente, abrindo um sorriso –, você está maravilhosa.

Deixei escapar uma lágrima imprevista, cuja remoção disfarcei esfregando a bochecha.

– Verdade? – perguntei baixinho.

Ele aproximou-se e estendeu a taça.

– Você vai nocautear todo mundo esta noite.

Depositei a taça sobre a mesa e o abracei.

– Você – confessei – muito raramente diz a coisa certa. Obrigada.

– Por nada – ele falou quando o larguei. – Agora, beba isto – ele me devolveu a taça. – Temos uma festa para ir.

* * *

CHEGAMOS À FESTA cerca de uma hora depois do início e encontramos as coisas bem encaminhadas, com um número surpreendente de dançarinos já se divertindo na discoteca, instalada no maior dos cômodos do andar de baixo. Nossos casacos foram recolhidos e bebidas foram colocadas em nossa mão por empregados uniformizados. Abrimos caminho em direção aos fundos da casa, passando por grupos de convidados que conversavam alto e por um esplêndido bufê, servido no que normalmente era a sala de jantar. Com os saltos, meus olhos quase se nivelavam aos de Andrew e, como tal, eu era uma das pessoas mais altas, incluindo os convidados do sexo masculino. Sem a champanhe pré-festa, eu teria hesitado, inibida, ao atravessar a multidão. Naquelas circunstâncias, estava simplesmente desfrutando a paisagem. Andrew e eu reconhecemos alguns rostos de um dos jantares de George, mas mais ninguém.

– Acho que devíamos avisar a George que estamos aqui – disse, espreitando a multidão na tentativa de localizá-la. – E também queria me livrar disso o mais rápido possível. – Balancei a sacola com listras azuis, vermelhas e amarelas que continha abotoaduras, meu presente para Mike.

– Tudo bem – concordou Andrew –, mas já completamos o circuito do andar térreo e não estou vendo nenhum dos dois. Você está com fome? Podemos voltar ao bufê e ver se esbarramos com um deles no caminho. – Um garçom de passagem recolheu nossas taças vazias e substituiu-as por novas, transbordantes de champanhe, informando-nos, ao fazer isso, que havia um bar no porão oferecendo uma variedade de bebidas alternativas.

Ergui as sobrancelhas na direção de Andrew.

– Bem, é onde estará sua Guinness e quem sabe George e Mike também, mas – ergui minha taça – acho que você tem razão quanto à comida. Preciso mesmo comer alguma coisa, senão você vai me levar para casa em um carrinho de mão.

– Você está pregando para um convertido – ele falou. – Vamos comer.

Voltamos à sala de jantar e entramos na pequena fila do bufê. Examinei a mesa e concluí que George sabia de fato dar festas e enquanto meu prato era artisticamente empilhado com comida por outro integrante da equipe contratada, ocorreu-me que George não havia poupado despesas em sua tentativa de dar a Mike uma festa para recordar.

Concluída nossa expedição em busca de comida, Andrew e eu pegamos os pratos e juntamo-nos às pessoas no hall de entrada, amplo e quadrado, que naquela noite se achava revestido de tecido prateado e luzes suaves. O ruído da discoteca escapava por uma porta a nossa esquerda, mas não impedia a conversa. Dois dos poucos convidados que conhecíamos acabavam de nos cumprimentar quando por fim localizei George, próxima à entrada da sala de jantar, conversando com um casal mais velho, já grisalho. Era evidente que o homem acabava de contar alguma piada engraçada e George ria com gosto. Ela estava linda em seu vestido solto de *chiffon* azul-claro. O cabelo havia sido penteado para o alto e, ao que parecia, achava-se magicamente preso por um único prendedor prateado brilhante em forma de borboleta. Um instante depois, ao ver a mim e a Andrew, George pareceu agradavelmente satisfeita, desculpou-se com os amigos e aproximou-se, agitada, para nos cumprimentar.

— Ros! — ela exclamou, abraçando-me. — Ah, meu Deus, tenho uma surpresa para você. E Andrew! — Ela colocou as mãos nos ombros dele e ficou na ponta dos pés para beijá-lo. — Andei procurando você por toda parte.

George era excelente em fazer com que as pessoas se sentissem importantes. Olhei para Andrew e percebi que ele estava tão comovido com as boas-vindas quanto eu.

— Como vão as coisas? — ela prosseguiu. — Estão cuidando bem de vocês? E vejo que já esbarraram com Fi e Jeremy — e virou-se para a outra metade de nosso quarteto.

— Estamos aproveitando a oportunidade para pôr as novidades em dia, George — disse Jeremy. — Vocês parecem um grupo feliz de peregrinos naquela sua livraria.

— Ah, somos mesmo, não somos? — falou George com um sorriso. — Simplesmente adoro ir trabalhar.

– Meu Deus, quem me dera eu gostasse – disse Fi. – Você não tem uma vaga para mim, tem, Andrew? – Pisquei, sem saber ao certo se ela havia realmente passado a língua pelos lábios ao dizer isso ou se havia sido apenas minha imaginação.

– Bem, não sei. Preciso conferir com Ros, é claro.

Sorri, grata por sua anuência a nossa parceria.

– Joan, nossa outra colega, também está aqui... em algum lugar... – George olhou ao redor. – Você precisa conhecer Joan, Fi, ela é uma joia.

– Bobby está com ela? – perguntei.

– Está – respondeu George – e os dois estão absolutamente maravilhosos.

– Ah, meu Deus – disse Andrew baixinho, e percebi que ele compartilhava minha preocupação quanto ao que "maravilhosos" de fato significava.

– Ros! – Jeremy me deu uma cotovelada. – Adorei o vestido. Você está fantástica. Quando isso aconteceu?

– O que você está querendo dizer é: quando deixei de ser o *troll* que era da última vez que nos encontramos? – Ri.

– Longe disso – ele respondeu baixinho enquanto Fi insistia em sua tentativa de sedução com Andrew. – Você era sensual, mas agora está sensual pra caramba.

E você, pensei, é um bêbado suado. Sorri com educação e perguntei por seus filhos, o que pareceu produzir o efeito desejado de redirecionar, pelo menos em parte, seu fluxo sanguíneo para o cérebro. Ele começou a me contar sobre a seleção recente de seu filho mais velho para algum time classe A quando o grito de George nos distraiu:

– Ah, meu Deus, lá estão eles! Joan! Bobby! Aqui, aqui!

Ado Annie e Ali Hakim saíram da discoteca. Foi prova de educação, ou quem sabe de embriaguez precoce, por parte dos convidados de George, o fato de os trajes completamente teatrais de Joan e Bobby não terem provocado mais do que sorrisos ocasionais. Pelo que percebi, os únicos olhos arregalados e bocas abertas pertenciam a Andrew e a mim.

– Olá, meus queridos! – Fui abraçada primeiro por Ado, em seguida por Ali, antes que o casal se dirigisse a Andrew. – Pensamos que vocês dois não fossem chegar nunca. Bobby já me fez girar nessa pista de dança um monte de vezes. Acredito – disse ela, puxando a calça de algodão de Andrew – que essa seja sua calça de dança.

– Infelizmente, essa é minha calça de beber Guinness – corrigiu Andrew em tom seco.

– Ah, não seja tão apático, Andrew – cantarolou George. – Exijo um *bebop*. – Ela apoderou-se de seu prato e de seu copo, depositou-os sobre uma mesa próxima e agarrou-o pela mão. – Agora – riu.

Andrew pareceu momentaneamente alarmado e, então, para minha completa surpresa e aparente desgosto de Fi, tornou a pegar seu copo, esvaziou o conteúdo de um único gole e concordou:

– Tudo bem. Vamos.

– Fantástico! – exclamou Joan, batendo palmas. – Venha, Bobby. – Ela segurou-o pela mão e ele preparou-se obedientemente para segui-la. – Vamos, Ros, querida. Podemos formar um trio!

Pesei minhas opções, que pareciam limitar-se a dançar em roda, sobre saltos impraticáveis, com uma vaqueira e um funileiro geriátrico, ou conversar com um casal de pretensos *swingers*. Olhei para meus sapatos. Seriam os *swingers*.

– Vou até lá em um instante, Joan – falei. – Só vou terminar meu prato. Estou morrendo de fome.

– Tudo bem, querida. – Joan apertou meu braço e me puxou para baixo para sussurrar em meu ouvido: – Só me informe caso você conheça algum jovem cavalheiro, certo? Não quero perder nada emocionante. – Endireitei o corpo e concordei com um movimento de cabeça.

– Vou me certificar de que você fique sabendo imediatamente – prometi, em tom sério.

– Excelente! Bobby! Vamos dançar!

Os dois correram para a discoteca e virei-me para retomar a conversa com Jeremy e Fi, só para descobrir que, nesse meio-tempo, eles haviam girado para aderir a um grupo alternativo. Cogitei, por curto tempo, em seguir Joan antes de lembrar que ainda precisava entregar o presente de Mike. Peguei a sacola listrada em uma cadeira próxima e dirigi-me ao porão e ao bar.

O PORÃO, AO QUAL George em geral se referia como "o gabinete", achava-se enfeitado de forma semelhante ao hall. Um bar repleto de luzes havia sido montado a um canto e o lugar estava pela metade de casais de pé em pequenos grupos, ou aproveitando a oportunidade para descansar em um dos longos sofás e pufes. Examinei o aposento. Não havia sinal de Mike. Pedi uma taça de vinho branco, tomei um gole e estava começando a me considerar ostensivamente alta e desacompanhada quando senti um tapinha no ombro.

– Meu Deus, como você cresceu. – Girei e fiquei agradavelmente confusa ao me ver abordada por um homem alto, muito atraente, que reconheci, mas não consegui nomear de imediato. Senti-me perdida por um instante, antes de me dar conta.

– Miles?

Ele riu.

– Acho que Miles está em Edimburgo, Ros.

Encarei os olhos azuis sorridentes.

– Daniel? – perguntei, espantada.

– Eu sabia que você ia chegar lá no final – ele disse. – Raspei na semana passada. – Ele esfregou o queixo. – Na verdade, sinto falta dela.

– Você... você está muito diferente.

Ele deu um passo para trás e me olhou de cima a baixo.

– Você também está muito diferente – falou. – Quer dizer, você está sempre ótima, claro... – Ele hesitou. – É que, sabe, não a vi quando... – Ele concluiu a frase com um encolher de ombros e, tendo me recuperado do choque da ausência da barba, eu agora recordava nosso último encontro, inclusive o amargo monólogo que havia proferido na calçada, em frente à adega, várias semanas antes.

Ah, meu Deus. De repente, a perspectiva da conversa com os *swingers* no andar de cima me pareceu bastante atraente – assim como a ideia de um Ali Hakim com o dobro da minha idade e metade da minha altura me fazer girar pela pista de dança. Na realidade, qualquer coisa seria preferível a me ver forçada a embarcar em outra rodada humilhante de desculpas e explicações a Daniel McAdam.

Daniel estava rindo – com ar bastante presunçoso, eu achava agora – de mim, com o rosto bonito recém-descoberto, o que tornava a situação ainda mais insustentável. No entanto, ficou evidente que, a não ser que eu simulasse um ataque, não havia alternativa, exceto entabular conversa. Compus o rosto com um sorriso educado.

– Então, como vão as coisas desde... desde a última vez em que nos vimos? – Ouvi minha própria voz diminuir e tornar-se quase um sussurro. Limpei a garganta. – Você está aqui sozinho? Sem Tish?

– Você está se referindo a Tish do traseiro perfeito?

Gemi intimamente. Daniel não me deixaria em paz e era evidente que lembrava cada sílaba de meu desabafo. Ele havia tomado nota? Ou talvez houvesse ocultado um pequeno gravador na barba. Qualquer que fosse seu método preferido de recordação, aquilo seria ainda pior do que eu havia imaginado.

– Na verdade – ele baixou a voz para um tom conspiratório –, Tish se mandou para novos pastos.

Um milagre. A notícia me envolveu como um cobertor macio em véspera de inverno. Eu já não era a parte mais baixa daquela sucata de duas pessoas. Resisti ao impulso de pular e bater palmas.

– Ela o largou por outra pessoa?

Ele pareceu surpreso e satisfeito.

– Que série reanimadora de palavras pouco delicadas. Ah, e obrigado por parecer tão surpresa ante a possibilidade. Vou entender isso como um elogio.

– Só estou querendo dizer... por que agora? – Senti minha confiança voltar. – Com a barba talvez, mas não...

Ele ergueu uma das sobrancelhas.

– Mas não sem a barba?

– Ah, vocês se encontraram. Que maravilha! – Uma George radiante deslizou escada abaixo, seguida de perto por Andrew. – Trouxe Andrew até a Guinness. Ele merece depois do que foi obrigado a aturar.

Olhei de relance para Andrew. Ele não parecia ter aturado nada particularmente desagradável. George dirigiu-se ao bar, ao passo que Andrew permaneceu a meu lado e estendeu a mão para Daniel.

– Oi, sou Andrew O'Farrell. Ros e eu somos colegas.

Eles trocaram um aperto de mãos.

– Daniel McAdam. Ros e eu somos vizinhos.

– Sério? – perguntou Andrew. – Vizinhos próximos? – Observei seu rosto, mas não detectei nada além de um interesse educado.

– Não vizinhos de porta – explicou Daniel. – Nossos jardins dão fundo um para o outro.

– Então, como vocês se conheceram?

Daniel olhou para mim.

– Vou deixar essa para você, Ros.

Resmunguei uma explicação em direção ao interior de minha taça.

– Como? – perguntou Andrew, levando a mão em concha ao ouvido e inclinando-se para mim. – Ele fez o quê?

– Ah, Andrew – disse George, reunindo-se a nós e entregando-lhe a Guinness. – Você está lembrado. Daniel atropelou o porquinho-da-índia de Ros com o cortador de grama.

Andrew, que estava prestes a tomar o primeiro gole, baixou o copo e olhou para mim, perplexo.

– Foi ele? – E olhou incrédulo para Daniel.

– Eu sei! – exclamou George. – Também não liguei Daniel à descrição de Ros de um simplório fedorento. – Encolhi-me. Era evidente que ela estava bêbada.

Sorri para Daniel à guisa de desculpa.

– A barba... o suéter... – balbuciei.

– Eu estava sendo patrocinado para não me barbear, Andrew – explicou Daniel com tranquilidade. Ele não me pareceu nem um pouco preocupado com a descrição de George. – E tinha acabado de matar o bichinho de estimação dela. Mas fique sabendo que ela conseguiu dar o troco – prosseguiu. – Atrapalhou um jantar muito civilizado quando caiu na minha cerca viva – bebeu sua cerveja e me lançou um olhar de soslaio – enquanto caçava uma raposa à meia-noite.

Suspirei e senti meu *Schadenfreude* começar a evaporar. Daniel havia sido rejeitado pela namorada, publicamente descrito como simplório, denunciado como assassino de porquinhos-da-índia e ainda assim, de forma inexplicável, mantinha a audiência atenta; de repente eu me sentia como uma criança na mesa dos adultos.

Andrew franziu a testa.

— Você esqueceu de nos contar que caiu na cerca viva de seu vizinho, Ros.

— Talvez seja a *minha* cerca viva — retruquei, com truculência — que eu só esteja deixando Daniel aparar e conservar.

Daniel concordou com um movimento de cabeça.

— Ros tem toda razão. Eu devia verificar os limites antes de me declarar dono da cerca onde ela caiu... de cabeça... na frente de quase uma dúzia de pessoas. — Ele abriu um amplo sorriso em minha direção e, por um instante, fiquei fascinada demais pelos traços antes obscurecidos por pelos faciais para me concentrar em elaborar uma resposta decente. Daniel era decerto tão atraente quanto o irmão, mas havia várias diferenças bem definidas. A boca era mais cheia, o queixo mais quadrado e os olhos, nos quais eu não havia reparado devidamente, eram, na verdade, no mínimo mais...

— Ros? — Andrew estava balançando a mão diante do meu rosto. — Ros, você continua aqui conosco?

— Desculpe... eu só estava... — Virei-me para George. — Só estava me perguntando onde diabos está Mike. Desse jeito, vou ter que levar isso de volta para casa. — Ergui a sacola.

— É, onde está o aniversariante, George? — perguntou Daniel. Ele estava falando com George, mas olhando para mim, o sorriso tendo desaparecido. Decidi não tentar decifrar sua expressão. Em vez disso, olhei para George.

Ela girou e cambaleou um pouco quando o fez.

— Eu gostaria de saber onde ele está — disse. — Vi Mike mais ou menos meia hora atrás, batendo papo na cozinha. Esperava que ele estivesse aqui embaixo a essa altura, mas acho que está se divertindo, misturado aos convidados lá em cima. — Ela sorriu como se esse pensamento a contentasse. — Por falar em convidados — disse–, é melhor eu me misturar um pouco também, se bem que – ela me cutucou –, verdade seja dita, eu devia afundar em um daqueles pufes e falar de negócios. Literalmente. – Ela riu e voltou ao andar de cima.

E então ficamos os três.

Teci alguns comentários rápidos a respeito da comida, da decoração e da música, recebidos por elevações de sobrancelhas e acenos de cabeça por parte de Daniel e por reação absolutamente nenhuma por parte de Andrew. Um silêncio ligeiramente embaraçoso se seguiu, durante o qual sorri de forma estúpida e lancei vários olhares significativos do tipo diga-alguma-coisa-pelo-amor-de-Deus na direção de Andrew. No entanto, ao que se constatou, foi Daniel quem por fim preencheu a brecha na conversa.

– Você usa lentes de contato, Ros?

– Não – sorri, feliz por conversar a respeito de algum assunto, mesmo que sobre problemas de visão. – Por quê?

– É que, do jeito que estava olhando para Andrew, achei que uma delas talvez tivesse rolado para baixo da pálpebra. – Ele sorriu para mim com ar benigno. – Ouvi dizer que isso pode acontecer.

– Ros – disse Andrew de repente, aparentemente alheio ao diálogo –, vi Richard Webster mais cedo e acho que eu devia...

– Ah, meu Deus, Andrew, isso é uma festa – falei, em pânico diante da ideia de ele me abandonar. – Esqueça o trabalho até a semana que vem. Richard Webster vai continuar do outro lado de um telefone na segunda-feira.

Ele sorriu e pousou a mão em meu braço.

– Dois minutos, Ros. É muito importante. – Reconheci em seus olhos a mesma ansiedade repentina e inexplicável que ele havia demonstrado recentemente com respeito à revisão de aluguel.

Forcei um sorriso.

– Tudo bem, mas é melhor você me contar tudo depois. E o que estou querendo dizer é *tudo*. Pode ir.

Andrew piscou para mim, me deu um beijo no rosto e virou-se para Daniel.

– Foi um prazer conhecê-lo, Daniel – estendeu a mão. – E tudo de bom naquela disputa de divisa. – Eles apertaram as mãos e

Andrew encaminhou-se à escada. Observei-o afastar-se antes de me virar para Daniel.

– Tudo bem – disse. – Pode ir e conhecer gente. Conheço algumas outras pessoas aqui.

Ele sorriu e balançou a cabeça. Olhei para seu queixo – ele havia cortado a barba muito rente.

– É, vi você com Jeremy antes. Mas estou muito feliz de conversar com você, Ros. Mas você precisa parar de ficar encarando meu queixo. Está me deixando nervoso... me faz achar que devo estar babando ou coisa assim. – Ele apontou para minha taça vazia. – Refil?

Hesitei, avistei um sofá vago e me dei conta de que meus pés estavam me matando.

– Tudo bem, por favor. – Gesticulei em direção ao sofá. – Vou só tirar os sapatos um instante.

– Certo. E por falar nisso, são sapatos incríveis – comentou. – Servem para jardinagem?

– Servem. Os saltos são excelentes para arejar o solo.

Ele riu e foi pegar as bebidas.

Desabei, tirei os sapatos, dobrei as pernas sobre o sofá, recostei e aguardei a bebida. Esperava que Andrew estivesse bem. Decidi que na segunda-feira o faria se sentar e me contar o problema. Não conseguia pensar em nada: a menos que ele houvesse acumulado dívidas enormes e conseguido escondê-las de mim e do nosso contador. Descartei mentalmente a ideia. Esse não era Andrew.

Endireitei o corpo, esfreguei a testa e olhei para onde Daniel esperava por nossas bebidas no bar. Ele havia entabulado conversa com uma loura de aparência sofisticada. Ela pousava com frequência a mão em seu braço de forma calculadamente casual enquanto ria, certa de que ele seria seu pelo restante da noite. Suspirei. Ninguém se atreveria a largá-la no altar. E quanto a ele, bem, ele não continuaria sozinho – ou pelo menos casto – por muito tempo. Perguntei-me se Daniel resistiria até o final da noite. Ele entregou à loura o drinque que devia ter pedido para ela e ela agradeceu com um sorriso e um olhar tão intenso que me perguntei se estava tentando transmitir as coordenadas GPS de seu quarto por telepatia. Abaixei-me para recolocar os sapatos e decidi ir em busca de Andrew e Joan no andar de cima.

– Pensei que quisesse dar um descanso aos seus pés. – Daniel estava de pé a minha frente, estendendo uma taça grande de vinho branco.

– Bem... – Inclinei-me para a esquerda, a fim de ver sua amiga no bar atrás dele. Ela estava rindo com o barman enquanto lançava olhares ocasionais na direção de Daniel. – Eles estão bem agora. – Peguei a bebida e, juntamente com a loura, esperei que ele se desculpasse e voltasse para ela.

Daniel sentou-se a meu lado. Encarei-o.

– O que foi? – ele perguntou.

– O quê?

– Bem, você está me olhando como se eu tivesse duas cabeças. Honestamente, Ros, era só uma barba. Se eu soubesse que me barbear ia ter esse efeito traumático sobre você, teria postado algumas fotos pré-barba na sua caixa-postal antes que tornássemos a nos ver. Sabe, para amortecer o choque com delicadeza.

Olhei para o bar. A expressão de surpresa da loura espelhava a minha própria.

– Obrigada por me trazer a bebida – agradeci, desligando-me dela.

– De nada – disse. – Agora já sei como você conhece George. Você não quer saber como a conheci?

Percebi que queria saber exatamente isso e surpreendi-me que ainda não houvesse me ocorrido perguntar.

– Vá em frente – respondi.

– Através de Mike.

– OK.

– Ele foi meu primeiro chefe. – Tornei a olhar para o bar. A loura lançou um último olhar incrédulo para Daniel e dirigiu-se às escadas para assediar outra pessoa.

Deslizei os pés para fora dos sapatos mais uma vez e dobrei as pernas embaixo do corpo.

– Isso é interessante. O que você achou de trabalhar para ele?

– Ele era tão implacável quanto seria de esperar.

– Não imagino alguém que George ama sendo implacável.

– Você tem razão – falou. – Implacável é o termo errado. Mike era justo, mas não deixava que as amizades interferissem no trabalho. – Fez uma pausa. – Não tendia a fazer amizade com os colegas.

– A não ser você?

– Saí da Marsh há um ano e meio. Mantivemos contato.

– E agora vocês são amigos?

– Eu diria que somos conhecidos de trabalho. Gostamos de beber na companhia um do outro.

– E George?

Seu rosto se suavizou.

– George é ótima. Você devia ter visto a reação dela quando se deu conta de que eu era o vizinho que atropelou o seu porquinho-da-índia.

– Quando exatamente ela descobriu isso, por acaso?

– Mais ou menos dez minutos antes de eu descer para procurar por você no bar.

– Ela riu?

– Bem, mais do que eu. Como foi que você me descreveu? Pelo que George conta, você me fez parecer um cruzamento de Capitão Furacão com o coitado de *Meu pé esquerdo*.

Ri.

– Sinto muito.

– Está perdoada. – Ele fez sua taça retinir de encontro à minha.

– Daniel, meu filho, onde diabos você se escondeu a noite toda? – Ergui os olhos e reconheci metade do casal idoso com quem George havia conversado no andar de cima. Ele sorriu alegremente para nós. – E você precisa me apresentar essa sua amiga linda aqui.

– Oi, Phil – cumprimentou Daniel, levantando-se. – Junte-se a nós. Esta é minha vizinha, Rosalind Shaw. Ros, este é Philip Wainwright, colega de Mike na Marsh.

– Oi, Rosalind – disse ele, apertando minha mão com força enquanto ele e Daniel se sentavam. – Você veio com Daniel?

– Não, não – respondi, surpresa ao me pegar corando ante a sugestão. – Vim com um amigo, Andrew. Nós dois trabalhamos com George.

– Ah, George, tão simpática – riu. – Ela convida as melhores pessoas, não é, Daniel? – Daniel sorriu. – Infelizmente, Daniel e eu fazemos parte da outra lista de convidados. – Ele limitou a voz a um sussurro: – A lista dos chatos.

– Tenho certeza de que isso não é verdade – ri.

– Garanto que é, minha cara. – Ele virou-se para Daniel. – Como vão as coisas para você, Daniel? Molly ficou tão triste ao saber sobre você e Letitia, meu rapaz. – Ele piscou e pensei ter percebido Daniel ficar ligeiramente tenso. – Na verdade – Philip me cutucou e sorriu –, Molly não ficou nem um pouco triste, Rosalind. Disse que foi a coisa mais sensata que Daniel fez o ano inteiro. Não foi, Daniel?

– Phil, eu...

– Ah, não seja tímido, Daniel. – Philip ergueu uma das mãos. – Sei que você é um cavalheiro, mas não é vergonha nenhuma terminar um relacionamento quando as coisas não estão dando certo. Cair fora é muito melhor que empatar uma mulher durante anos, não é? – Ele virou-se para mim. – Você não concorda, Rosalind?

Olhei para Daniel, que contemplava seu copo. Virei-me para Philip e forcei um sorriso.

– Desculpe-me, Philip. Acho que não estou a par de todos os detalhes. Pensei que Letitia tivesse terminado.

– Ah, não. Longe disso. Não é verdade, Dan...? – Ele parou no meio da pergunta, olhando vacilante primeiro para Daniel, depois para mim. – Ah, meu Deus. Você é amiga de Letitia, Rosalind? Será que falei fora de hora? – Ele levou a mão ansiosa à boca. – Molly vai me arrancar as tripas. *Não tente conversar, Philip. Limite-se aos negócios.* É o que ela fica me dizendo, sabe. – Ele olhou para seu copo, ainda três quartos cheio de cerveja. – Está na hora de encher o copo, acho – disse, levantando-se. – Foi um prazer conhecer você, Rosalind. Daniel.

– Bom ver você, Phil. – Sorriu Daniel. – E você não disse nada de errado; então, não se preocupe.

Philip ensaiou um sorriso preocupado, suspirou e partiu em direção à escada.

Quando estava fora do alcance de escuta, Daniel foi o primeiro a falar.

– Pobre Phil – começou com um sorriso –, ele é um sujeito legal, mas não é dos mais disc...

– Quer saber – interrompi –, não me importa como seu relacionamento terminou.

Daniel pareceu momentaneamente atônito, depois ficou sério.

– Eu ficaria surpreso se importasse. Mas, na verdade, seu tom de voz está demonstrando que você está meio irritada com isso por algum motivo.

– Talvez por *você* ter sentido necessidade de mentir *por algum motivo*. – Lancei-lhe um olhar furioso e tomei um grande e fortificante gole de vinho, segurando a taça como se fosse estrangulá-la.

Ele olhou para mim com ar inexpressivo.

– Acho que talvez você precise me explicar sua questão – ele falou com toda a calma.

Tinha certeza de que ele estava sendo deliberadamente obtuso.

– Na verdade, é muito simples – disse, um pouco mais ofegante do que gostaria. – Você me vê como uma vizinha triste e solitária, que espiona seus jantares e leva bolo em adegas. A minha *questão*, como você colocou – tomei um segundo gole grande de vinho –, foi você ter inventado uma história de rejeição pessoal na tentativa paternalista de fazer com que eu me sinta melhor com a minha situação.

– Uma teoria intrigante e complexa – ele manteve o rosto impassível. – É uma pena que eu não faça ideia do que você está falando.

– Já disse – murmurei, sentindo-me cada vez mais indignada com sua aparente indiferença. – Não preciso de pena. Ela é desnecessária e ofensiva. – Esvaziei a taça e aguardei a negativa esclarecedora e escusatória de toda e qualquer intenção de ofender, que certamente viria a seguir. No entanto, após vários segundos de silêncio torturante, durante os quais ele bebeu sua cerveja e examinou primeiro o aposento e depois, de forma bastante perturbadora, meus sapatos, minha confiança na legitimidade da minha queixa começou a enfraquecer e ocorreu-me que era possível que sua resposta não fosse tão escusatória quanto eu desejava.

– Você tem toda razão – disse ele por fim, deslocando a atenção dos meus sapatos para meu rosto. – Você já tinha mencionado a questão da pena. Na verdade, essa coisa toda de "não sinta pena de mim" é basicamente o seu slogan, não é? – Ele franziu a testa. – Por que você parte do princípio de que todo e qualquer componente do meu comportamento no que diz respeito a você deriva de pena?

Abri a boca para responder, mas ele continuou:

– Foi uma pergunta retórica, e agora tenho uma teoria para comunicar. – Ele não elevou a voz, mas seu tom endureceu. – Sabe, acho que você sente tanta pena de si mesma o tempo todo que imagina que todo mundo também sente. E seus níveis impressionantes de egocentrismo a impedem de reconhecer que simplesmente não é esse o caso. – Engoli em seco, chocada com a força silenciosa de sua contrariedade, a essa altura bem evidente. – Espero que sirva de conforto, Ros – continuou ele –, quando digo que não sinto a menor pena de você. – Ele terminou a bebida. – A não ser, é claro, no que diz respeito ao seu porquinho-da-índia. Mas fora isso, não senti um pingo de pena de seus parentes imaginários, das suas tentativas fracassadas de rastrear animais selvagens, nem mesmo do não comparecimento do seu amigo na adega. A vida é cheia de decepções, mas você tinha alternativas. Podia ter optado por beber comigo e com Miles ou, que tal essa ideia, discado um ou dois números e encontrado outro amigo, em vez de optar por pronunciar um discurso melodramático sobre raposas, calçados e, ah, sim, seu histórico sexual e sua capacidade anterior de ganhos. – Ele inclinou-se na minha direção, os olhos azuis completamente desprovidos de simpatia. – E para que você não continue sofrendo sob o peso de nenhum outro mal-entendido – prosseguiu baixinho, a voz pouco mais que um sussurro –, devo esclarecer que com certeza não estou sentindo pena de você esta noite. – Suas feições vacilaram e ele pareceu prestes a dizer mais alguma coisa, mas, em vez disso, levantou-se e deu um sorriso frio, que complementava seu olhar com perfeição. – Bem, não tenho a menor dúvida de que você está gostando menos ainda desse encontro do que eu, então acredito que não vá se importar que eu vá embora e encontre alguém um pouco menos hostil para conversar. – Enrijeci quando o último golpe verbal atingiu o alvo. – Aproveite o resto da noite.

Daniel afastou-se e subiu as escadas enquanto eu olhava ao redor para ver se alguém havia entreouvido o sermão. Aparentemente não. Já era alguma coisa. Recostei-me, levei a mão à testa e percebi de imediato a verdade do que ele havia dito. Minha mente se encheu de explicações alternativas para a mentira inofensiva com respeito a Tish: a mais óbvia, claro, era o desejo cavalheiresco de preservar a dignidade da ex-namorada. Acrescido a isso, quando tentei recordar os detalhes de nossa conversa original, não tive certeza se ele em algum momento alegou ter terminado o relacionamento ou se isso havia sido uma suposição minha. Hesitei por um instante, deslizei os pés para dentro dos sapatos, peguei a sacola com o presente e subi as escadas correndo.

O HALL DE ENTRADA estava repleto e, mesmo com a altura adicional, não consegui enxergá-lo. Procurei dentro da discoteca, mas naquele momento uma máquina de fumaça achava-se em ação, obscurecendo os dançarinos. Em todo o caso, eu não o imaginava proferindo aquela avaliação condenatória de minha personalidade para sair às pressas e se exibir ao som de The B-52. Continuei em direção à cozinha, onde um garçom me ofereceu um coquetel rosado em uma bandeja. Detonei um, tossi um pouco e depois tomei outro. A cozinha e a sala estavam tão lotadas quanto o restante. Quantas pessoas George havia convidado? Eu acabava de concluir que a procura era inútil e estava prestes a desistir quando o vi. Daniel estava de pé ao lado da lareira, conversando com a loura do bar. Ela estava visivelmente encantada por ter recuperado sua atenção e ria de um jeito vem-pra-cama, embora, refleti, ela provavelmente fosse o tipo de mulher que fazia absolutamente tudo de um jeito vem-pra-cama. O provável é que fizesse beicinho e pestanejasse para as cenouras e pepinos na seção de vegetais do supermercado. Terminei o segundo coquetel e olhei para Daniel. Ele parecia relaxado. Não havia indícios da raiva ou da irritação que havia demonstrado apenas dez minutos antes. Estava claramente no meio de uma piada – quem sabe envolvendo cercas vivas e raposas. Pronto! Eu estava fazendo aquilo outra vez – imaginando que tudo tinha a ver comigo. Ele estava certo. Eu era obcecada por mim mesma. Tornei a olhar para ela. Continuava rindo. E por que não? Era o que as pessoas normais faziam nas festas; relaxavam, paqueravam e se divertiam. Por que eu não havia conseguido fazer o mesmo?

Virei-me e imediatamente vi Mike. Achava-se a poucos metros, com um uísque em uma das mãos e um cigarro apagado na outra, conversando com dois homens, nenhum dos quais reconheci. Deslizei até ele.

– Mike.

Ele virou-se, sorriu e segurou minha mão.

Congelei quando a imagem de uma jovem de terno, sentada, digitando mensagens de texto em uma plataforma de trem, muito repentina e inesperadamente penetrou em minha consciência, cada vez mais indistinta. Lutei para afastar a imagem e a sensação de mal-estar que a acompanhava, resolvendo, enquanto o fazia, adotar uma abordagem positiva, decididamente *não* hostil, pelo restante da noite. Não estava ali para discutir com Mike. Meus temores relativos a seu comportamento não haviam dado em nada. Olhei para ele, que sorria com ar bondoso. Estava feliz. George estava feliz. E agora eu ia me livrar de todas as neuroses, paranoias e autocompaixão e também ficaria feliz. Ia relaxar, paquerar e me divertir como se fosse a última coisa a fazer.

– Ros. – Mike abriu os braços para um abraço e beijei-o de leve no rosto.

– Feliz aniversário! – disse, estendendo a sacola com o presente. – Não se preocupe em abrir agora, só coloque junto dos outros... ou me diga onde colocar.

– Vou cuidar disso – falou. – Muito obrigado. – E virou-se para os companheiros. – Ros, estes são Keith Hayward e William Jessen, velhos amigos de escola. Senhores, esta é Ros, uma das melhores amigas de George.

Fiquei comovida com a apresentação, por ter vindo imediatamente após dois coquetéis e a descompostura de Daniel. Sorri para Mike, que me pareceu um pouco emotivo também.

– Não é nem um pouco difícil ser amiga de George – expliquei a meus novos conhecidos enquanto lhes apertava as mãos.

– Ela é uma maravilha – elogiou o mais alto dos dois –, e pode me chamar de Will, Ros. – Ele apertou minha mão um segundo mais do que o estritamente necessário e associou o aperto ao contato visual prolongado.

Relaxe, paquere, divirta-se. Sorri para ele e combati o instinto de afastar a mão.

– Então, Mike – falei, virando-me para Will. – Está gostando da festa? – Ergui um pouco a voz para me fazer ouvir acima dos risos, da conversa ao meu redor e também da música que vinha da discoteca, que havia aumentado consideravelmente de volume. – Não parece ter havido muitas ausências, Sr. Popular.

– Acho que as pessoas vêm por causa de George. – Ele riu e esvaziou o copo. – Ela tem um monte de amigos, não tem, Ros?

– Com certeza. – Sorri, olhando ao redor, perguntando-me por onde andaria Andrew.

Mike tocou meu braço.

– Não, mas, Ros, ela realmente tem montes e montes de amigos, não tem?

Olhei para Mike. De repente, ele me pareceu ansioso, até mesmo angustiado. Estava claramente tão bêbado quanto eu. Mas percebi que achava seu evidente amor e preocupação por George agradavelmente reconfortantes.

– Tem, é claro – respondi com vivacidade. – Ela é muito querida.

Ele pareceu aliviado.

– É – disse ele. – Ela é perfeita. – Virou-se para Keith e Will. – Alguém quer completar o copo? – Keith fez que sim com um aceno, mas Will balançou a cabeça em uma negativa e dirigiu-se a mim.

– Na verdade, estou gostando muito do jeito daquela discoteca. E você, Ros? – Ele abriu um sorriso e meus pensamentos voltaram-se para a reintrodução do lobo nas Ilhas Britânicas.

– Er...

– Ah, vamos – chamou. – Aqui – ele pegou uma taça de champanhe em uma bandeja de passagem –, você pode se refrescar com isso pelo caminho.

Relaxe, paquere, divirta-se.

– Por que não? – indaguei, rindo, e abrimos caminho em meio aos convidados.

Não sei por quanto tempo dançamos, mas a atividade física foi interrompida por períodos de relaxamento e paquera, auxiliados pelo álcool, nas várias cadeiras e sofás espalhados pelo andar térreo. É, pensei satisfeita após uma conversa particularmente longa sobre pesca, a respeito da qual eu nada sabia, mas que de repente parecia muito bem informada. *Agora com certeza estou tendo todo relaxamento, paquera e diversão do mundo.*

Havíamos acabado de dançar com muita disposição ao som de The Fratellis quando Will sugeriu que fôssemos ao jardim para nos refrescar.

– Mas não estou com tanto calor assim e estou sem agasalho – objetei. Ele removeu a jaqueta e a colocou sobre meus ombros. Agradeci e concluí que gostava muito de Will. Ele era de fato muito cavalheiresco.

Will me levou para o pátio e descemos os degraus que conduziam ao gramado antes que ele sugerisse um desvio.

– Ei, Ros – ele riu –, venha por aqui. Tenho uma coisa para lhe mostrar.

– Aposto que tem, seu menino levado – falei, abafando o riso.

Will me pegou pela mão e me levou por uma passagem escura ao lado da casa. Uma vez lá, me imprensou contra a parede e enfiou a língua em minha boca. Após o choque momentâneo, retribuí o beijo, deixando que minha língua lutasse com a sua e me perguntando se Daniel tinha tido sorte com a loura vem-pra-cama, relaxada e coquete. A boca de Will deslocou-se para o meu pescoço enquanto uma de suas mãos escalava minha coxa. Mas eu não conseguia imaginar Daniel McAdam aos amassos em um beco escuro. Não. Daniel me parecia mais do tipo lençóis brancos e champanhe no gelo. E Daniel não babava nem cheirava a Benson and Hedges. Cheirava a...

Fiquei lúcida por um instante. A cabeça de Will encontrava-se agora no nível da minha cintura. Coloquei as mãos de ambos os lados de seu rosto.

– Ei, você aí, volte aqui para cima – ri.

– De jeito nenhum – gemeu ele, com ambas as mãos subindo por baixo do meu vestido –, é muito melhor aqui embaixo.

– Agora – falei, tentando puxá-lo para cima.

– Relaxe, Ros. – Ele levantou-se, deixando as mãos onde estavam. – Relaxe. – Ele babou a palavra de encontro ao meu pescoço. – Relaxe.

Parei de rir e balancei a cabeça, que continuava a flutuar.

– Pare agora. – Comecei a empurrá-lo, mas ele se inclinou com força contra mim, prendendo meus braços ao lado do corpo e expulsando o ar de meus pulmões.

– Só relaxe. Vou ajudá-la a relaxar – disse com voz arrastada, a respiração desagradavelmente quente em meu ouvido.

Lutei para me concentrar. Ele estava certo; relaxar era a chave. Eu precisava ficar calma, tentar respirar e relaxar. O salto sobre o dedo do pé dele, o joelho na virilha. Salto – dedo do pé. Joelho – virilha. Movi-me, posicionando o salto agulha em cima do sapato de Will. Talvez não conseguisse lhe dar uma joelhada na virilha, mas tinha certeza de que conseguiria mover o braço o suficiente para agarrar e torcer o dele.

De repente, Will gritou e cambaleou para trás, caindo em cheio de costas. Fiquei confusa. Ainda não o havia tocado. Apesar das circunstâncias, instintivamente me curvei para ajudá-lo a se levantar, estendendo um braço, que foi agarrado de forma delicada, porém firme, não por Will, mas por Andrew, que, de pé ao meu lado, olhava impassível para o monte lamuriento aos nossos pés.

– Deixe o sujeito, Ros. – Ele virou-se. – Vou demorar um instante. Vocês podem levar Ros lá para dentro? – Eu estava vagamente consciente de dois vultos de pé nas sombras atrás dele. O mais baixo dos dois deu um passo à frente.

– É claro que posso. Venha, minha querida. – Joan segurou minha mão. – Aah, vamos deixá-la bonita novamente. – Ela alisou meu vestido e deu pancadinhas sobre meus olhos e minha boca com o lenço que retirou de sua pochete de algodão.

– Não estou me sentindo muito bem, Joan – falei, inclinando-me pesadamente sobre ela enquanto seguíamos para dentro.

– Não está, querida? Bem, não importa, porque Bobby está logo ali com um bom copo de água gelada para você, e assim que tiver bebido, Andrew vai levá-la para casa.

– Obrigada – disse. – Meu Deus, sou um tremendo incômodo para todo mundo. Eu a amo, Joan, sabia? E a Andrew.

– E nós também a amamos muito, minha querida – ela retrucou, me abraçando enquanto eu me sentava, meio desequilibrada, em um banquinho perto do bar do café da manhã. Bobby prudentemente tomou posição atrás de mim, para impedir que eu me estatelasse no chão. Em seguida, pousou um copo de água sobre o balcão à minha frente.

– Obrigada, Bobby – agradeci com voz arrastada. Peguei o copo de água e tomei um gole. – Joan?

– O que foi, querida?

– Estou me sentindo meio boba, sabe. Acho que cometi um erro terrível. – Recoloquei o copo sobre o balcão, pousei a cabeça entre as mãos e comecei a soluçar baixinho.

– Não, não, querida – ela curvou-se, acariciando o topo da minha cabeça. – Você *quase* cometeu um erro terrível. E isso não é absolutamente a mesma coisa.

Capítulo 19

Quando acordei pela segunda vez, era meio-dia. Da primeira vez, ainda estava escuro lá fora e permaneci consciente apenas pelo tempo de correr ao banheiro, vomitar, escovar os dentes e tornar a me refugiar debaixo do edredom. Da segunda vez, senti-me um pouco melhor fisicamente, mas muito pior psicologicamente, visto que levou menos de um minuto para que me lembrasse de haver ido à festa de George na noite anterior e sido escoltada até em casa em desgraça. Os detalhes relativos à exata natureza dessa desgraça levaram um pouco mais de tempo para se encaixar, mas quando isso ocorreu, concluí que meu único curso de ação era fazer as malas, sair de St. Albans e entrar para um convento nas Hébridas Exteriores. Tinha certeza de que devia haver algum por lá.

Uma xícara de chá, dois paracetamóis e uma torrada levemente amanteigada mais tarde, decidi que uma alternativa à opção do convento talvez fosse escrever longas cartas com pedidos de desculpas a todos cuja noite eu havia estragado. Sentei-me de roupão de banho à mesa da cozinha e elaborei a lista mental: Andrew, Joan, Bobby, Daniel, George... Ela havia testemunhado minha desgraça? Esforcei-me para reconstruir a sequência de acontecimentos enquanto tentava, com todas as forças, não pensar nos detalhes de meu encontro com Will.

Joan havia me levado para dentro. Quem estava na cozinha? Ainda havia muito movimento e lembro de ter visto pelo menos duas pessoas sentadas, ou caídas, no chão. Sentadas ou caídas? Fazia diferença. Se estivessem caídas, então eu talvez não houvesse sido a única bêbada deplorável e, portanto, teria chamado menos atenção. E, graças a Deus, a maior parte da "ação" havia se passado do lado de fora. Eu tinha visto George antes de ir embora? Ou Mike? Bem, se tinha, não conseguia lembrar. Com sorte, eles estavam em outro cômodo, mas eu achava difícil acreditar que Andrew e Joan houvessem saído sem se despedir; portanto, mesmo que George não houvesse me visto, provavelmente saberia o que havia acontecido. Ainda focando no positivo, ao menos eu não havia passado realmente mal na casa de George. Havia guardado isso para o táxi. Pobre Andrew. Eu teria que insistir para que ele me deixasse pagar toda a lavagem a seco. E tinha certeza de que ele havia me carregado até o andar de cima – tinha uma vaga lembrança de ter tentado subir e fracassado – e me colocado na cama, ainda de vestido. Ele era um bom amigo. Minha carta endereçada a ele seria bem longa; perguntei-me quanto me custaria enviá-la.

E então houve Joan. Que vergonha para ela na frente de Bobby! E depois de ela haver lhe contado tantas coisas boas a meu respeito. Talvez eu enviasse aos dois um único pedido de desculpas. E flores para Joan. Isso, flores. Era o mínimo que ela merecia.

Quanto a Daniel McAdam, bem, a essa altura a discussão com ele havia se apagado na insignificância, à luz de minha má conduta posterior. Mas, ainda assim, eu lhe escreveria. Talvez superasse toda a humilhação de uma só vez. Ou eu já havia me desculpado? Por que pensaria isso? Tentei lembrar se havia conversado com ele depois de nossa discussão no porão. Eu o havia visto rindo com A Loura perto da lareira, mas não, não havia tornado a falar com ele.

Levantei-me, liguei a chaleira e esfreguei a testa. Meu Deus, essa era de fato a mãe de todas as ressacas; minha cabeça latejava e eu ouvia até mesmo uma campainha. Segurei o nariz e forcei o ar para fora por vários segundos na tentativa de interromper a campainha antes de perceber que, na realidade, havia alguém na porta. Maravilha. Examinei meu roupão para ver se eu estava suficientemente decente para atender. Bem, havia pasta de amendoim na bainha, mas, fora isso, estava ótimo. Dirigi-me à porta da frente e abri apenas o bastante para ver quem era. Senti uma nova onda de náusea, suspirei e a abri por completo.

– Oi, Daniel – cumprimentei.

Ele estava com a barba por fazer e claramente exausto. Meus pensamentos voltaram à Loura. Ele me ofereceu um sorriso vazio, que achei inesperadamente doloroso.

– Oi, Ros. Desculpe o incômodo. Sei que você não pode estar se sentindo muito bem hoje, mas realmente preciso falar com você. Eu teria telefonado para Andrew ou Joan, mas não tenho o contato de nenhum dos dois.

Olhei para ele e tive uma lembrança repentina e horrível. Abri a boca para falar, mas nenhum som saiu.

Ele parecia preocupado.

– Desculpe. Você está bem? Se me der o telefone de Andrew, então, não preciso mais incomodá-la.

– Você estava lá – falei.

– Onde? – perguntou, parecendo confuso.

– Você estava no jardim. Com Andrew e Joan.

– Ah. – Ele baixou os olhos. – Estava. É, estava. Você tinha esquecido disso?

Concordei com um movimento de cabeça.

– Bem, eu estava conversando com Andrew e Joan quando vi você sair. – Ele hesitou. – Nós conversamos rápido sobre isso depois. – Ele olhou para mim. – Está lembrada dessa conversa?

Fiz que não com um aceno de cabeça.

– Tudo bem. – Ele limpou a garganta. – Não importa.

– Você conheceu Joan? – perguntei.

Ele assentiu.

– Ela é uma pessoa incrível – falei.

– É sim, Ros. Mas tenho uma coisa importante para resolver. – Ele olhou para o corredor atrás de mim. – Que tal eu entrar?

– Ah, meu Deus, é claro – respondi. – Sou tão indelicada. Entre, entre. Isso no meu roupão é pasta de amendoim. – Apontei para a risca marrom-escura na bainha.

– Tudo bem. – Ele dirigiu-se à cozinha.

– Sente-se – convidei. – Você quer uma xícara de chá ou um café? Estou tomando uma. Outra. Acho que também vou precisar

140

de mais dois paracetamóis, ibuprofenos ou coisa do gênero. – Abri um armário e retirei várias caixas de comprimidos. – Estou me sentindo muito mal.

– Aceito uma xícara de chá, por favor – ele disse.

Preparei o chá em silêncio, de ressaca, confusa e envergonhada demais para me dar ao trabalho de ficar de conversa fiada. Ele também parecia sem disposição para isso e foi só depois que lhe entreguei a caneca e me sentei que ele tornou a falar.

– Estou aqui por causa de George – disse.

Engoli em seco. Teria ele vindo me dizer que ela não queria me ver nunca mais porque eu havia estragado a festa? Eu havia vomitado em algum tapete? Will havia se machucado na queda e decidido processá-los por negligência devido a alguma passagem irregular? Decidi não tentar adivinhar e, em vez disso, deixá-lo terminar. Instantes depois, senti-me enormemente grata por essa demonstração atípica de prudência.

– Mike deixou George.

Encarei-o sem compreender.

– Deixou George onde?

Daniel suspirou.

– Deixou George em casa, Ros, e foi viver com outra pessoa.

Senti-me como um personagem de desenho animado que acabava de ser atingido no rosto por uma frigideira. Tornei a perder a fala.

– Ros, quero ter certeza de que ela está bem, mas acho que não sou a pessoa certa para fazer isso. Não tenho o número de telefone dos familiares, nem dos amigos dela, e acho que é disso que ela precisa neste momento. – Continuei sentada, olhando para a mesa sem piscar. – Ros... Ros! – Ele falou de forma brusca e me sobressaltei, batendo em meu chá, que derramou um pouco. Olhei para ele.

– Desculpe – sua voz soou branda outra vez –, mas alguém precisa ver como George está, e se você não puder fazer isso, eu gostaria de ligar para Andrew. Na verdade, acho que devíamos ligar para ele de qualquer forma. Imagino que ele tenha as informações de contato da família dela no arquivo.

– Claro, claro, me desculpe. Você está certo, acho que devíamos telefonar para Andrew, mas não acho que ele seja a melhor pessoa para ir ver George hoje.

– Não?

– Acho que não devia ser um homem.

Ele concordou com um movimento de cabeça.

– É claro, você tem razão.

– Vou ligar para ela e depois vou até lá. Na verdade – fiz uma pausa –, acho que os pais dela vão levar Lottie de volta hoje. Acredito – olhei de relance para o relógio da cozinha – que eles já devem estar lá.

Daniel pareceu aliviado.

– Mas você vai conferir?

– Vou, é claro. – Levantei-me. – Muito bem. Vou tomar um banho e vestir alguma coisa. Você pode ficar alguns minutos e me contar o que aconteceu? Acho que quanto mais eu souber antes de tentar falar com ela, melhor.

– É claro. Vá se arrumar que vou beber meu chá. Ah, Ros – ele ergueu os olhos em minha direção quando me levantei para sair –, sinto muito pelo que aconteceu ontem à noite.

– Estou bem – disse, afastando suas preocupações com um aceno de mão. – Já encarei coisa muito pior do que aquele nojento.

– Certo – ele disse e fui me vestir.

ANTES MESMO QUE DANIEL me contasse, eu poderia ter arriscado um bom palpite sobre a pessoa com quem Mike estava: India Morne. Inevitavelmente, fiquei me perguntando se havia alguma coisa que eu poderia ter feito para evitar a situação, mas logo concluí que tais hipóteses não consistiam em um emprego sensato de tempo ou de energia. Então, em vez disso, tentei afastar da mente os "o que aconteceria" e os "se ao menos" e me concentrar no que poderia fazer para ajudar George. A primeira coisa, claro, era conversar com ela. Ninguém atendeu quando telefonei, o que não foi nenhuma surpresa; portanto, a única coisa a fazer era tentar falar com ela pessoalmente.

Fomos juntos em meu carro até a casa de George, com Daniel planejando voltar a pé enquanto eu conversava com ela. No caminho, ele acrescentou alguns detalhes ao breve relato que já havia feito dos acontecimentos da noite anterior. Ao que tudo indicava, Andrew e eu saímos da festa por volta de uma da manhã. Àquela altura, o movimento começara a diminuir e após uma breve conversa com Joan e Bobby – supunha que a respeito da bêbada que acabava de ser carregada com a calcinha, quando não a dignidade, felizmente intacta –, Daniel também havia decidido cair fora. Antes de partir, saiu à procura de George e Mike, mas, não encontrando nenhum dos dois, imaginou que houvessem ido dormir e deixado que os retardatários se virassem.

Daniel havia optado por ir embora a pé, a fim de "clarear a cabeça", mas, a pouca distância da casa, reparou em uma mulher apoiada a um poste, aparentemente aos prantos. Esta, é claro, acabou sendo George, um bocado bêbada, mas coerente o bastante para explicar que Mike a havia deixado por India Morne e nunca mais voltaria. Sem saber o que fazer, Daniel retornou à casa e colocou George na cama, onde, devido ao alto consumo alcóolico, ela rapidamente adormeceu. Em seguida, ele mandou embora os últimos convidados, tentando, enquanto o fazia, encontrar alguma amiga chegada de George que pudesse ser de utilidade. Ao fracassar em sua busca, ligou várias vezes para o celular de Mike, sem sucesso. Depois telefonou para Phil e Molly Wainwright e um ou dois outros ex-colegas, cuja mulher ele achava que poderia ajudar, porém, mais uma vez, ninguém atendeu. Não querendo deixar George sozinha, Daniel passou a noite no sofá do quarto dela. No entanto, quando acordou, ela, de forma bastante compreensível, não quis discutir seus sentimentos com Daniel e fez questão de que ele saísse. Portanto, Daniel permaneceu apenas tempo suficiente para assegurar-se de que George não pretendia fazer nada absurdo, pegou um táxi para casa, tomou um banho e foi me procurar.

Daniel concluiu seu relato deprimente exatamente quando estacionamos diante da casa de George. Dei-lhe o telefone de Andrew, a fim de que ele pudesse atualizá-lo com respeito a George, e fiquei observando-o inserir o novo contato em seu celular. Dizer que Daniel tinha tido uma noite e tanto era um eufemismo e eu certamente havia tomado parte nisso. Olhei pelo para-brisa do carro e decidi que, para o bem ou para o mal, eu precisava tentar consertar isso pelo menos em parte. Respirei fundo.

– Daniel... – Minha boca estava seca. Uma só palavra e minha coragem já me abandonava. Agarrei o volante em busca de apoio e comecei outra vez: – Daniel, preciso dizer uma coisa antes que você vá para casa. Preciso dizer que lamento ter ficado tão brava por nada ontem à noite e... bem, fique sabendo que tentei encontrá-lo para fazer as pazes, mas quando encontrei, você estava ocupado conversando e eu não quis interromper. E, além disso – minha voz extinguiu-se, o que me forçou a limpar a garganta –, além disso, só para acrescentar no que diz respeito a Will... – Bem, nunca, nunca antes me coloquei em posição tão absurda com um homem e... – Desesperei-me diante de minha incapacidade de me expressar. – Bem, foi tudo uma confusão terrível e peço desculpas.

Daniel nada disse em resposta e, incapaz de me obrigar a olhar para ele e sentindo-me exausta, fechei os olhos e inclinei a cabeça para a frente, para uni-la a minhas mãos ao volante.

– Vou tentar ver George agora – disse baixinho. – Mas se, em algum momento, você quiser aparecer para uma xícara de chá e uma conversa normal e amigável sobre toda e qualquer coisa que não sejam minhas inseguranças, eu realmente gostaria. Se, por outro lado, eu tiver esgotado a sua paciência e interesse, bem, francamente, quem pode culpá-lo? – Sem olhar para ele, endireitei o corpo, saltei do carro e comecei a percorrer o caminho de acesso à garagem de George. Segundos depois, ouvi a porta do passageiro se abrir e se fechar e senti um otimismo momentâneo e indefinível. No entanto, não pela primeira vez, ele optou por não seguir a mulher tagarela e, quando alcancei a porta da frente de George e olhei para trás, ele havia desaparecido.

Bem, fim de papo. Concentrei-me no assunto em pauta; toquei a campainha e aguardei a resposta, reparando, enquanto isso, em um BMW prata que, pelo que eu soubesse, não pertencia nem a George nem a Mike, estacionado diante da garagem. Esperei mais ou menos um minuto e estava começando a pensar em contornar a lateral da casa ou espiar pela ranhura do correio quando a porta foi aberta por uma mulher atraente, com cerca de sessenta e cinco anos, calculei. Não tive dúvidas de que era a mãe de George. Ela parecia tensa.

– Posso ajudar? – perguntou, ensaiando um sorriso.

– Olá – cumprimentei. – Meu nome é Ros Shaw. Sou amiga de George. Só dei uma passada para ver se ela estava bem esta manhã, mas como a senhora está aqui, não vou incomodar. Pode dizer a George que estive aqui para oferecer minha amizade e falar que se ela precisar de alguma coisa é só me avisar?

– Obrigada, vou fazer isso e, desculpe, seu nome é?

– Ros Shaw. Trabalhamos juntas na Chapters. – Vi uma súbita compreensão em seus olhos.

– Ah, sim. George fala muito de você. Obrigada, Ros.

– Certo, bem, tchau.

– Tchau.

Tornei a percorrer o caminho de acesso à garagem e perguntei--me o que fazer a seguir. Duvidava que Daniel já houvesse falado com Andrew, a menos que tivesse decidido telefonar a caminho de casa. Talvez eu devesse fazer a volta e falar com Andrew pessoalmente, tanto para me desculpar quanto para conversar a respeito de George. Ou talvez devesse levar as flores para Joan. Abri a porta do carro.

– Ros! Ei, Ros!

Virei e vi a mãe de George me acenando da entrada. Fechei a porta, tranquei o carro e caminhei até a casa.

– George gostaria muito de ver você – ela falou, sorrindo e me conduzindo a um hall de entrada que estava claramente sofrendo de manhã seguinte após a noite anterior. Serpentinas lançadas por *party poppers* cobriam o piso, juntamente com balões, copos, um lenço rosa e sobras do bufê. – Desculpe a bagunça – disse a mãe de George. – Os funcionários da limpeza vieram mais ou menos uma hora atrás, mas George aparentemente mandou todo mundo embora. Vamos pedir que voltem amanhã, quando a casa estiver vazia.

– Vão levar George com vocês? – perguntei.

– Vamos. Só por um tempo. Vou arrumar um pouco; Alistair levou Lottie ao parque, mas assim que eles voltarem e George estiver pronta, vamos embora.

Pensei em minha própria mãe e em sua abordagem igualmente prática para as crises e balancei a cabeça à guisa de assentimento.

– É claro.

Ela sorriu.

– George está lá em cima, no quarto dela. Está um pouco menos caótico por lá. Posso oferecer-lhe uma xícara de chá, café ou um refrigerante, quem sabe?

– Não, não, estou bem. Obrigada.

– Bem, como você sabe o caminho, vou deixar que suba sozinha. – Ela girou em direção à cozinha.

– Sra... – Ocorreu-me de repente que eu não sabia o nome de solteira de George.

– Me chame de Ruth.

– Ruth, tem alguma coisa que eu deva saber antes de subir?

– Você está sabendo que ele foi embora? – Ela parecia preocupada.

– Estou.

– Bem – ela suspirou –, vou deixar George explicar o resto. Não quero colocar palavras na boca da minha filha.

Concordei com um movimento de cabeça e comecei a subir as escadas.

Capítulo 20

Cheguei em casa às cinco da tarde, entrei na sala sem parar para tirar os sapatos e desabei no sofá. Sentia-me física e emocionalmente exausta. Minhas preocupações, que, agora percebia, até esse final de semana haviam sido muito poucas e esparsas, a essa altura clamavam por atenção em meu cérebro. Sentia-me perdida sobre por onde começar. Queria me desculpar o mais rápido possível, e não deixar para depois, tanto com Andrew quanto com Joan por meu comportamento, mas qualquer conversa com eles envolveria George e eu simplesmente não sabia como reuniria energia para isso no momento. No entanto, teria que ser hoje. Eu sabia disso. Certamente, não poderia ser amanhã no trabalho.

Senti o celular vibrar no bolso da minha calça jeans. Peguei o aparelho e suspirei. Havia uma mensagem de Andrew para que eu telefonasse assim que possível e duas chamadas perdidas, também de Andrew. Não adiantava. Não podia adiar isso. Digitei seu número e ele atendeu no mesmo instante.

– Oi, Ros.

– Oi, Andrew. Desculpe por não ter atendido as chamadas. Acabei de chegar em casa.

– Eu conversei com Daniel – ele disse.

– Ah.

– Então, como ela estava? Imagino que você tenha conseguido falar com ela.

– Consegui. Ela não está nada bem, Andrew.

– Certo. Estou no carro neste momento. Tudo bem se eu desse uma passada para ver você mais tarde?

Mesmo exausta como estava, achei uma boa ideia. Eu não queria ter aquela conversa ao telefone.

– É claro. A que horas você está pensando passar?

– Daqui a umas duas horas? Você comeu? Posso levar uma pizza. Ele era incrível.

– Parece ótimo.

– Certo. Bem, então vejo você por volta das sete. Tchau.

– Tchau. – Desliguei e tornei a me deitar no sofá. Eu não estava ansiosa por aquilo.

Andrew chegou às **6:45,** com várias caixas de Pizza Express e duas cervejas.

Ergui as sobrancelhas na direção das cervejas.

– Você se recupera rápido – comentei, deixando-o entrar e encaminhando-o à cozinha, onde a mesa já estava posta.

– Na verdade, alguns de nós pararam de beber cedo, Ros – ele explicou com um sorriso. – Mudei para água mineral por volta das onze. – Ele sentou-se à mesa da cozinha.

– Quem me dera ter feito isso – disse, pegando um copo no armário e lhe servindo a cerveja. – Preciso pedir que você me desculpe sobre o incidente no jardim, Andrew. Mil desculpas.

– Olhe, Ros – ele pegou a cerveja com um aceno de agradecimento –, você bebeu demais, conheceu um idiota que não entendia o significado da palavra "não". Foi só. Sei que foi constrangedor para você. Deus sabe que você me disse isso o suficiente a caminho de casa. Mas, no final do dia, nenhum dano real foi causado.

Eu não sabia ao certo se concordava plenamente com essa última afirmação, mas estava feliz por ele haver colocado uma pedra sobre o ocorrido.

– Obrigada – falei, pegando um copo de água da torneira, preparando-me para outra rodada de analgésicos –, vou pagar os custos da lavanderia.

– É muita generosidade sua, mas na verdade não tive custo nenhum.

– Mas...

– Você vomitou no motorista de táxi quando ele voltou para me ajudar a levá-la para dentro de casa.

– Ele ficou zangado? – perguntei.

– Se ele ficou *zangado?* Deixe eu pensar. Ficou. "Zangado" ou "furioso" provavelmente dá conta do recado, mas ele não sugeriu compensação e não me dei ao trabalho de colocar essa ideia na cabeça dele.

Gemi e pousei a testa na mesa.

– Mas não estou aqui para falar sobre você, Ros – ele disse baixinho.

Lá estava outra vez. Outro homem horrorizado ante meu foco aparentemente inabalável em mim mesma.

Não levantei a cabeça.

– Sei disso. Mas o assunto sobre o qual você quer conversar é tão terrível que quase não consigo suportar.

Ouvi-o suspirar.

– Sinto muito – disse ele. – Mas preciso que você fale porque preciso saber se ela está bem e, se não estiver, o que temos que fazer.

Olhei para ele. Absolutamente todos pareciam exaustos hoje. Eu nunca havia visto Andrew com ar tão cansado. A ansiedade em seus olhos me fez recordar sua insistência em conversar com Richard Webster na noite anterior. Eu de fato precisava obrigá-lo a me dizer o que estava acontecendo. Mas, por ora, não tinha escolha, a não ser deixar essa preocupação ir de encontro a todas as demais. George tinha que vir em primeiro lugar.

– OK, Andrew – comecei –, bem, George não está bem. Passei uma hora ou duas com ela esta tarde e ela está arrasada por ter perdido o marido para India Morne, a mulher com quem vi Mike no trem naquela noite. – Parei, esperando por uma reação, talvez algum eco de minha crescente convicção de que deveria ter informado George de meus temores na ocasião, mas ele nada disse e seu rosto não me dava nenhuma indicação de seus pensamentos. – Os pais de George chegaram pouco depois do meio-dia de hoje e a essa altura já levaram George e Lottie para ficar com eles em Oxford.

– George tem esperanças de que ela e Mike resolvam isso? – Ele colocou um pedaço de pizza em meu prato e estendeu a mão para pegar um pedaço para si.

– Não, não tem... – hesitei.

– Mas isso pode ser só a reação inicial de alguém que...

Interrompi-o com um aceno de cabeça.

– Sei o que vai dizer, Andrew, e foi o que eu disse a George, mas...

– O quê?

– India está grávida de três meses e, ao que tudo indica, Mike está feliz com a situação. E isso não foi só a cerveja falando ontem à noite. Ele repetiu essa afirmação, bastante sóbrio, para George ao telefone esta tarde, além de ter pedido o divórcio.

Andrew continuava sem demonstrar qualquer reação, mantendo-se simplesmente sentado, olhando para sua cerveja. Quando falou, não foi o que eu esperava.

– Eu devia ter percebido que ele estava mentindo – disse baixinho.

– O quê? – Ele me lançou um olhar firme. Perguntei-me se havia entendido mal. – Desculpe, Andrew... Quem estava mentindo? Você está dizendo que discutiu esse assunto com Mike?

– Fui procurar por ele – Andrew explicou. – Depois que você me contou o que tinha visto no trem.

Sentei-me de braços cruzados, atônita.

– Mas você disse...

– Disse que você não devia contar a George. Mas fui procurar por ele.

– E que diabos você disse?

– Disse que tinha tomado conhecimento, por um amigo na Marsh, que ele estava saindo com uma colega de trabalho. Não mencionei você.

– Não me importo, mas quando tudo isso aconteceu?

– Saímos para tomar uma cerveja uma semana depois que você me contou. Ele não negou e se comportou como se tivesse percebido que havia cometido um erro. Garantiu que não era nada sério e que tinha caído na real, disse que estava tudo terminado e me pediu para não contar a George. Agradeceu-me pela oportunidade de se explicar e por eu não ter ido até George.

– Pelo bom Deus, Andrew, por que diabos você não me contou o que fez?

– Que bem isso teria feito? Observei George no trabalho e ela parecia ótima, melhor do que antes, na verdade. – Ele balançou a cabeça, como que descrente. – Que canalha!

Sentamo-nos em silêncio, deixando a pizza intocada. Parecia que nenhum de nós queria mais falar sobre George, ainda que falar sobre outra coisa fosse impensável. Por fim, ele perguntou:

– Você acha que eu poderia ter feito mais, Ros?

Ocorreu-me que ele estava parecendo Alan Bullen: carregando o mesmo fardo inexplicável da responsabilidade pela felicidade dos outros. Ou talvez fosse outra coisa. Talvez sua preocupação com George se relacionasse a suas aparentes preocupações comerciais recentes. Estaria ele se perguntando se conseguiríamos arcar com a ausência de George? Observei-o. Andrew estava sentado com os braços sobre a mesa e a cabeça inclinada, todas as outras emoções agora suplantadas por aquela ansiedade cada vez mais familiar. Fosse qual fosse a causa de sua preocupação, de repente fiquei quase tão apreensiva por ele quanto por George. Decidi avançar com cuidado.

– Olhe, acho que você fez o máximo possível – falei, estendendo a mão e pousando-a sobre a dele. – Só existiam duas pessoas capazes de pôr um ponto final nisso e você não era uma delas.

Ele ergueu os olhos e concordou com um movimento de cabeça.

– Eu sei – falou. – É que, às vezes, as coisas são complicadas.

– Andrew, por que você não me conta o que é complicado?

– Porque não quero complicar as coisas para você.

– E essa afirmação deveria fazer com que eu me sentisse melhor? Deixar minha cabeça tranquila? Porque não deixa porra nenhuma, sabia?

Ele riu.

– Desculpe.

– Tudo bem. Então me conte.

– Vou contar. – Ele me lançou um sorriso cansado. – Prometo. Mas esta noite não, OK? Foi um final de semana e tanto. Vamos só comer nossa pizza.

Suspirei.

– Certo. Mas vou cobrar essa promessa, sabe? – Olhei para ele com ar severo. – E agora me passe a pizza. Você está devorando tudo.

Capítulo 21

A ATMOSFERA NA LOJA durante as semanas seguintes foi, no mínimo, de desânimo. Joan e eu trabalhamos as horas extras necessárias para cobrir a ausência de George e ainda que, sob circunstâncias normais, eu tivesse adorado, cada hora adicional trabalhada era simplesmente um lembrete de que George não estava presente.

Individualmente, Joan e eu falávamos com George pelo menos uma vez por semana e depois atualizávamos uma à outra e a Andrew sobre como ela e Lottie estavam passando. Quando conversava comigo, George parecia a pessoa animada de costume, sempre exigindo saber como eu estava e o que estava fazendo. Mas ainda que ficasse feliz em discutir os aspectos práticos da custódia compartilhada e do processo de divórcio, ela nunca discutia seus sentimentos. Se se sentia amargurada, traída e decepcionada, nunca dizia – pelo menos não para mim. Emocionalmente, estava centrada em Lottie e em mais ninguém. Cada decisão tomada tinha a filha em mente e ficou claro que ela estava fazendo o possível para convencer Lottie de que só porque seu pai havia saído de casa não significava que havia deixado de amá-la. Nenhum de nós queria pressioná-la a voltar para St. Albans e, com o passar das semanas, evitávamos esse tópico, mas nos encorajávamos com suas referências ocasionais ao fato de sentir saudades da loja e dos amigos de escola de Lottie que, dizia, Lottie estava ansiosa para ver "em breve".

Eu não tinha dúvidas de que Andrew estava triste pelo que havia acontecido a George; no entanto, apesar do fato de Joan e eu passarmos felicitações mútuas de um lado para outro, até onde sabíamos ele nunca telefonava para ela. Isso me decepcionava, pois eu sabia que George gostava muito dele e tentei, mais de uma vez, incentivá-lo a ligar ou a enviar um e-mail, caso se sentisse inseguro quanto ao que dizer ao telefone. Mas sempre que eu tocava no assunto ou, na verdade, em qualquer assunto, na melhor das hipóteses ele parecia incapaz de se concentrar e, na pior das hipóteses, parecia desinteressado, como se estivesse distraído ou preocupado com alguma questão mais grave que se recusava a compartilhar. A revisão de aluguel, que aparentemente o havia inquietado no início do ano, chegara e transcorrera de forma favorável, mas não sua ansiedade. Esta estava longe de ser constante e, na maioria das vezes, Andrew apenas parecia uma versão ligeiramente mais distante de si mesmo. Eu estava preocupada com ele – sobretudo porque percebia que Joan também estava. Em vez de tentar fazer com que Andrew fugisse, conversando a respeito de meias tricotadas à mão, seu novo fetiche, ou sobre a terapia de reposição hormonal de sua amiga Maureen, ela fazia o possível para cuidar dele com xícaras de chá e perguntas gentis. Agora, todos os tópicos escabrosos de conversa de Joan ficavam reservados para as ocasiões em que Andrew saía para tomar ar ou comprar seu almoço, e essa discrição tão pouco característica da parte dela me deixava mais preocupada do que nunca.

UMA SEGUNDA-FEIRA NO INÍCIO de novembro, Andrew me telefonou em casa para dizer que não iria à loja naquele dia, pois estava se sentindo mal. Seria seu primeiro dia de ausência por doença desde que eu o conhecia. No entanto, a não ser por uma ligeira surpresa, que havia resultado em provocação afetuosa, não fiquei excessivamente preocupada. Joan e eu tivemos uma manhã movimentada na loja e foi só quando me sentei na pequena cozinha com uma xícara de café no meio da tarde que de repente me ocorreu que Andrew talvez estivesse doente. Muito doente. Enchi-me de horror ao me dar conta de que uma doença grave explicaria seus humores e seu comportamento estranho nos últimos meses. Também explicaria sua relutância em discutir o que andava errado e sua determinação de não se envolver em relacionamentos sérios. Amaldiçoei-me por não ter pensado antes nessa possibilidade. Por que eu não tinha simplesmente aceitado que não havia nada de errado com o negócio e procurado uma explicação alternativa, em vez de ficar me perguntando se ele havia enlouquecido e ido à falência, e nossa loja, sido confiscada?

Decidi conversar a respeito com Joan. Voltei à loja apenas para encontrá-la atendendo um cliente enquanto outros três esperavam. Desisti do café e fui ajudar. Foi uma tarde movimentada, seguindo-se a uma manhã movimentada, e não tive outra oportunidade de conversar com ela até mais tarde naquela noite, quando já havíamos fechado e tinha se oferecido para ficar e me ajudar a decorar a loja com feixes de azevinho e hera colhidos de meu jardim.

— Tem certeza de que não se importa, Joan? — perguntei.

— Ah, não, querida, adoro esse tipo de coisa. Além disso — ela olhou para mim da escadinha em que estava trepada para entrelaçar hera nos corrimões —, não tivemos um instante sequer para bater papo hoje, tivemos? Eu queria saber se Andrew estará aqui conosco amanhã. O que você acha?

Aproveitei a oportunidade.

— Não sei, Joan. — Hesitei. — Na verdade, Joan, ando um pouco preocupada com Andrew ultimamente.

Ela agora parecia completamente absorta em sua tarefa.

— Verdade, querida? — perguntou com ar distraído enquanto continuava a enroscar a hera ao redor de um eixo com a ajuda de arame de jardim.

— Verdade. E acho que você também anda, não?

Ela não se virou, mas interrompeu o que estava fazendo e suspirou.

— Também, Rosalind. Só espero que tudo se resolva. Ele é um rapaz tão bom.

Baixei o ramo de azevinho que estava tentando equilibrar no alto de um dos inúmeros quadros espalhados pela loja.

— Você está querendo dizer que *sabe* qual é problema?

Ela virou-se e olhou para mim com perplexidade.

— Sei, você não?

Eu estava completamente espantada.

— Ele não vai discutir isso comigo de jeito nenhum.

– Ah, minha querida – ela abriu um sorriso triste –, isso dificilmente surpreende, não é? Ele não vai querer preocupar você, vai?

– Mas ele discutiu o problema com você?

– Ah, não, claro que não. – Ela começou a subir a escada de novo. – Ele não faria isso.

Resisti ao impulso de gritar e, em vez disso, optei por contar até três.

– Então – disse da forma mais calma que consegui –, ele na verdade não lhe contou qual é o problema.

– Bem... – Joan recolheu a ponta rastejante da hera e começou a entrelaçá-la outra vez – tecnicamente não. – Ela balançou a cabeça. – Mas fico me perguntando por quanto tempo ele vai conseguir levar isso adiante. Você não? E isso tem implicações para todos nós.

Engoli em seco.

– Você acha que é muito grave, Joan? Ele não vai me dizer nada.

– Acho que é tão grave quanto pode ser, querida. – Ela terminou de enroscar a hera e desceu. – Andrew não é o tipo de pessoa que faz barulho por qualquer coisa, não é? Acho que ele escondeu de nós o quanto pôde.

– Bem, por que ele não fala sobre isso? – perguntei, sentindo minha frustração aumentar. – Então, talvez pudéssemos ajudar.

Joan olhou para mim e sorriu com ar triste.

– Não sei se estamos qualificadas.

– Tenho consciência disso, mas acho que conversar ajuda. Você acha que eu devia pressionar Andrew a falar sobre isso, Joan? Acha que é a coisa certa a fazer?

– Não tenho certeza de que exista certo ou errado nesse tipo de situação – ela respondeu, abaixando-se para pegar algumas folhas soltas de hera no chão. – É perfeitamente possível fazer uma coisa que, de início, parece totalmente errada, mas que, a longo prazo, acaba sendo o melhor. Lembro que quando estávamos todos esperando que Arthur Tucker saísse do armário...

De repente, senti-me afundar.

– Desculpe interromper, Joan, mas você não acha que Andrew é gay, acha?

Ela levantou-se e pareceu confusa.

– Você quer dizer bissexual? Bem, acho que não. Não vejo nada... Sabe, acho que talvez a gente não esteja se entendendo, querida. Você está querendo me dizer que acha que o problema de Andrew é ele ser gay?

– Não, mas quando você mencionou Andrew Tucker...

– Arthur Tucker.

– Tem razão, desculpe, Arthur Tucker. Pensei que estivesse dizendo que achava que Andrew era gay.

– Ah, entendi, não – ela disse, rindo. – Só estava usando Arthur como exemplo de como é difícil saber o melhor a fazer quando alguém está em crise. Veja bem, era evidente para todos nós que Arthur era uma gazela, mas ele ia admitir isso? Não, não ia. Na verdade, ele passava o tempo todo jogando boliche e tomando Bovril superconcentrado na tentativa de provar sua heterossexualidade. – Decidi não pedir explicações sobre a referência ao Bovril e, em vez disso, deixei que Joan prosseguisse. – No final das contas, Margie Williams me pediu: "Joan, vá conversar com Arthur. Ele está se atrapalhando todo e começou a usar macacão de brim com jaqueta de couro para tentar dar uma de macho." – Comecei a divagar, maravilhando-me, mais uma vez, ante o universo alternativo de Joan, no qual homens de verdade usavam macacões e consumiam bebidas à base de carne bovina e perguntei-me como, se é que de alguma forma, aquela homilia se relacionaria a Andrew.

Nesse meio-tempo, Joan continuava falando:

– ... e eu disse a Arthur que, se ele amava Graham, devia simplesmente contar a ele. Talvez Graham também estivesse vivendo uma mentira. – Ela estava sorrindo para mim como se perguntasse "Entendeu?". Percebi que era minha vez de falar.

– Ah, estou entendendo – disse eu. – E tudo correu bem para Arthur e Graham?

Joan recolheu a última folha e começou a caminhar em direção à cozinha.

– Ai, meu Deus, não. Graham arrancou dois dentes de Arthur com uma caneca de muito valor, mas pelo menos Arthur saiu do armário. Mudou-se para Rhyl com um rapaz chamado Simon Beal, que tocava clarinete.

Eu estava prestes a fazer a pergunta crucial sobre se Joan e Arthur haviam continuado a se falar quando me sobressaltei com uma forte batida na vitrine atrás de mim e girei, para ver Bobby sorrindo e apontando para a porta trancada. Joan saiu alvoroçada da cozinha.

– Ah, tinha me esquecido completamente que Bobby vinha me pegar. Foi bom ter me demorado ou teríamos nos desencontrado! – Ela destrancou a porta e o deixou entrar. – Rosalind e eu estamos decorando, Bobby. – Ela apontou para a escada, ele sorriu e balançou a cabeça com ar apreciativo. – Por que você não fica e ajuda?

– Ah, não, não. – Sorri. – Vocês dois vão. Só vou colocar mais um pouco de azevinho e depois vou embora. Podemos continuar amanhã, antes de abrir, se Andrew tiver voltado.

– Tem certeza, querida, porque Bobby tem um jeito maravilhoso para decoração. – Ela enlaçou o braço de Bobby e encarou-o com orgulho.

– Tenho certeza. Sabe, acho que posso dar uma ligada para Andrew para ver se ele precisa de alguma coisa.

Joan vestiu seu casaco e seu cachecol.

– Acho uma ideia maravilhosa – concordou. – E conte a ele a história de Arthur Tucker. Como ele assumiu tudo publicamente. Perdeu alguns dentes, mas encontrou sua alma gêmea. Diga isso a ele, minha querida.

Abracei Joan e observei-os sair da loja, decidindo que passaria mais meia hora sendo criativa com a vegetação antes de visitar Andrew. Não sabia ao certo qual era o problema, mas havia chegado à conclusão de que concordava com Joan e Arthur Tucker em uma coisa. Era melhor colocar para fora do que ficar com tudo guardado.

Capítulo 22

Aguardei o que considerei um tempo razoável antes de tentar novamente a campainha, mas, depois de um ou dois minutos, continuei sem resposta. Dei um passo para trás e olhei para a janela da sala de estar de Andrew no segundo andar. Havia uma lâmpada acesa, então ele provavelmente não estava na cama. Decidida a falar com ele, descartei prontamente a ideia de que houvesse pegado no sono ou ido dormir cedo e esquecido de apagar a luz e liguei para seu telefone fixo. Justo quando pensei que a chamada seria encaminhada à secretária eletrônica, Andrew atendeu.

— Alô? – Ele parecia rouco e minha crença no bom senso daquela visita evaporou-se de imediato.

— Bem... alô, Andrew. É Ros. Desculpe o incômodo. Espero não tê-lo acordado. Eu só queria saber como você está e se está precisando de alguma coisa.

— Obrigado, Ros. Espere um instante. – Ele tossiu, me trazendo à mente o show de um leão-marinho que eu havia visto com Ben e Stephen, em Whipsnade, vários anos antes. – Desculpe por isso. Como vai você?

— Ah, eu estou ótima. – Bati os pés na tentativa de me manter aquecida. – Estávamos preocupadas com você, só isso. Você não é de faltar por doença.

— Não, isso é verdade. Aguente um instante. – Ele assoou o nariz ruidosamente. – Só estou com um resfriado muito forte. Mas estou bem abastecido de antigripal e sopa, então estou bem.

— Então é só um resfriado?

— Só, não é nada potencialmente letal. Fiquei me perguntando se ia se transformar em uma gripe, mas na verdade estou me sentindo um pouco melhor esta noite. Pode ser que eu vá amanhã. Está tudo bem no trabalho?

– Está, está tudo bem. Tivemos um dia muito movimentado. As primeiras edições estão despertando interesse para o Natal.

– Excelente!

– É. – Seguiu-se uma pausa na conversa, durante a qual minha confiança evaporou-se ainda mais. Aparecer sem avisar havia sido má ideia. Eu concluíra que ele estava com uma doença terminal e havia perseguido a ideia como uma criança pequena com um carrinho de empurrar. Teria sido muito mais sensato conversar com ele sobre quaisquer que fossem os problemas quando seu resfriado houvesse passado. Limpei a garganta e resolvi cair fora. – Na verdade – continuei –, estou na loja agora. Só pensei em dar uma ligada para ver se você precisava de alguma coisa do supermercado antes de ir para casa.

– Ah! – indagou. – Então essa de pé na soleira da minha porta não é você? – Experimentei um constrangimento apenas momentâneo antes de olhar para o alto e vê-lo sorrindo para mim da janela da sala de estar. Acenei humildemente. – Você é uma mulher estranha, Ros. Sabe disso, não sabe?

– Sei.

– Você vai subir?

– Vá em frente.

Ele acionou o interfone.

SUA APARÊNCIA ESTAVA TÃO TERRÍVEL quanto a de alguém com um resfriado forte. Ele vestia um roupão de banho, não havia se barbeado, seus lábios estavam rachados e a área entre o nariz e a boca achava-se vermelha e esfolada. Mas fiquei tranquila ao perceber que ele parecia estar se cuidando. O apartamento estava imaculado como sempre, havia uma fileira de medicamentos sobre a bancada da cozinha e deduzi, pelas panelas e o prato secando perto da pia, que ele havia se empenhado em preparar alguma coisa para o chá.

Preparei uma xícara de chá para mim e um chá antigripal para Andrew e os levei para a sala, onde ele estava deitado no sofá, debaixo de uma manta axadrezada de azul e verde.

– Eu o acordei? – perguntei com ar culpado.

– Não, está tudo bem.

– Sério?

– OK, bem, pode ser que eu estivesse *meio que* dormindo, mas...

– Desculpe.

– Não tem de quê. Foi muito gentil da sua parte vir até aqui. – Ele espirrou a um volume impressionante e depois assoou o nariz. – Só espero que você não pegue esse troço. Meu Deus, não tenho um resfriado desses desde que estava na escola. Ainda assim, é só um resfriado. Tem gente morrendo lá fora, certo? – Examinei seu rosto e risquei mentalmente "doença terminal" de minha lista de possibilidades.

– Humm... tem certeza de que tudo bem se eu ficar aqui, ou você está desesperado por uma cama? Não quero que fique sentado só para ser educado.

– Não se preocupe, Ros. Acho que já passamos do estágio de sermos educados um com o outro, não é? Além disso, eu simplesmente teria deixado você pensar que acreditei na sua droga de mentira "estou na loja agora" se não quisesse ver você. – Ele repetiu *"estou na loja agora"* numa reprodução exata de meu sotaque inglês, o que fez com que ambos ríssemos, tendo seu divertimento se encerrado de forma repentina com mais um acesso de tosse.

– Meu Deus, coitado. Acho que você devia ficar em casa mais um ou dois dias.

– Talvez...

– Joan e eu estamos bem. Começamos a decorar o térreo esta noite. – Ele sorriu. – Bem, o Natal está chegando, sabe. Ainda que... – fiz uma pausa antes de decidir agarrar o momento – ninguém imaginaria isso, olhando para o seu rosto às vezes.

Ele estendeu a mão para a caixa de lenços de papel e escondeu o rosto em um Kleenex.

– Você prometeu me dizer qual era o assunto, Andrew.

– Prometi?

– Prometeu.

Ele acrescentou o lenço de papel ao monte já existente na cesta de lixo ao lado do sofá e tomou um gole do chá em sua xícara.

– Foi por isso que você veio até aqui?

– Foi.

– Não porque pensou que eu podia estar morrendo?

– Na verdade, essa era uma das minhas teorias, mas agora tenho certeza de que não é o caso. – Hesitei. – Não é. É?

– Não. Eu não estou morrendo.

– OK, e não é a revisão de aluguel, porque correu tudo bem, a menos que você esteja adulterando a contabilidade; não é a ausência de George, porque podemos arcar com isso, mesmo que seja necessário contratar... – Parei, percebendo nele uma mudança de expressão. Ele olhou para mim e novamente para seu chá antigripal.

Senti-me doente.

– Andrew... – Ele tornou a olhar para mim. Havia culpa e tristeza em seus olhos. – Andrew...

– O que foi?

– Você adulterou os livros de contabilidade?

Ele desatou a rir. Pensei, a princípio, que fosse a reação de um homem desesperado; no entanto, um instante depois, percebi que ele estava realmente se divertindo. Ele tentou falar, mas as palavras se perderam em um novo acesso de tosse.

– Ros... – ele engasgou no final. – Ros, você é tão adorável. Mas não, não adulterei os livros, como você está dizendo. Os números que você vê são números reais e nós estamos, como você sabe, indo bem. Muito bem, na verdade.

– Então por que – gritei, minha paciência já no fim – você anda por aí deprimido como se alguém tivesse matado o seu cachorrinho de estimação para colocar em uma lasanha?

– É uma imagem interessante. Pessoalmente, acho "totozinho na torta" mais aliterativo...

– Cale a boca – falei, erguendo-me e apontando para ele. – Me desculpe, mas estou cansada disso. Não me interessa qual é o problema. Quero saber o que o está incomodando e quero saber agora. Não me interessa que ache que não é da minha conta porque percebo que é. Você é assunto meu. Literalmente, na verdade. Como sua amiga e parceira comercial, seu bem-estar é muito importante para mim e seu comportamento atual está afetando a Joan e a mim, e até mesmo a pobre George, que sei que deve estar querendo saber por que você não conseguiu pegar o telefone e ligar para ela, tudo isso vai ter um impacto comercial em alguma parte ao longo da linha. Já chega, Andrew. Diga o que é que vamos tentar resolver o problema, e se for possível resolver, vamos trabalhar em cima disso.

Andrew estava claramente surpreso com meu desabafo e por um instante olhou para mim com olhos arregalados. Então se seguiu um silêncio, durante o qual me sentei de braços cruzados e ele se pôs a examinar o desenho a caneta e tinta da Chapters, pendurado na parede acima do sofá. Seu tom, quando por fim falou, foi casual.

– Tenho sentimentos por George... – começou, sem olhar para mim.

Levei vários longos minutos para compreender a situação. Claro que entendi de imediato que sua declaração era significativa, até mesmo monumental; no entanto, meu cérebro, talvez temendo uma implosão, parecia decidido a resistir ao reconhecimento de sua completa importância, forçando-me, em vez disso, a optar por uma simples consolidação dos fatos.

– Você tem sentimentos... – repeti baixinho, de repente sentindo necessidade de piscar muito mais do que o habitual.

– ... que se tornaram cada vez mais difíceis de administrar – ele continuou.

– Difíceis de administrar... – balbuciei, antes de decidir evitar novas tentativas de repetições sem sentido e, em vez disso, deixar Andrew terminar enquanto eu me concentrava em tentar reduzir meu piscar de olhos a algo próximo dos níveis normais.

– É um problema muito difícil, quando não impossível, de resolver. Consequentemente, achei que não valia a pena incomodar você, nem qualquer outra pessoa, com isso. – Ele parou de falar de repente e permaneceu deitado, imóvel, no sofá, continuando a olhar para o desenho da Chapters.

Tomei um gole de chá e por fim consegui organizar e articular meus pensamentos de forma audível.

– Diabos, Andrew.

– Eu sei – falou.

– É sério.

– Eu sei.

– Não esperava que você dissesse isso.

– Estou vendo.

– Há quanto tempo?

– Um ano. Talvez um pouco mais.

– Diabos.

– Eu sei.

– E foi por isso que você foi ver Mike?

– Foi.

– E por isso você não queria que eu contasse a ela.

– É. – Ele finalmente virou a cabeça e olhou para mim. – Ficou tudo bem por muito tempo – disse, com ar cansado. – Sabia que nutria sentimentos por ela e que estava tudo bem. Quer dizer, reconhecer e apreciar o valor de alguém não precisa ser problemático. Mas meus sentimentos ficaram mais fortes e agora... – Ele retomou seu minucioso exame da gravura. – Bem, agora ficou ainda mais difícil e complexo.

Concordei com um movimento de cabeça.

– O que você está querendo dizer é que não suporta ver George abatida pelo rompimento do casamento, mas, por outro lado, o rompimento do casamento oferece a chance, por mais remota que seja, de algum relacionamento com ela em algum momento. O que acarreta um dilema emocional impossível e muito estressante para você.

– Ros – ele suspirou –, como é que você consegue ser *tão* esperta e ao mesmo tempo tão obtusa a ponto de achar que eu estava morrendo ou tinha adulterado a contabilidade?

– Tudo isso faz parte do meu charme – suspirei. – Desculpe, Andrew.

– Então você não tem nenhuma solução para mim?

– Tempo.

– Você tem razão. Eu mesmo cheguei a essa conclusão. De certa forma, quanto mais tempo ela ficar afastada, melhor. Se ela voltasse em breve, seria difícil. Acho que, se visse George infeliz, talvez não conseguisse fingir que isso não tem importância para mim, e muita. Meu Deus, não consigo nem falar com ela pelo telefone. Realmente preciso me controlar.

Olhei para ele. Mesmo com aqueles lábios e aquele cobertor, eu não tinha dúvidas de que as mulheres fariam fila para medir sua temperatura e molhar sua testa febril. Que confusão! Ele poderia ter tido praticamente qualquer pessoa entre as idades de vinte e cinco e cento e cinco anos. Mas não. Havia se apaixonado por George, linda, gentil, altruísta, inteligente, casada e com uma filha.

– Tudo bem, Andrew. – Recostei-me na cadeira. – Vamos ter que lidar com isso como qualquer outro problema de pessoal e acho que a primeira coisa que você precisa fazer é restabelecer um relacionamento "normal" – desenhei as aspas no ar – com George. Se não conseguir fazer isso por telefone, vai ter que ser por e-mail. Você pode exagerar e usar essa sua doença como desculpa parcial para o silêncio. E depois vai ter que colocar a cabeça no lugar para que consiga ver e passar tempo com ela porque sei perfeitamente que, seja lá como for que George se sinta com relação a você, a ideia de não tê-lo mais como amigo seria devastadora para ela. E sei que você não seria egoísta a ponto de fazer algo que a magoasse mais do que ela já está magoada.

– Ros – ele ergueu uma das mãos –, a essa altura posso me intrometer para comentar que você fica superinteressante quando é dominadora e autoritária e que devia usar isso em seu benefício da próxima vez que esbarrar em alguém de quem goste?

– Vou me lembrar disso.

– Tudo bem, pode continuar. Você vai me mandar dormir e um cochilo é suficiente.

– Na verdade, estou indo embora agora. – Levantei-me.

– Sério?

– É, mas posso trazer-lhe alguma coisa antes de ir?

– Não, estou bem.

Abaixei-me e beijei sua testa quente.

– Você é um doce, sabia?

Ele riu.

– Obrigado por ter vindo.

– Não me divirto assim há séculos.

– Vejo você amanhã.

– Não, depois de amanhã, no mínimo, mas escreva para George amanhã. Só um "oi". Você sabe que é a coisa altruísta a fazer.

– É, eu sei. Acho que tenho andado muito introspectivo ultimamente. Obrigado por me ajudar com isso.

– Bem, afinal de contas, sou especialista em introspecção, ou em só me interessar por mim mesma, como disse alguém recentemente.

Ele sorriu.

– As pessoas dizem muitas coisas que não querem dizer. Além disso, quem pensa assim não conhece você de verdade, conhece?

– Eu gostaria de pensar que não.

– Então por que você simplesmente não se reapresenta?

– Acho que a pessoa já viu o suficiente. De qualquer forma – gritei, dirigindo-me ao corredor e abrindo a porta da frente –, você é o caso mais urgente aqui. Podemos trabalhar em mim depois do Natal.

Saí e peguei minha bicicleta ao pé da escada. Perguntei-me se ele enviaria o e-mail e cruzei os dedos.

CAPÍTULO 23

ANDREW VOLTOU AO TRABALHO dois dias depois. Era evidente que não estava completamente recuperado, mas parecia bem melhor, tanto em termos físicos quanto, ao que tudo indicava, no que dizia respeito a seu estado de espírito. Uma das primeiras coisas que nos contou foi que havia feito contato com George e que ela voltaria a trabalhar na terça-feira seguinte. Um homem de menor envergadura teria contado a novidade com uma ponta de timidez, um olhar significativo ou um sorriso perspicaz, mas, no verdadeiro estilo Andrew, ele nos informou da volta de George exatamente com a mesma expressão no rosto de quando nos avisou que Eric, o eletricista, instalaria as novas luminárias de teto na sexta-feira, depois do expediente.

Todos os olhares significativos e sorrisos perspicazes, portanto, haviam ficado a cargo de Joan. No dia seguinte a minha visita noturna a Andrew, ela não havia feito nenhum comentário, a não ser perguntar se eu havia de fato conseguido vê-lo. Quando confirmei, ela apenas balbuciou a palavra "George", acompanhada de um dos olhares significativos previamente mencionados. Em troca, eu apenas concordara com um aceno de cabeça, sem saber se ficava surpresa com seu discernimento ou deprimida com minha total ausência dele. Fora isso, não havíamos discutido o assunto, sentindo, eu esperava, que quanto menos fosse dito, melhor. No entanto, isso não impedia que Joan me cutucasse, desse tapinhas nas laterais do nariz, piscasse e pressionasse a língua no interior da bochecha sempre que o nome de George passava pelos lábios de Andrew. Eu rezava para que ele não percebesse e queria assegurar-lhe que não havia sido eu a dar com a língua nos dentes, mas ele parecia alheio ao contorcionismo de Joan e, consequentemente, decidi que, se Andrew não percebia, a última coisa de que precisava era que eu chamasse sua atenção para isso.

NO DIA DO RETORNO antecipado de George, cheguei à Chapters às oito da manhã e encontrei Andrew sentado à mesa da cozinha com uma caneca grande de café, aparentemente absorto em seu exemplar do *The Guardian*.

– Alguma coisa interessante? – perguntei, colocando o casaco nas costas de uma cadeira e ligando a chaleira.

Ele ergueu os olhos.

– Tem um editorial interessante sobre a conferência de Copenhagem, se quiser ler.

– Meu Deus, você é um chato.

Ele concordou com um movimento de cabeça.

– Sou.

– E então, George volta hoje, não é? – Mantive as costas voltadas para ele e comecei a preparar uma xícara de chá para mim.

– Com certeza – ele respondeu, com ar distraído. Ouvi-o virar uma página.

– Então... eu queria saber a que horas ela vai chegar.

– Quinze para as oito – ele informou.

– O quê?

– Quinze para as oito, Ros – George repetiu. Girei e a vi atrás de mim, na soleira da porta da cozinha, sorrindo de braços abertos. Nós nos abraçamos com força e não a soltei até ter certeza de ter piscado o bastante para reter alguma possível lágrima.

– George! – exclamei, dando um passo para trás para olhar para ela. – Você está ótima! – Dei-lhe outro abraço. – Sentimos tanto, tanto a sua falta, não foi, Andrew? – No instante em que deixei escapar a pergunta casual, odiei-me por ter perguntado. Lancei um olhar ansioso na direção de Andrew, mas ele me pareceu tranquilo.

– Na verdade, Ros, já contei detalhadamente a George como ficamos tristes sem ela, não foi, George? – Seu tom era relaxado, mas ele não tirava os olhos do jornal.

– Foi, ele já me contou. – George sorriu para Andrew. – E como as vendas aumentaram muito no ano que passou. Tudo parece maravilhoso. É tão bom estar de volta...

Examinei-a devidamente. Ela estava linda; quando muito, usava um pouco menos de acessórios do que o habitual, com elegante blusa preta de gola alta, saia justa verde-oliva e botas de camurça. Mas calculei uma perda de peso de cerca de três quilos e observei indícios de olheiras escuras, que o corretivo não conseguia disfarçar de todo.

Ela estendeu o braço e apertou minha mão.

– Eu estou bem, Ros – disse baixinho. – Agora, acredito que tudo o que aconteceu foi a melhor solução.

Concordei com um aceno de cabeça.

– De qualquer forma – perguntei –, como você conseguiu chegar antes de mim no trabalho? O que fez com Lottie?

– Minha mãe está comigo – ela respondeu. – Só por um ou dois dias... Então, achei que podia aproveitar o máximo. Estava tão ansiosa para voltar ao trabalho, sabe, e se vamos ter muito movimento nas próximas semanas, eu ficaria mais do que feliz em trabalhar algumas horas extras. – A voz de George soou ligeiramente contida e pensei detectar uma ponta de desespero, embora seu sorriso não tremesse. Andrew começou a falar quase antes que ela houvesse pronunciado a última sílaba.

– Se conseguir, vai ser de grande ajuda, George. Na verdade, Ros e eu discutimos ontem essa possibilidade, mas achei que você teria problemas para encaixar os dias extras. – Ele fechou e dobrou o jornal antes de empurrar a cadeira para trás e ficar de pé. – Mas se você pudesse fazer algumas horas extras seria ótimo.

– Meu Deus, é claro – George concordou, evidentemente satisfeita. – Tantas quantas vocês quiserem.

– Bom. – Sorriu Andrew. – Bem, vamos estudar isso, e se você puder vir todos os dias, mesmo que só pela manhã ou à tarde ou, digamos, do meio-dia às duas, acho que ia funcionar. O que você acha, Ros? Talvez você e George possam se sentar por dez minutos agora e acertar a questão?

Eu ouvira o diálogo dos dois, balançando a cabeça no decorrer dos comentários de Andrew quando necessário, e a essa altura peguei meu laptop e me preparei para relacionar o nome de George para tantas horas e ocupações quantas ela necessitasse para se ocupar na corrida para o Natal.

– E – acrescentei, sentindo uma onda repentina e antecipada de ânimo festivo – enquanto resolvemos isso, posso contar-lhe tudo sobre meus planos para o jantar pré-Natal dos funcionários na minha casa. Com tortas de carne moída e dança frenética ao som dos clássicos de Natal de Frank Sinatra. Pensei em perguntar a Joan se ela gostaria de levar Bobby também, o que vocês acham?

– Bem, parece maravilhoso, não é, Andrew? – assentiu George com entusiasmo. – Pensa só, você, eu, Joany e Bobby, bebida efervescente, comendo tortas de carne moída e dançando em volta da árvore de Natal na casa de Ros.

Andrew lançou-lhe um olhar de resignação e suspirou.

– É, e com um pouco de sorte Joan e Bobby irão vestidos de duendes. Mal posso esperar, George. Realmente, mal posso esperar.

George riu e senti-me mais alegre do que nunca, confiante de que Andrew estivesse sendo sincero.

Capítulo 24

– **Você tem certeza** de que não se importa, Ros? – perguntou Celia.

Considerei a pergunta retórica uma medida do quanto eu havia avançado desde o ano anterior. Sabia que Celia já havia feito planos; ela havia avisado absolutamente todo mundo a respeito; realizado todos os preparativos logísticos necessários para pôr o plano em prática antes de finalmente me consultar.

– Não, está tudo bem. Vai ser divertido.

– Certo, o que temos, então? Mamãe e papai no seu quarto, os meninos no quarto de hóspedes, você no *futon* do escritório e David e eu no sofá-cama lá embaixo. Não vai ficar muito apertado, vai?

Não se você for Toulouse Lautrec, pensei. Mas seria bom. Meus pés ficariam meio suspensos, mas eu podia usar meias grossas.

– E – ela prosseguiu – os garotos estão tão animados em ver você.

– O quê? – ri. – Mais animados ainda do que na festa de papai? Ela também riu.

– Ah, aquilo foi engraçado, não foi? Vou ter que avisar a todo mundo para não mencionar Mr. Edward dessa vez.

– Quando vocês estão pensando chegar?

– Bem, disse a mamãe que pretendíamos estar aí perto da hora do almoço na véspera de Natal e ir embora depois do jantar do primeiro dia útil; David trabalha no dia seguinte. Mamãe e papai iriam embora na manhã seguinte. Que tal?

Outra pergunta retórica. No entanto, agraciei-a com uma resposta:

– Está tudo bem. Somos muito decadentes e não vamos abrir presentes na véspera de Natal. Andrew vai para a Irlanda na noite anterior, George não estará disponível e Joan vai viajar para as Maldivas com Bobby.

– Para as Maldivas? Meu Deus! Quanto custa isso?

– Só Deus sabe. Aparentemente, ela tem uma poupança. Pessoalmente, desconfio que esteja traficando drogas nas horas vagas.

– Pode ser... – Percebi que a mente de Celia já estava em outros assuntos. – Certo... bem, em todo caso... você está preparada para o casamento de Tom? – Então, era isso.

– Acho que vou só mandar reformar um vestido antigo. Tem uma senhora simpática aqui perto que trabalha com reformas e assim vou conseguir reciclar.

– Excelente... excelente. – Esperei que ela fosse direto ao assunto. – E você está ansiosa para ir?

Eu estava sendo deliberadamente obtusa.

– Estou, parece que vai ser um festão. O padrasto de Amy é importador de vinhos, então todo mundo está esperando um grande evento.

– Ótimo... ótimo...

– Pois é.

– Tudo bem... ótimo...

– Celia?

– O quê?

– Você quer saber com quem eu vou e se estou ansiosa para ver O Rato?

– Er... bem, na verdade quero.

Ri.

– Foi o que achei. Vou com Andrew, mas eu disse a ele para convidar outra pessoa, então, ele não vai ser meu estepe.

– Você vai levar algum estepe?

– Duvido muito.

– Eu podia ser seu estepe.

– Não, não podia.

– Certo. – Houve um curto silêncio, em seguida ela perguntou baixinho: – Você não está zangada comigo, está, Ros? Você sabe, por estar preocupada? Percebo que isso pode ser muito frustrante agora que você recuperou seu antigo eu. Na verdade, eu não devia estar plantando preocupações que você não tem. Me desculpe.

Suspirei.

– Ce, adoro que você esteja preocupada. E entendo por que acha que o casamento de Tom *é* muito importante. Na verdade, você tem razão, *é* muito importante. Mas não estou preocupada com isso. Correu muita água por baixo da ponte e para mim é tudo coisa do passado – menti. – Só espero que ele tenha encontrado a felicidade com outra pessoa. – Perguntei-me se Celia tinha ouvido alguma fofoca. Não me decepcionei.

– Não pelo que fiquei sabendo, Ros – disse. – Quer dizer, só sei das coisas em segunda ou terceira mão, mas Megan disse que Oliver andou vendo O Rato e que não existe, absolutamente, nenhuma nova mulher em cena.

– Ah, certo. Ah, bem. Seja como for, é melhor eu ir, Ce. Vou me encontrar com Ant. Vamos assistir ao *Messias* esta noite.

– Mamãe ficaria impressionada. – Pensei tê-la ouvido suspirar e perguntei-me se havia aceitado inteiramente o argumento da água por debaixo da ponte.

– Com certeza. É o coro onde Alan Bullen cantava. Lembra que fomos ouvir o grupo em St. Martin?

– Alan, seu antigo chefe? Ah, como vai ele? – De repente, ela me pareceu ansiosa. – Ele está se divorciando, não está?

– É, você tem razão – respondi. – Ele está se divorciando. – Esperei o inevitável.

– Bem, eis alguém que tenho certeza de que ia adorar ir à festa de Tom...

– Celia Hawthorn-Shaw, você é absolutamente incorrigível.

Houve uma pausa antes que ela tornasse a falar.

– Estou me transformando na mamãe, não estou? – Ela parecia horrorizada.

– Meu Deus, não. – Ri. – Você tem um longo, *longo* caminho a percorrer antes de poder se igualar aos níveis dela de, bem, vou evitar as palavras "emocional", "social" e "sufocamento" e simplesmente chamar de preocupação.

– Bem, é muito generoso da sua parte – suspirou Celia –, mas não tenho tanta certeza.

– Ah, não seja boba. Além disso, Alan não foi uma sugestão tão terrível. Ele não é exatamente um barril de risadas, mas é bem-intencionado. Mas, infelizmente, nos últimos tempos, está parecendo uma verdadeira borboleta social. Não está livre para um encontro desde que me contou sobre o divórcio. Só trocamos mensagens de texto ocasionais.

– Então as coisas estão em alta para ele?

– Parece que sim. Ele obviamente não está em casa deprimido... com certeza.

– Ah, bem... isso é legal. – Ela me pareceu desanimada.

– É, é sim. – Olhei para o relógio. – Mas acho que preciso correr, Ce.

– É claro, vá. Então tchau. E divirta-se com Ant.

– Vou me divertir. – Tentei parecer confiante. – E está tudo bem. Prometo.

– Eu sei, eu sei. E o Natal vai ser muito divertido. – Ela pareceu se alegrar outra vez ante esse pensamento. – Tchau, Ros.

– Tchau. – Desliguei, peguei o casaco e o cachecol, repassando mentalmente a conversa com Celia e enfocando de imediato a informação mais intrigante colhida. *Então O Rato continuava sozinho.* Fiquei ansiosa para me entregar ao desejo de analisar esse fato no trem.

Capítulo 25

Faltavam quatro semanas para o Natal e eu estava no andar de cima da Chapters, reorganizando os livros em ordem alfabética por autor após outro dia movimentado, enquanto Andrew organizava o andar térreo. No início do dia, ele havia sugerido que saíssemos para beber depois do trabalho e eu ansiava por um vinho quente e pela possibilidade, por mais remota que fosse, de que ele abordasse o assunto George. Andrew não fazia alusões a seus sentimentos desde que ela havia voltado a trabalhar, e isso, aliado ao fato de Joan, no melhor de seus comportamentos, ter deixado de me cutucar e piscar a partir do momento em que George voltou à loja, tornava a declaração de amor de Andrew por ela ainda mais surreal. Às vezes, eu me perguntava se tudo aquilo não havia sido um caso de resfriado e antigripal em excesso que lhe havia subido à cabeça.

Estava fazendo um muxoxo devido à falta de consideração dos clientes, que simplesmente tinham amontoado os títulos que haviam examinado em uma pilha precária sobre um banquinho, quando ouvi a porta da loja se abrir e se fechar, seguida do som de vozes masculinas, conversando e rindo. Dirigi-me ao alto da escada e me abaixei para olhar por entre as traves do corrimão antes de levantar de imediato, chocada ao ver Daniel McAdam batendo papo com Andrew perto da caixa registradora. Uma onda de horror e de náusea momentânea percorreu meu corpo; minhas humilhações diante dele haviam sido muito frequentes e muito recentes para que eu conseguisse vê-lo sem o aviso prévio de pelo menos uma semana. Pelo menos, ele não havia me visto. Decidi não arredar pé dali até que ele houvesse desaparecido.

– Ros! – gritou Andrew. Meu coração afundou e fingi não ter ouvido. – Ros! Você está aí? – Não respondi e continuei completamente imóvel, para evitar que alguma tábua rangesse. Andrew disse alguma coisa a Daniel, em seguida o ouvi começar a caminhar em direção à escada. Quando chegou ao pé dos degraus, balancei a cabeça, as mãos e balbuciei as palavras "Eu fui para casa". Andrew subiu a escada em minha direção.

– Que diabos está acontecendo? – sussurrou, com um sorriso divertido.

– Não quero ver Daniel, Andrew – respondi. – É muito embaraçoso. Preciso de tempo para me preparar. Fiz *realmente* papel de idiota na frente dele.

– Não seja boba. Venha cá para baixo – ele chamou em tom delicado. – Vai ficar tudo bem. – Pousou a mão em meu braço.

Afastei-o.

– Não, não, não posso. Diga a ele que já saí, OK?

– Como? Pela escada de incêndio? – Ele riu.

– Silêncio, Andrew, ele vai ouvir. Por favor. – Andrew viu minha agonia.

– Olhe, Ros – sussurrou –, é claro que faria isso se pudesse, mas não posso.

– Por que não?

– Porque – ele respondeu, olhando para baixo – ele pode ver as suas pernas de onde está, de pé no balcão.

Olhei para baixo também.

– Ah!

– Exatamente. Então, desça daí, certo? Ele só quer saber como George está passando.

– Tudo bem – suspirei. – Só me dê dois minutos para me acalmar um pouco. Diga que estou ocupada, arrumando o último lote de livros nas prateleiras.

– Certo.

– E diga que eu estava de pé no alto da escada porque...

– O quê?

– Não consigo pensar em um motivo para estar de pé no alto da escada, sem me mexer nem falar.

– Nem eu, mas tenho certeza de que ele não vai achar estranho.

– Sabia que ele estava tentando não rir. – Ou pelo menos não mais estranho do que qualquer outra coisa que você faz.

– Andrew...

– Estou só brincando, Ros. Agora – ele me afastou delicadamente da escada – respire fundo algumas vezes e depois venha se juntar a nós.

Continuei lá em cima, removi do banquinho a torre inclinada formada pelas brochuras, sentei-me e comecei a tentar me convencer a sair de meu constrangimento.

Disse a mim mesma que aquele homem era apenas um vizinho, não um amigo, parente ou colega de trabalho, e que eu o via com muito pouca frequência. Sua opinião pouco importava. Eu havia me desculpado por qualquer mal comportamento em sua companhia e isso devia ser o fim do problema. Não havia motivos para que eu me sentisse estranha por aquela visita – aquilo nada tinha a ver comigo, ele havia ido até lá simplesmente para perguntar por George. Tudo que eu precisava fazer era descer, cumprimentá-lo com calma e educação e então responder suas perguntas sobre George. E ia me certificar de contar mentalmente até três antes de dizer qualquer coisa – absolutamente qualquer coisa – para me proteger contra alguma gafe involuntária.

Levantei-me e me encaminhei devagar ao andar de baixo, imobilizando o rosto em uma expressão que eu esperava que fosse de serenidade. Cheguei ao pé da escada apenas para descobrir que eles haviam passado à cozinha. Após parar um instante para checar meu autocontrole na vitrine, atravessei a loja para me juntar a eles. Daniel se levantou quando entrei.

– Oi, Ros – cumprimentou com aquele seu sorriso descontraído. – Como vai? Andrew me forçou a tomar uma cerveja. – Ele apontou para a garrafa sobre a mesa.

– Você quer alguma bebida da geladeira, Ros? – perguntou Andrew.

Um... dois...

– Ros?

– Três. – Meu olhar de serenidade desintegrou-se. Deus do céu.

– Três bebidas? – perguntou Andrew.

– Não sei – respondi, olhando para a mesa e desejando rastejar para debaixo dela.

– Bem, que tal começar com a primeira taça? – riu Andrew, pegando uma garrafa de vinho na geladeira e me servindo uma taça. – E vemos como continuamos a partir daí.

Sentei-me, bebi meu vinho e olhei de relance para Daniel do outro lado da mesa. Ele estava sorrindo e parecia bem melhor do que da última vez em que o havia visto. Provavelmente, por ter dormido oito boas horas de sono em cama adequada. Perguntei-me se A Loura a estaria compartilhando.

– Estive fora a negócios, Ros – ele contou de repente. – Caso contrário, teria aparecido para uma visita, tomar uma xícara de chá e saber como vai George.

A referência à xícara de chá provocou um misto de lembranças e emoções, das quais me refugiei em meu vinho.

– Por onde você andou, Daniel? – perguntou Andrew.

– Só visitando alguns escritórios pela Europa. Não preciso viajar muito, mas, quando viajo, tendo a ficar de um lado para o outro por algumas semanas.

Permaneci em silêncio, sentindo que nada tinha de trivial a dizer. Em vez disso, minha mente encheu-se de perguntas e temas inadequados, que iam desde se ele de fato acreditava que eu era egocêntrica, o que, evidentemente, era uma pergunta que já incluía a resposta, a se ele efetivamente tinha um relacionamento com A Loura. Senti Andrew me dar um leve pontapé por baixo da mesa. Percebi que eu provavelmente o estava encarando.

– Andrew e eu vamos ao pub daqui a pouco. Você quer ir? – Eu não fazia ideia de onde essa pergunta havia saído. Ele pareceu surpreso.

– Parece bom – falou Andrew.

Daniel hesitou.

– Seria ótimo, mas, na verdade, vou sair para jantar hoje à noite. Devíamos fazer isso outra hora. E talvez George possa ir também. Como ela vai?

Andrew olhou para mim.

– Ros provavelmente sabe melhor do que eu. Exteriormente, George está sempre animada no trabalho, não é, Ros?

Concordei com um movimento de cabeça.

– Ela está enfrentando tudo muito bem – comentei. – Só quer que as coisas corram da forma mais suave possível por causa de Lottie. Os pais dela ajudam muito. Mas você sabe como George é. Não quer ser um fardo para ninguém e não tenho dúvidas de que tem seus momentos sombrios, que ela prefere guardar para si mesma.

Daniel suspirou.

– Enviei um e-mail para ela algumas semanas atrás e vou telefonar, mas queria descobrir como ela está, de um modo geral, antes de fazer isso.

– Tenho certeza de que ela gostaria de receber notícias suas – falei.

Conversamos um pouco mais sobre George, depois sobre a loja e senti-me grata, pois a presença de Andrew me lembrava de manter qualquer tendência à impropriedade firmemente sob controle. Cerca de meia hora depois, Daniel olhou para o relógio.

– Bem, agora estou correndo o risco de deixar alguém esperando, então é melhor eu ir. – Ele empurrou para trás a cadeira e levantou-se. – Foi um prazer ver você outra vez, Andrew – estendeu a mão. – E você também, Ros. – Vestiu o casaco preto longo e encaminhou-se à porta da loja. – Bem, se eu não vir vocês antes disso, tenham um feliz Natal. – Retribuímos os votos e o vi sair da loja e subir a ladeira a pé, em direção a seu compromisso para o jantar. Perguntei-me se A Loura estaria verificando o relógio naquele momento, cogitando a possibilidade de Daniel McAdam ter mudado de ideia a seu respeito e, afinal, decidindo não aparecer. Eu duvidava. Os homens não mudavam de ideia a respeito de mulheres como ela. E ela sabia disso.

– Venha – Andrew voltou à cozinha –, vamos só colocar aquelas garrafas no lixo reciclável e cair fora. Estou precisando de uma Guinness e só Deus sabe do que você está precisando.

– O quê? – perguntei, prestando atenção de repente. – Por quê? O que foi que eu fiz?

Ele balançou a cabeça.

– Meu Deus, Ros. Sei que foi complicado para você, mas pense um pouco nele. Você ficou sentada ali como uma completa chata.

– Eu convidei Daniel para ir ao pub.

– É, mas com uma cara de quem estava convidando o sujeito para um velório. Custava dar um sorriso? Um só?

– Sinto muito.

Ele esvaziou as sobras de cerveja na pia e lavou as garrafas.

– Então, vamos lá, qual você acha que é o seu problema?

– O quê?

Ele colocou as garrafas de cerveja na lata de lixo reciclável e virou-se para me olhar.

– Bem, sei que você pensa que se envergonhou um pouco na frente dele, mas não é só isso, é?

Suspirei.

– Não é?

– Bem, se é, a reação foi um pouco exagerada.

Sentei-me na cadeira mais próxima, inclinei-me sobre a mesa e pousei a cabeça entre as mãos.

– Realmente não quero pensar sobre isso, Andrew. De qualquer maneira, provavelmente não vou tornar a ver o sujeito.

Andrew puxou uma cadeira e se sentou a meu lado.

– Não?

– Ah, vou... George...

Andrew revirou os olhos.

– Meu Deus, você é idiota. – Estava prestes a me opor a essa ofensa sem motivo, mas ele não parou para respirar. – Olhe, apenas pense um pouco sobre o que a deixa tão ansiosa quando vê Daniel e depois esqueça, para que a gente não tenha uma repetição das peripécias desta noite.

– O que me deixa ansiosa? – Olhei para ele em descrença. – Ah... bem, vejamos. O cara é rico, bem-sucedido, autoconfiante e perseguido por louras sofisticadas. – Enumerei esses pontos nos dedos. – Agora vamos comparar e contrastar isso com a experiência que ele tem de mim: uma piranha egocêntrica, cheia de autopiedade, ligeiramente perturbada e bêbada, que espiona os convidados dele à meia-noite e leva homens que mal conhece para becos escuros para lhes proporcionar alguns bons momentos.

Andrew riu.

– Ros... Ah, meu Deus, sabe do que mais, não importa. – Ele levantou-se. – Vá pegar seu casaco, vamos beber alguma coisa.

– É esse o fim do sermão? – perguntei.

– É, já terminei. – Ele sorriu e estendeu meu casaco. – Agora, anda logo. A Guinness está me chamando.

Capítulo 26

Eu tinha só metade do dia para concluir minhas compras de Natal. Vinha trabalhando praticamente em tempo integral desde a festa de George e o movimento não havia diminuído desde seu retorno. Isso era uma boa notícia da perspectiva do negócio, mas havia atrasado um pouco meus preparativos natalinos, especialmente por eu haver me oferecido para organizar a festa do pessoal do trabalho e, claro, sido induzida a hospedar meus familiares mais próximos por três dias.

Para ser justa, essas não eram as questões importantes que poderiam ter sido. Minha mãe e minha irmã tinham expectativas realistas de minha capacidade de receber com algum nível de sofisticação ou organização. Mesmo quando eu levava uma existência feliz em Londres, elas estavam bem acostumadas à minha dependência não tão secreta do The Secret Chef, em Highgate, que entregava "refeições *gourmet* para de seis a sessenta pessoas" direto em casa, em bandejas de folha de alumínio, ocultas em sacos de papel marrom sem identificação – "pornografia culinária" era como Tom costumava chamá-las. Consequentemente, Celia traria a ceia do dia 26 e minha mãe estava preparando quase tudo, menos o peru do dia de Natal. A festa do pessoal do trabalho também estava noventa e nove por cento coberta, graças ao empenho colaborador clandestino entre mim e Andrew. Minha lista de compras naquela tarde em particular consistia sobretudo de presentes, itens para a decoração e aperitivos. No entanto, enquanto hesitava na escolha dos itens supracitados no supermercado, com apenas um dia antes do jantar, percebi que não possuía louça igual ou suficiente para cinco pessoas, tendo perdido vários itens de cada um de meus dois jogos de jantar. Olhei para o relógio e telefonei para George, que eu sabia que estaria no playground ou em casa.

– Alô? – Ouvi conversa de adultos ao fundo. Playground.

– Oi, George. É Ros. Você pode falar?

– Oi, Ros. Posso sim, tudo bem. Vim até a escola para pegar Lottie, mas ela acaba de ser convidada para ir a casa de uma amiga para o chá. Espere um minuto. – Ouvi-a conversar rapidamente com outro adulto. – Tudo bem, Ros. Estou saindo do playground agora. Como posso ajudar?

– Desculpe o incômodo, George, mas eu queria saber se você podia me emprestar um jogo de jantar para amanhã à noite. Agora só tenho quatro grupos completos, combinando pratos, copos e talheres. O que você acha? Eu podia passar por aí e pegar, se for uma boa ideia para você.

– Ah, Ros, sem problema; mas vou ficar feliz em levar tudo para você amanhã... eu tenho a chave. É tão gentil da sua parte nos receber. Sei muito bem que foi culpa minha vocês não terem reservado um restaurante este ano.

– O quê? Não seja boba. Nós simplesmente não quisemos. De qualquer forma, eu não ia fazer nada demais, mas queria que a mesa ficasse bonita e estou escolhendo alguns petiscos para acompanhar os drinques antes do jantar. Talvez me anime e até prepare alguma coisa! O que você faria?

– Ah, bem, vou sugerir uma coisa muito fácil e divertida; tomates com vodca.

– Sério?

– Sério. Minha amiga Gill sabe fazer. Você injeta vodca e molho Tabasco em tomates-cereja. Ela usava uma seringa de reserva, que sobrou de quando o gato tomava insulina.

– Certo...

– Depois você precisa de suco de limão e... ah, alguma outra coisa que esqueci.

– Parece perfeito.

– Totalmente. E é muito divertido. Tenho um livrinho com um monte de coisas assim. Muito simples, para preparar com antecedência. Camarão ao xerez é outra boa pedida.

– Parece uma boa ideia.

– Você disse que está no supermercado agora? Quer que eu envie uma mensagem de texto com uma listinha de coisas para comprar?

– Você tem certeza de que não se importa? Me desculpe por ser a pior das anfitriãs.

– Bobagem. Ros – ouvi um bipe quando George se aproximou de seu carro e depois a porta se abrir e se fechar quando ela entrou –, queria saber se é um bom momento para fazer uma pergunta muito abusada.

– Manda ver.

– Bem, recebi um telefonema de Daniel McAdam quando cheguei em casa na hora do almoço.

– Certo... – Senti uma sensação não muito distinta da de estar dirigindo em alta velocidade sobre uma ponte pequena e curva.

– Ele foi tão carinhoso. Ele é um amor, Ros.

– É. – Parei de empurrar o carrinho, subitamente intrigada e ansiosa quanto ao rumo que aquilo poderia estar tomando.

– Bem, ele disse que encontrou você e Andrew e que vocês sugeriram que saíssemos todos juntos. – Teria eu realmente sugerido isso? Talvez sim. – E as datas são tão escassas perto do Natal, Ros, que fiquei me perguntando se...

A ficha caiu.

– Você gostaria que ele fosse ao jantar amanhã.

– Bem, eu estava pensando mais em termos de ele dar uma passada para se juntar a nós para beber depois. O que você acha? Quer dizer, Bobby vai e, se tivéssemos mais um homem, seriam três homens e três mulheres. Acho que isso também seria bom para Andrew.

– Humm...

– Não se preocupe se achar que não vai funcionar, Ros. Não convidei Daniel, nem insinuei nada. A festa é sua e a decisão é sua. Só pensei... – Inclinei-me sobre o carrinho e fechei os olhos, tentando não pensar naquilo.

– É claro, George, não é problema nenhum. E ele pode comer com a gente se quiser. Tenho certeza de que vai dar.

– Sério? Devo levar comida extra ou chegar mais cedo para ajudá-la a cozinhar?

– Não, não, está tudo bem. Não vou ter o menor problema; vai ser massa, esse tipo de coisa. Vai ter o bastante para todos.

– Ah, você é incrível, Ros. – Ela parecia aliviada. – Eu queria me encontrar com ele, só que... em circunstâncias mais fúteis. A última vez que vi Daniel foi bastante intensa.

– Não, está tudo bem, de verdade. Vá em frente e convide Daniel.

– Bem, será que você não faria isso? É que estou pensando que ele pode achar um pouco estranho ser convidado por mim para ir a sua casa.

Continuei curvada e só levantei quando uma colega de compras idosa colocou a mão em minhas costas, preocupada. Ergui o polegar para indicar que estava bem e ela sorriu para mim de forma cautelosa, retirando a mão e se afastando, como alguém faria na presença de um cão desconhecido.

– É claro, você tem razão, George. Vou ligar para ele hoje à noite. Pode me enviar o telefone dele junto com a lista de compras?

– Vou fazer isso.

– E obrigada pela ajuda, George.

– Bobagem, é um prazer.

Nós nos despedimos e caminhei pelos corredores até a lista chegar, cerca de cinco minutos depois, com o número de Daniel.

Enquanto fazia as compras, extraí algum conforto do fato de que, com tão pouca antecedência, menos de duas semanas para o Natal, Daniel provavelmente não precisaria nem mesmo inventar uma mentira a fim de eximir-se de jantar e beber com o pessoal da Chapters; eu tinha certeza de que ele teria um compromisso anterior autêntico. Mas ainda assim teria que convidá-lo e não estava nem um pouco ansiosa por isso.

MAIS TARDE NAQUELA NOITE, ponderei se devia ou não beber alguma coisa antes de fazer a temida ligação. Por fim, concluí que, como me sentia incapaz de falar com ele em meu estado de alta tensão, havia poucas opções além de me servir de uma taça grande de Pinot Grigio.

Sentei-me com um livro e já havia bebido aproximadamente metade do conteúdo da taça antes de me sentir preparada para acabar com aquilo. Digitei o número. Para meu deleite e quase euforia, caiu na secretária eletrônica. Esperei pelo bipe.

– Oi, Daniel. É Ros, sua vizinha. Estava falando com George ao telefone esta tarde e ela...

– Oi, Ros.

Ah, meu Deus!

– Oi, Daniel. Só estava deixando uma mensagem.

– É, eu estava no chuveiro.

No chuveiro.

– Ros? Você ainda está aí?

– Estou. Desculpe ter tirado você do chuveiro.

– Não, não, eu já tinha terminado. Mas pode esperar só um minuto enquanto pego meu roupão?

Tentei tirar da cabeça a imagem de uma pequena toalha branca. Ouvi um ruído quando Daniel largou o telefone; um instante depois, ele estava de volta.

– Então, Ros, como vai você e no que posso ajudar?

– Certo. – Fechei os olhos, esqueci a toalha e me concentrei. – Bem, eu estava falando com George esta tarde e ela contou que, conversando com você, ficou sabendo que tínhamos debatido a ideia de sair para beber; George gostaria de saber se você não quer se juntar a nós amanhã à noite para o jantar e os drinques de Natal da Chapters. Ah, e é na minha casa... motivo pelo qual sou eu que estou telefonando.

– Essa é uma palavra e tanto, "debater", não é? Mas estou um pouco confuso – ele parecia estar se divertindo –, é George quem está me convidando ou você?

Hesitei.

– Bem, estamos as duas o convidando. George fez a proposta e eu estou votando a favor.

Ele riu.

– Você tem jeito com as palavras, Ros. É muito gentil da sua parte... da parte de ambas... mas tem certeza de que não vou dar uma de penetra? Você sabe, a pessoa deslocada? O sujeito que não diferencia Dickens de Dostoievski?

Ele não podia estar realmente pensando em ir, podia?

— Ah, bem, não porque Joan vai levar Bobby. Vamos ser só seis no total, incluindo você, então você equilibraria a proporção homens/mulheres. Vai ser uma coisa bem reservada. Vou injetar vodca em tomates-cereja... esse tipo de coisa.

Ele tornou a rir e peguei-me rindo junto. Lembrei da noite em que havíamos rido de sua barba; um tempo extraordinariamente longo parecia ter-se passado desde então.

— Parece interessante.

— Mas não tentador.

Houve uma pausa.

— Estou extremamente tentado.

— Isso é um sim?

— É um sim e um por favor.

— Por volta das oito?

— Nos vemos então. Qual é o traje recomendado?

— Você me ouviu dizer que Joan e Bobby estão vindo?

— Isso é suficiente.

— Então, tchau.

— Tchau, Ros.

Voltei ao livro e li o mesmo parágrafo três vezes antes de resolver desistir e ver o que estava passando na TV. Um episódio repetido de *O que não vestir* fez com que eu me perguntasse *o que* vestir na noite seguinte. Até então não tinha dado ao tópico muita atenção, mas agora, provavelmente incentivada pelas apresentadoras, que bombardeavam uma pobre mulher para que ela evidenciasse o decote e mostrasse os joelhos, senti uma necessidade repentina de ficar o mais bonita possível. Silenciei as harpias da moda com o apertar de um botão e subi para avaliar minhas opções de vestuário.

Capítulo 27

Menos de vinte e quatro horas depois, deixei Andrew fechar a loja e corri para casa para arrumar meus tomates com vodca e meus camarões ao xerez em travessas e colocá-las sobre a mesinha de centro na sala de estar. Em seguida, arrumei a mesa de jantar, enfeitando-a – esperava que de forma artística, com folhagens de meu jardim. Recuei, satisfeita com o resultado, sobretudo com as argolas de guardanapo de azevinho e hera – eu só esperava que sua remoção não causasse nenhum ferimento. Coloquei para gelar o máximo possível de bebidas gasosas na geladeira e fechei a porta atrás de Tony e Geraldine, a equipe de bufê composta de marido e mulher que vinha dando duro em minha cozinha nas últimas duas horas. Então, corri ao andar de cima para colocar o vestidinho preto que eu possuía fazia anos, mas ignorava, e ao qual a incrível costureira local dera vida nova, modificando-o para que se ajustasse de forma perfeita. Meias pretas, sapatos de saltos altos pretos, batom e cabelo puxado para o alto e eu estava pronta para receber.

Desci as escadas, selecionei uma compilação de Natal no iPod da sala e, querendo guardar o primeiro estouro de rolha para quando os outros chegassem, servi-me de uma taça de Sauvignon Blanc gelado. Acendi as velas que havia colocado nos cômodos que usaria para receber e as delicadas luzes natalinas que subiam as escadas e contornavam o vão das portas. Então, me encaminhei à sala para esperar os convidados. Não precisei esperar muito tempo. A campainha tocou e olhei para o relógio, 8:10. Eles certamente estavam ansiosos.

Percorri o corredor em direção à porta da frente, sorrindo ao pensar no que Joan estaria vestindo. No entanto, ao que constatei, era Daniel quem se achava à porta, vestindo um terno sem dúvida caro, camisa branca e gravata-borboleta, apenas parcialmente ocultos sob um pesado casaco preto. Ele sorria e segurava uma garrafa de Veuve Clicquot.

– Estou adiantado? – Ocorreu-me que seu sorriso descontraído exercia um efeito completamente oposto sobre mim.

– De jeito nenhum – respondi.

– Mas não estou atrasado?

Balancei a cabeça em uma negativa.

– Bom – ele disse –, porque sei a importância que você dá à pontualidade.

Recuei e ele entrou no corredor, fechando a porta atrás de si.

– Deixe-me pegar seu casaco.

– Obrigado. – Ele depositou o champanhe no chão, tirou o casaco, entregou-o e tornou a pegar a garrafa. – Vou só colocar isso na geladeira para você – anunciou, passando por mim em direção à cozinha.

– Não, não! – gritei, atirando seu casaco sobre o corrimão e correndo para me colocar entre ele e a porta da cozinha. – Você não pode entrar aqui. Está impossível. – Continuei com as costas encostadas à porta e os braços estendidos em cruz, barrando seu acesso.

– Tudo bem, tudo bem. – Ele parou à minha frente, rindo. Olhou para o teto e depois outra vez para mim.

Ergui os olhos.

– O que foi?

A campainha soou. Ele sorriu e me entregou a garrafa.

– Para a geladeira. Eu atendo a porta.

Respirei fundo e virei-me para abrir a porta da cozinha.

– Ah, e Ros – disse, olhando para mim por sobre o ombro enquanto se encaminhava até a porta da frente.

– O quê?

A campainha soou novamente e ele deu um tapinha no próprio ombro.

– A alça do seu sutiã está aparecendo.

Fiz um muxoxo, escondi rapidamente a alça errante e corri para a cozinha. Mesmo com a porta fechada, eu ouvia claramente a conversa no final do corredor. Joan e Bobby eram os recém-chegados – Joan cumprimentando efusivamente Daniel e Bobby perguntando baixinho pelo meu paradeiro.

– Ela está na cozinha, mas, faça o que fizer, não tente entrar lá. Ela está ajeitando as roupas de baixo e fazendo coisas terríveis com legumes inocentes e uma seringa – respondeu Daniel.

Enchi seis *flutes* de champanhe, coloquei-as em uma bandeja e, com Tony segurando a porta aberta apenas o suficiente para me deixar sair, voltei ao corredor. Apesar da minha carga, fui recebida de imediato com abraços de tirar o fôlego e uma quantidade nitidamente europeia de beijos enquanto Daniel me aliviava da bandeja antes que ocorresse algum acidente.

Sorri para Joan. Ela usava um vestido preto muito franjado e repleto de contas; como acessório, uma echarpe de plumas e uma tiara brilhante.

– Você está parecendo uma menininha! – ri.

– Estou. Gostou, querida? Veja isso. – Joan executou uma pequena série de passos de Charleston pelo corredor. Desconfiei que a taça de champanhe que lhe entreguei a seguir, após uma breve rodada de aplausos, talvez não fosse seu primeiro drinque da noite.

Passei a segunda taça a Bobby e elogiei-lhe o terno. Olhei para Daniel.

– A roupa igual é pura coincidência?

– Com certeza – respondeu Daniel, pegando uma taça para si.

– Humm... – ri – não estou totalmente convencida, mas não importa. Gente, a cozinha por enquanto é área proibida, então venham e fiquem à vontade na sala. E provem o tomate com vodca e o camarão ao xerez; os dois são receitas de George.

– Acho que estou reconhecendo um tema em comum – disse Daniel, enfiando um tomate na boca. Ele tossiu.

– Fui um pouco liberal demais no Tabasco? – perguntei enquanto Joan lhe dava pancadinhas nas costas.

– Não, mas se Joan continuar com isso, corro o risco de devolver tudo outra vez – ele afastou-se dela, a fim de evitar os golpes contínuos.

Joan soltou uma risada rouca e partiu para os camarões ao xerez.

– Eu simplesmente preciso experimentar um desses negocinhos, Rosalind. O que você disse que eram?

– Camarões ao xerez, Joan.

– Camarões ao xerez... – ela deu uma mordida. – Absolutamente delicioso, querida. Não ficaria nem um pouco surpresa se eles fossem afrodisíacos, sabe. Aqui, Bobby, tome três. – Mais risadas roucas. Olhei de relance para Daniel, perguntando-me se ele sobreviveria à noite, mas ele parecia estar realmente se divertindo e não ficou nem um pouco constrangido quando Joan desabou em um sofá e pôs-se a dar tapinhas no assento como um convite para que ele se acomodasse a seu lado. Sentei no outro sofá, ao lado de Bobby, servi-me de uma taça de champanhe e um tomate e comecei a relaxar enquanto Bobby discorria sobre o itinerário das Maldivas.

Dez minutos depois, eu estava outra vez a caminho da cozinha para pegar champanhe quando a campainha tornou a soar. Alterei meu curso e abri a porta da frente para George e Andrew.

– Vocês vieram como um casal! – exclamei. – Que ótimo... me poupa de atender a porta novamente.

– É verdade – sorriu George, entrando e juntando seu casaco à pilha pendurada no corrimão. – Andrew é meu motorista esta noite. E... – ela o olhou de cima a baixo – que motorista incrivelmente bonito ele é. Você não acha, Ros?

Observei-o enquanto ele retirava o casaco e revelava um smoking com gravata-borboleta.

– Vocês, rapazes, são muito safados! – exclamei. – Pensei que os homens não soubessem se comunicar por telefone!

– O que você está querendo dizer? – perguntou George, parecendo confusa.

– Você vai entender quando entrar na sala, George. Mas é verdade – sorri para Andrew –, tenho que concordar com você. Ele está incrivelmente gostoso esta noite.

Andrew fez um muxoxo e ergueu os olhos.

– Desculpem, mas já chega de ficar aqui sendo tratado como um pedaço de carne. Posso beber alguma coisa, por favor?

– Com certeza – falei. – Você pode pegar o champanhe da geladeira na cozinha, Andrew... George, você não pode entrar lá... e encher a taça de todo mundo? Já deixei uma taça para você e para George na sala. – Peguei os casacos e comecei a subir as escadas. – Só vou colocar isso no quarto de hóspedes.

Do andar de cima, eu podia ouvir a conversa e os risos abafados provenientes da sala e esperava que não tivesse havido nenhum constrangimento entre Daniel e George. Estava estendendo os casacos sobre a cama de casal quando ouvi alguém subir a escada.

– Você deixou um rastro de destroços pelo caminho – disse Andrew, entrando no quarto e acrescentando dois cachecóis e uma luva à volumosa pilha de casacos sobre a cama.

– Obrigada – sorri. – Você está bem?

– Estou sim, eu estou bem.

– Você está fazendo um trabalho incrível.

– Estou? – Ele sentou-se ao lado dos casacos.

– Está. – Abaixei-me e peguei outra luva desgarrada. – Deve ser difícil às vezes.

– Às vezes – ele sorveu a bebida que havia trazido –, mas na maior parte do tempo é bom ver que ela parece estar se saindo bem.

– Acho que ela está bem – falei. – Ou pelo menos tão bem quanto alguém poderia estar nessas circunstâncias.

Houve uma pausa e ouvimos a voz de Joan, seguida de risadas altas e generalizadas, às quais acrescentamos as nossas.

– Venha – disse –, vamos descer e revelar a surpresa.

– Esse – ele anunciou – foi o outro motivo por que subi. Geraldine disse que está pronta quando nós estivermos.

– Ótimo e... – peguei-o pela mão, puxei-o e rumamos para a porta – ... planejei jogos para a festa.

– Ah, meu Deus.

– Eu sabia que você ia ficar satisfeito.

UMA HORA E MEIA DEPOIS, havíamos terminado o prato principal e estávamos sentados à mesa de jantar, engajados no segundo jogo da noite. O primeiro, Passe o Pacote, jogado após a salada quente de frutos do mar com miniabobrinhas, havia sido um grande sucesso, pensei com orgulho. Como resultado da passagem do pacote, todos agora ostentávamos um bigode. O prêmio de George fora "um bigode para cada dia da semana", que ela atenciosamente compartilhava conosco. Bobby usava *O Vigarista*, Joan, *O Garçon*, Daniel, *O Vovô*, George ostentava *O Detetive*, eu havia recebido *O Ditador* e Andrew exibia *O Xerife*, que, segundo Joan, tornava-o a "cópia exata do maravilhoso Freddie Mercury".

A essa altura, havíamos acrescentado grandes óculos vermelhos de plástico a nossa indumentária facial, cada qual com um cartão com o nome de uma pessoa, lugar ou marco famosos, preso em um pequeno suporte especial no alto da armação. O objetivo do jogo era, claro, adivinhar o que estava escrito no cartão por meio de perguntas aos outros jogadores. Havia sido acordado que a última pessoa a acertar o conteúdo dos cartões daria uma volta completa no jardim, cantando *Ding dong alegremente nas alturas*.

Depois de apenas três perguntas – *Eu sou mulher? Já estou morta? Eu era um pouco irritante?* –, eu havia identificado a mim mesma como a princesa Diana e Andrew não ficou muito atrás – *Eu sou homem? Sou um político? Consigo enxergar com os dois olhos?* – com Gordon Brown. Após cerca de cinco minutos, Daniel havia adivinhado que era a torre Eiffel e George havia descoberto que era o Nilo.

Bobby estava, de forma bastante compreensível, sentindo-se um tanto derrotado por Idi Amin, mas Joan continuava a batalhar com determinação por James Joyce. Até então, havia descoberto que ele era homem, não era "florzinha", travesti, fetichista, nem vegetariano, e não gostava, até onde sabíamos, de patinar. Comecei a desconfiar que Joan, na verdade, estava bastante interessada na ideia de dar uma volta pelo jardim e, além disso, como havia chutado de forma incorreta Valdemort, Sir Bruce Forsyth e o reverendo Sun Myung Moon, estava mais bêbada do que qualquer outra pessoa à mesa.

– Ah, meu Deus – riu Joan. – Sou horrível para adivinhar. Mas – ela balançou o dedo indicador em nossa direção – não vou desistir. Não, *não* vou desistir.

É claro que não conseguimos deixar de rir com ela. No entanto, após pelo menos mais uma dúzia de palpites completamente errados, que iam desde Peter Sissons ao "homem que inventou as Fruit Pastilles", resolvi que era hora de lhe fornecer uma pista.

– Olhe, Joan – disse, recolocando o bigode, que havia começado a se soltar –, essa pessoa é irlandesa, é também um autor e poeta de quem Andrew gosta.

Ela esfregou o queixo.

– Bem... – Aguardamos. – Er...

– Vamos lá, Joan. Alguém que Andrew admira muito. – Ri. – Ele declarou sua profunda afeição por essa pessoa em várias ocasiões.

Andrew suspirou.

– Não posso negar, Joan. Uma profunda afeição. – Ele levou a mão ao coração.

– Profunda afeição... – Joan massageou as têmporas em uma indicação dramática de pensamento intenso. – Profunda afeição... Alguém que Andrew ama... Humm... quem Andrew ama? – ela murmurou. – Quem Andrew ama? – Seu rosto se iluminou de repente e, com uma inutilidade semelhante à de Cassandra, me dei conta, tarde demais, do que viria a seguir. – Andrew ama George! – gritou Joan, batendo na mesa, antes de reconhecer de imediato o erro e levar a mão à boca, ali permanecendo em uma atitude de horror petrificado.

Olhei ao redor da mesa. Andrew permanecia imóvel e encarava seu prato vazio, o rosto fixo em uma expressão que interpretei como resignação suicida. Os olhos de Bobby haviam se arregalado e formavam círculos quase perfeitos, enquanto a boca pendia, silenciosamente entreaberta. Daniel nos observava com ar divertido e perplexo, e George... bem, simplesmente não tive coragem de olhar para George. Apenas Frank Sinatra permanecia indiferente à crise enquanto continuava a nos desejar um feliz Natal.

Com a tensão próxima ao insuportável, eu estava prestes a sair correndo da sala quando George falou.

– Aah, bem – disse ela baixinho –, que coisa simplesmente incrível de dizer. Muito obrigada por isso, Joany. Você sempre sabe como fazer alguém se sentir especial. – Eu a vi oscilar um pouco na cadeira e sorrir para todos nós e percebi que estava enganada; Joan não era a pessoa mais embriagada à mesa. Essa honra duvidosa recaiu, graças a Deus, sobre George. – E sei que ele me ama – ela prosseguiu, inclinando-se, de forma insegura, em direção a Andrew e tomando-lhe a mão. – Sei que vocês todos me amam. Vocês deixaram isso bem claro para mim, mesmo sem Joany revelar. E espero que todos saibam o quanto aprecio esse carinho e o quanto amo a todos vocês em troca. – Ela usou o guardanapo para enxugar uma única lágrima. – Obrigada – sussurrou.

Senti uma repentina e avassaladora sensação de euforia diante do desastre evitado, mas consegui resistir ao desejo de me levantar e aplaudir. Em vez disso, decidi perguntar a Geraldine se podíamos passar à sobremesa.

– Não vou demorar – disse, dirigindo-me principalmente a Andrew, que tinha a aparência de um homem sendo desamarrado da cadeira elétrica.

– Certo, tudo bem – ele murmurou enquanto eu saía correndo da sala.

Missão cumprida, voltei à sala alguns minutos depois e ouvi gemidos distantes, prolongados e completamente dissonantes com a palavra "Glória" e encontrei Andrew, George, Daniel e Joan amonto- ados à porta-janela aberta, perscrutando a escuridão, esperando que Bobby retornasse a seu campo de visão à medida que completava o circuito do jardim. Por fim, ele reapareceu ofegante e um tanto enla- meado, tendo escorregado, explicou, em um trecho particularmente traiçoeiro de folhas molhadas. Demonstrando total indiferença para com a própria limpeza, Joan recebeu seu retorno com um abraço entusiasmado e em seguida se pôs a "limpar o pior" com sua echarpe de plumas. Sorri. As atividades normais haviam recomeçado.

ACENEI PARA BOBBY E JOAN em despedida por volta da meia-noite. Em seguida, voltei à sala com a proposta de chá e café para meus três convidados restantes.

– Eu gostaria de um café, Ros – pediu Andrew –, mas venha se sentar, que eu preparo. Daniel? George?

– Café para mim, por favor – disse Daniel. – Puro está ótimo.

– Eu ia adorar um chá de hortelã, Andrew – falou George. – Você tem, Ros?

Assenti com um aceno de cabeça.

– Tenho uma caixa atrás da lata mosqueada, Andrew. Também vou tomar um, por favor.

Ele desapareceu no interior da cozinha.

– Foi algo tão simpático o que você e Andrew fizeram esta noite, Ros. – George sorriu para mim. – O bufê estava maravilhoso.

– A comida estava boa, não estava? E Joan... e Bobby...

– Eles valem o preço – riu George. – O que você achou de tudo, Daniel?

– Eu me diverti muito. Obrigado por me convidar. – Ele sorriu e virou-se para olhar para mim quando me sentei a seu lado. – Só espero ter a sorte de estar na lista de convidados do ano que vem.

– Bem – disse –, mesmo que não esteja, você sempre pode espiar por cima da cerca, não pode?

– Pobre Andrew – disse George de repente –, completamente sozinho na cozinha. Vou até lá dar uma mãozinha. – E desapareceu.

Houve silêncio por um momento antes que Daniel falasse:

– Eu me diverti *muito*, sabia?

Sorri.

– Assim você disse.

– É, mas quero ter certeza de que você saiba que eu não estava só sendo educado. – Ele mudou ligeiramente de posição, de forma que a essa altura estava de frente para mim. – E enquanto temos alguns momentos sozinhos, quero me desculpar... pela noite da festa de George.

– Ah, meu Deus, não, por favor – gemi. – Não traga isso à tona e, além disso, você não fez absolutamente nada de errado. Fui eu... – parei no meio da frase e levei as mãos ao rosto. – Por favor, você se importa se não falarmos sobre isso? Tremo só de pensar.

Ergui os olhos e o vi balançar a cabeça.

– É minha culpa você estar se sentindo assim. Só preciso explicar uma coisa.

– Daniel – ergui uma das mãos –, já disse que fui uma boba, imaginando que tudo tinha a ver comigo.

– O chá está pronto, pessoal! – anunciou George, mantendo a porta aberta para Andrew com a bandeja de bebidas quentes. Olhei para George e percebi que ela havia ficado sóbria incrivelmente rápido desde o jantar. Um talento e tanto. Andrew serviu a rodada de bebidas. Olhei de relance para Daniel; ele parecia perfeitamente à vontade. O que quer que tenha sentido vontade de me contar, claramente não o preocupava no momento.

– Então, Ros – começou George –, Andrew estava acabando de me falar sobre esse casamento ao qual vocês dois vão em janeiro. Parece que vai ser um festão.

– Vai – concordei, aliviada pela interrupção e pela mudança de assunto. – A noiva é muito detalhista, não é, Andrew? Acho que ela não vai fazer as coisas pela metade.

– E vocês são amigos dela? – perguntou Daniel.

– Somos amigos do noivo – explicou Andrew. – Trabalhei com ele quando era advogado e Ros o conhece desde a universidade. Ele nos apresentou. E, ainda assim, surpreendentemente – ele bebeu seu café –, nenhum de nós usa isso contra ele.

– Bem, estou com inveja – disse George –, adoro um bom casamento.

– Andrew tem um convite sobrando – falei, com naturalidade –, não tem, Andrew? Por que você não leva George? Ou você já passou adiante o convite?

Ele me lançou um olhar quase imperceptível de choque enquanto pousava a caneca meio vazia sobre a mesinha de centro.

– É verdade, tenho a opção de levar um acompanhante se você quiser ir comigo, George. – Ele me pareceu impressionantemente casual.

– Ah, Andrew, não posso fazer isso – respondeu George, soando, pensei, como se provavelmente pudesse.

– Por que não? – perguntei. – Seria muito bom para mim ter com quem conversar.

– Obrigado por isso, Ros – falou Andrew em tom seco. – Ei, Daniel, por que você não pega o convite extra de Ros e torna o dia suportável para mim também?

– Você está precisando de acompanhante, Ros? – perguntou Daniel.

– Ah, nós quatro! – comentou George. – Isso *sim* seria divertido. Qual é a data?

– Segundo fim de semana de janeiro – respondeu Andrew.

– Bem, Andrew, você tem que refletir sobre isso, e se realmente não conseguir pensar em mais ninguém para levar, eu adoraria ir.

Sorri para Andrew, mas ele estava muito ocupado sorrindo para George para reparar.

– Você está livre nessa data, Daniel? – perguntou George.

– Na verdade, George, ainda não fui convidado – riu Daniel. – Ros pode muito bem já ter outra pessoa na fila.

– Ah, desculpe, Ros – disse George, com ar constrangido. – Me deixei empolgar pela ideia. Que falta de delicadeza.

– Não, não, George – retruquei. – De jeito nenhum. A questão, Daniel – falei, dirigindo-me a ele –, é que com base no conhecimento que George tem da minha vida pessoal ela pode praticamente ter certeza de que não tenho ninguém em mente para levar. Não, a menos que Andrew finalmente apareça triunfante com algum gay malvestido. Então, se você quiser ir comigo, vai ser mais do que oportuno. – Agora que o convite havia sido feito, ele parecia ligeiramente sem jeito. – Ah, mas não se você tiver planos com sua namorada – apressei-me a dizer, em uma tentativa de adivinhar a causa de seu desconforto. – Um casamento não é o tipo de coisa que você vá sem a sua companheira, não é?

Ele hesitou.

– Não, tenho certeza de que por ela está tudo bem. Posso só verificar a data e voltar a falar com você?

– Claro – respondi, sentindo-me inexplicavelmente arrasada – e se você não puder ir, tudo bem. Vou ter George... ah, e Andrew, é claro... para conversar. Só me avise.

– Obrigado – ele agradeceu.

– Eu não sabia que você tinha namorada, Daniel – disse George, parecendo um tanto desanimada. – Você e Tisch voltaram?

Ele pareceu pouco à vontade.

– Bem... não, não voltamos.

– É alguém novo, então? – ela insistiu.

Ele passou a mão pelo cabelo, o que o deixou agradavelmente despenteado, pensei.

– É... você está certa. – Ele coçou o nariz. – Na verdade, nós nos conhecemos na sua festa.

– A loura do bar – falei, sem rodeios. Todos se viraram para olhar para mim. Daniel, pensei, pareceu estranhamente aliviado.

– Isso mesmo. – Ele sorriu. – Ela estava no bar quando fui pegar uma bebida para você. Sarah Millbank.

Esforcei-me para retribuir o sorriso.

– Ah, Sarah Millbank – comentou George. – É, ela é o tipo de pessoa decidida. Bem, isso é bom, Daniel.

Ele riu.

– Espere – pediu, enfiando a mão no bolso e retirando seu Blackberry –, posso conferir essa data agora, não posso? Não sei por que não fiz isso de imediato, sabe, para acabar com esse suspense.

Aguardamos enquanto ele pressionava as teclas.

– Por acaso – falou, ainda concentrado na pequena tela – não tenho nada para esse fim de semana e adoraria ir – ele olhou para mim – se o convite ainda estiver de pé.

– Convidei você há apenas trinta segundos – retruquei. – Não sou tão volúvel assim, sabia?

– Então, está marcado.

– Tudo bem – concordei.

– Fantástico. – Sorriu George. – Quem vai dirigir?

QUANDO O TÁXI de Andrew e George chegou, corri ao andar de cima para pegar todos os casacos e, ao voltar, permanecemos por alguns instantes no corredor em despedidas rápidas enquanto o motorista acelerava o motor com impaciência.

– Vejo você na segunda-feira, Ros. – Andrew me deu um abraço.
– E obrigado pela noite.

– Foi divertido, não foi? – perguntei.

– Ros, vamos tentar nos encontrar antes de eu ir para Oxford.
– George me deu um aperto de jiboia. Para alguém cada vez mais
magra, refleti, ela possuía uma força incrível na parte superior do
corpo. Quando me soltou, vi que parecia um pouco chorosa. – Foram
ótimos momentos – ela falou baixinho. – Obrigada.

– Foi puro prazer, George – disse.

Andrew apertou a mão de Daniel, George beijou-o de leve
em ambas as faces e então os dois caminharam em direção ao táxi,
com Andrew pegando-a pela mão para mantê-la equilibrada sobre
o cascalho em seus saltos altos.

Deixei a porta aberta e virei-me para Daniel, que vestia seu
imenso casaco.

– Isso parece quente – apressei-me a dizer, ansiosa por evitar os
silêncios, que eu poderia preencher com perguntas ou declarações
inadequadas. Àquela altura de nosso relacionamento, raciocinei, a
futilidade era definitivamente a conduta mais segura, mesmo que
eu parecesse minha mãe. – Adoro lã, você não?

Talvez de forma não tão surpreendente, Daniel optou por não
responder à pergunta e, em vez disso, olhou para mim e sorriu.

– O que foi? – perguntei. – Ah, meu Deus, ainda estou com
aquele bigode? – Toquei meu lábio superior.

– Não. – Ele riu. – O bigode caiu quando Joan contou a todo
mundo que Andrew ama George. – Tentei não fazer nenhum movimento brusco. – Não se preocupe – ele continuou –, você está ótima.

– Bem, obrigada – retruquei. – Eu tento, sabe.

– Certo – ele disse, movendo-se em direção à porta. – Acho que
nos vemos no segundo fim de semana de janeiro... se não antes. Me
ligue para conversarmos sobre transporte mais perto da data. Vou ficar
feliz em dirigir. Você e Andrew estão planejando passar a noite por lá?

Assenti com um movimento de cabeça.

– Estamos... Eu realmente não tinha pensado nisso, mas Tom
nos alertou e conseguimos reservar quartos no Hall. Mas os dois

quartos têm duas camas de solteiro, então, se eles estiverem lotados, podemos repartir. Quer dizer – senti-me corar –, posso dividir um quarto com George e você divide com Andrew. Mas, na verdade, os homens não tendem a dividir quartos... não é? Então, talvez... humm, é, vamos ter que pensar nisso.

Ele abriu seu sorriso descontraído, tão pouco relaxante.

– Vamos pensar em alguma coisa – ele disse antes de mudar de assunto. – Ouvi você dizer a Bobby que vai passar o Natal aqui?

– Meu Deus, vou, com a família inteira. – Ri e balancei a cabeça. – Vai ser um caos. E você vai para Edimburgo?

– Só para o Ano Novo. Miles e a namorada vêm passar o Natal comigo, então pode ser que a gente se esbarre por aí. – Houve um curto silêncio, durante o qual sorri e me peguei resistindo ao desejo inesperado de perguntar se Sarah Millbank também passaria o Natal com ele.

– De qualquer forma – Daniel falou por fim, abrindo um pouco mais a porta –, boa noite, Ros. E mais uma vez obrigado. – Com uma das mãos na porta, ele inclinou-se, envolvendo-me com o braço esquerdo e girando um pouco para me beijar no rosto. Pousei as mãos em seus ombros ao retribuir o beijo. Ele soltou a porta e virou-se um pouco mais em minha direção. O gesto simples de despedida foi executado em questão de instantes, mas surpreendi-me registrando todos os estágios da sequência. Separamo-nos antes que ele tornasse a girar e estendesse a mão em direção à porta.

– Tchau, então, Ros – disse em tom jovial, sua respiração formando nuvens enquanto ele saía e começava a se afastar.

– Feliz Natal! – gritei, reparando num ligeiro traço de histeria em minha voz.

Ele riu e acenou novamente, sem se virar.

– Feliz Natal!

Fechei a porta e me apoiei pesadamente de encontro a ela, levando a mão à testa.

– Maldito champanhe – disse a mim mesma, antes de voltar à sala para recolher as canecas e apagar as velas.

Capítulo 28

Na quarta-feira seguinte, depois do trabalho, fui visitar George para trocarmos presentes antes de ela viajar para o Norte com os pais. Quando cheguei, os dois estavam jogando tênis com Lottie no Wii, mas baixaram o controle remoto por tempo suficiente para me cumprimentar e calmamente expressar seus agradecimentos pela ajuda e o apoio oferecidos a George nas últimas semanas.

– Alistair e eu achamos que Lottie e a Chapters salvaram George – comentou Ruth quando George foi para a cozinha com Lottie.

O pai de George concordou com um movimento de cabeça.

– As horas extras que vocês deram a ela ajudaram imensamente – disse ele.

– E não sei bem que espécie de festa de funcionários você deu na semana passada – sorriu Ruth –, mas foi a primeira vez em semanas que a ouvimos rir de alguma coisa.

– Todos nós gostamos muito de George – disse, quando Lottie e George reapareceram, Lottie com uma panqueca e leite e George com uma garrafa de vinho e duas taças.

Com Lottie ansiosa pelo reinício do jogo, ficou decidido que eles passariam ao gabinete de trabalho, a fim de dar a George e a mim oportunidade de conversar.

Assim que os jogadores desapareceram de vista, George serviu duas taças de vinho e cada uma de nós ocupou um sofá e colocou os pés para o alto.

– Meu Deus, que ano, Ros – suspirou George.

– Sinto muito, muito mesmo, pelo modo como as coisas ocorreram – falei.

– Bem... – Ela depositou sua taça na mesinha baixa a seu lado e me ofereceu uma das empadas de carne moída que sua mãe e Lottie haviam preparado naquela tarde. – Isso está me parecendo meio duro. – Ela sorriu. – Você tem coragem?

– Parecem melhores do que qualquer coisa que eu teria preparado – respondi, pegando uma e dando uma mordida. – Deliciosa – murmurei. George riu. – Não, sinceramente – insisti –, estão mesmo deliciosas. – George sorriu. – E aí, você está bem? – perguntei.

– É, estou. – Ela hesitou. – A questão, Ros... é que não foi uma surpresa.

– Não?

– Quer dizer, quando ele se sentou e me contou, naquela noite, que estava indo embora e o motivo por que estava indo embora, é claro que fiquei muito chocada. – Ela estremeceu de leve. – Mas, pensando bem, me dei conta de que já vinha lutando há algum tempo para segurar Mike. Na verdade, era bastante cansativo. Então, quando ele disse que estava tudo terminado, acreditei e foi um alívio sob muitos aspectos... você sabe, porque eu podia finalmente parar de lutar. – Ela tomou um gole de vinho e abriu um sorriso triste por cima da taça. – E, mais recentemente, admiti para mim mesma que só estava tentando nos manter todos juntos por Lottie... não por mim.

Assenti com um movimento de cabeça e esperei que ela continuasse. Era a primeira vez que George me contava como se sentia a respeito do rompimento, em vez de se concentrar em como a situação havia afetado a todos os demais, e eu estava ansiosa para não interrompê-la.

– Sei – ela continuou – que, quando você ficou sozinha, sua desolação se deveu ao fato de que ainda amava aquele sujeito e por tudo ter sido tão inexplicável. Mas minha situação é bem diferente, Ros. Estávamos vendo Mike cada vez menos e percebi suas prioridades mudando ao longo dos anos. Antes, Lottie e eu éramos tudo para ele... – Ela parou, girando a cabeça para olhar para a fotografia de um Mike e uma Lottie sorridentes na mesinha a seu lado. – Mas, aos poucos, nos tornamos um compromisso que ele precisava agendar em sua vida, que girava em torno do trabalho, junto com cortes de cabelo e horas marcadas no dentista. Não é nenhuma surpresa o fato de India trabalhar com ele. O escritório é onde ele mora, onde está seu coração.

Meu estômago contraiu-se ao som do nome de India.

– Você fala sobre isso com tanta calma, George.

Ela sorriu.

– Como eu disse, já faz algum tempo que está acontecendo, Ros e, sabe, meus próprios sentimentos não podiam continuar inalterados. Se eu ia continuar forte e saudável para Lottie, tinha que me colocar em um lugar onde o interesse agonizante de Mike por nós não me destruísse. Eu amava Mike por ser o pai de Lottie, então aceitei o pouco tempo que ele passava conosco e tentei fazer o melhor, mas, no fim, parei de tentar desculpar a situação para mim mesma e aí... bem... – Enquanto falava, ela continuou a contemplar a fotografia, mas depois virou-se para tornar a olhar para mim e vi que seus olhos estavam repletos de lágrimas. – A única coisa que me parte o coração – sua voz morreu e ela tomou outro gole de vinho – é o bebê.

– Eu sei, George.

– Ele sempre foi inflexível a respeito de Lottie ser suficiente. E agora... – Desloquei-me para me sentar a seu lado e segurei-lhe a mão. Ela estremeceu. – Estou bem, Ros; o ponto principal é que ele e eu concordamos que estamos melhor separados. E nós dois queremos fazer isso funcionar da melhor forma possível. O que é um conforto enorme para mim, sabe. – Ela sorriu. – Junto com você, Joan e Andrew. Trabalho é o principal... minha mente está ocupada e vocês, pessoas incríveis, são forçadas a passar tempo comigo e ainda ganho para isso! É claro que eu trabalharia a troco de nada.

– George – disse –, não sei o que faríamos sem você. Ficamos tão tristes quando você se ausentou. Andrew estava... – Tentei disfarçar minha hesitação, mostrando um renovado interesse pelo prato de empadas de carne. – Vou comer outra dessas daqui a um instante – anunciei, inclinando o corpo para a frente.

Endireitei o corpo e peguei-a me observando com um olhar curioso.

– Estávamos todos muito preocupados com você.

– Bem, vocês podem parar de se preocupar agora. – Ela sorriu.
– Estou bem adiantada no caminho da recuperação. E você?
– O que você quer saber? Se estou no caminho da recuperação?
Ela concordou com um movimento de cabeça.
– Ah, George – suspirei –, se ao menos eu tivesse a sua disposição, a sua bondade. De qualquer forma...
– Você não consegue perdoar?
– Não posso – respondi simplesmente, com um sorriso amargo.
– Por mais que tente... e eu não tento... não consigo perdoar aquele homem. Mas – estendi a mão para pegar outra empada de carne moída – estou começando a esquecer. Ou pelo menos a lembrar com muito menos frequência.
– Bem, fico feliz com isso, de qualquer forma.
– Ah, e esqueci de contar! Você vai conhecer o cara.
Os olhos dela se arregalaram.
– Vou?
– Vai, no casamento de Tom.
– Meu Deus, Ros! Será a primeira vez que você vê esse sujeito desde...
– Será. – Fiz uma careta e fingi mordiscar as cutículas.
Ela riu.
– Mas, sério, você está bem com isso?
Dei uma mordida na segunda empada de carne e fiz uma pausa para engolir.
– Vamos ter que pagar para ver. – Ela pareceu preocupada e ri.
– Estou só brincando, George. Não se preocupe. Não tenho a menor intenção de fazer uma cena. Vai ficar tudo bem. Na verdade, estou ansiosa pelo fim de semana.
– Eu também. – Ela sorriu. – Acho que nós quatro vamos nos divertir um bocado. E é muito bom ver você se dando tão bem com Daniel. Ele é um homem tão simpático.
– É, ele parece muito legal – concordei. Ela suspirou e encheu nossas taças. – O que foi?
– Nada. – Ela sorriu. – Como disse certa vez Willy Wonka, tudo vai acabar dando certo. E – continuou, me cutucando – Joan disse

que, astrologicamente falando, ela tem grandes esperanças para nós duas no novo ano.

Ergui minha taça.

– Bem, ao novo ano então.

George fez sua taça retinir de encontro à minha.

– Ao novo ano – brindou e riu.

Capítulo 29

– **Ah, isso não é lindo,** Ted? Deve ter custado uma fortuna, Celia – elogiou minha mãe, manuseando a faixa de casimira verde-clara.

– É, é linda. Um artigo... uma coisa... de lã... muito linda.

– É um cachecolo, vovó – falou Stephen.

– É cachecol, querido – corrigiu Celia, sorrindo. – É um lenço de cabeça, mãe. Você usa ao redor do pescoço como um cachecol, mas pode puxar e cobrir a cabeça como um capuz quando estiver frio. – Ela pegou a peça e demonstrou.

– Bem, é simplesmente maravilhoso – disse minha mãe, resgatando a peça e adicionando-a a sua pilha de presentes. – Quem teria pensado nisso? Vou ter que guardar só para as melhores ocasiões.

Celia me lançou um olhar de relance e ambas sufocamos uma risada.

– Certo – papai concordou. – Quem é o próximo?

– Já dei todos os meus, vovô – disse Ben – e Stephen também. Podemos ir brincar?

Meu pai olhou ao redor.

– Acho que talvez tenha mais um por aqui em algum lugar, meninos. Alguma coisa para tia Ros.

– Do que você está falando, Ted? – perguntou minha mãe. – Ros já desembrulhou seu pijama, não foi, Ros?

– Já, já desembrulhei – sorri –, e ele também é muito lindo. Vou usar esta noite.

– Não. – Meu pai pôs-se a procurar em meio à montanha de papel de embrulho rasgado. – Tem outro para Rosalind. Mas em todo caso – ele sorriu para Ben – vocês dois podem ir brincar com algumas das coisas novas e vamos começar a fazer uma arrumação.

– Você joga no Xbox com a gente mais tarde, vovô? – perguntou Stephen.

– Só se tiver muita arma e muita matança. – Meu pai começou a rir.

– Ah, Ted! – falou minha mãe. – Você é terrível. Não é, meninas? – Mesmo assim, pôs-se a rir com ele. – Celia, você quer me ajudar na cozinha para dar a Ros a chance de arrumar isso aqui?

– Tudo bem. David – pediu Celia –, você pode supervisionar os meninos na sala com aquele laboratório de ciências? Só estou pensando nos tapetes de Ros. – Ela seguiu minha mãe até a cozinha enquanto David se levantava da poltrona.

– Ela está toda preocupada com os seus tapetes – disse David, curvando-se e colocando a mão em meu ombro –, mas e a minha pele? Da última vez que eles ganharam uma coisa daquelas, minhas mãos ficaram empoladas durante semanas. – Ele suspirou. – Às vezes não sei o que vejo em todos eles, sabe. – David sorriu para meu pai e desapareceu atrás dos garotos.

Meu pai sorriu antes de retomar sua escavação na montanha de papel de presente.

– Ah, achei – falou por fim, mostrando orgulhoso um pacote retangular mal embrulhado. – Eu sabia que estava aqui em algum lugar. Venha e se sente. – Levantamo-nos do chão e fui me sentar junto dele no sofá. Ele me entregou o embrulho. – Feliz Natal, querida.

Encarei-o e sorri.

– O que é isso? É presente seu?

– É.

– Não de mamãe?

– Não. Só meu.

– Que emocionante. – Desembrulhei a embalagem com cuidado.

– Achei que você talvez precisasse de um novo – disse ele.

Depositei o álbum de fotografias vermelho, encadernado em couro, no sofá a meu lado e inclinei-me para abraçá-lo.

– Obrigada – agradeci.

– Já até comecei para você. – Ele pegou o álbum e abriu. Ocupando toda a primeira página, havia a cópia de uma das muitas fotografias batidas pelos garçons no restaurante na noite do aniversário de setenta anos de papai. Aquela havia sido a primeira foto – antes que estivéssemos realmente "prontos". Mamãe e papai estavam sentados à cabeceira da mesa, mamãe acomodando Stephen no colo e papai com o braço ao redor de Ben, de pé a sua esquerda. Celia, David e eu compúnhamos a segunda fileira, comigo no meio. Celia parecia estar ajeitando o vestido, olhando para baixo e para a esquerda, rindo de alguma coisa esquecida enquanto David inclinava o corpo para trás, esticando o pescoço a minha volta para ver o que estava causando tanto divertimento. A cabeça de papai estava voltada para mim e nos entreolhávamos com um amplo sorriso. Ele segurava minha mão.

– Ah, Ros – disse meu pai um instante depois –, esse é o tipo de lembrança à qual devemos nos agarrar, não é?

– É sim – respondi, abraçando-o mais uma vez.

– Você se saiu tão bem. E foi tão corajosa. Todos nós achamos isso.

– Não sei, pai. Ainda não cheguei lá, sabe – falei, soltando-o e enxugando os olhos.

Minha mãe apareceu no vão da porta, vestindo seu novo avental "Vovó É o Máximo" e carregando uma imensa colher de metal.

– Ros, você tem um... – Ela parou, reparando em minhas lágrimas. – Ah, Ted, o que você está fazendo, aborrecendo Ros no dia de Natal?

– Não estou aborrecendo Ros, Lilian. Só estamos tendo uma conversa.

– Ela me parece aborrecida.

– Estou bem, mãe – disse. – Papai só estava me lembrando o quanto sou amada.

– Bem – a voz dela abrandou um pouco –, nesse caso, pode continuar, Ted, porque você é amada, Rosalind. – Ela esfregou os olhos com o avental. – Muito; sem sombra de dúvida.

Levantei-me, caminhei até ela e dei-lhe um abraço.

– Pelo amor de Deus, não comece. – Ri. – Estou começando a perder minha reputação de Tia Chorona com os meninos e isso vai me fazer retroceder vários meses. – Beijei minha mãe. – De qualquer forma – falei, enxugando a última lágrima do rosto com uma pancadinha de meu Kleenex amarrotado –, papai acaba de me dar um presente maravilhoso, que me deixou com uma arrumação a fazer. – Sorri para meu pai e subi ao escritório para ligar a picotadora de papel.

NOSSO PASSEIO PELO PARQUE Verulamium depois do almoço de Natal deixou a todos, à exceção de Stephen e Ben, com o desejo de não fazer nada, a não ser desabar ao lado da lareira com um pedaço de bolo de Natal e uma xícara de chá. Dirigi-me à cozinha para organizar o lanche enquanto David saía em busca de alguma coisa para ocupar e, com sorte, cansar os meninos.

– Não tenho certeza se Celia vai ficar muito feliz com isso – ele disse quando os três passaram pela cozinha em direção à porta dos fundos, Stephen e Ben munidos de armas de plástico de aspecto futurista. – Agora, prestem atenção – falou David, reamarrando o cachecol de Stephen e erguendo a gola do casaco de Ben –, vocês podem usar as árvores e as cercas para praticar tiro ao alvo, mas não um ao outro. Certo? – Eles resmungaram em uníssono. – Estou falando sério – David tentou parecer severo e fracassou. – Está muito frio. Se eu vir vocês atirando um no outro, os dois entram na mesma hora. Ficou bem claro?

Eles aquiesceram com um movimento obediente de cabeça, desaparecendo rapidamente nas profundezas do jardim.

– O que são aquelas coisas? – perguntei, colocando um abafador no bule.

– Pistolas de água – ele suspirou. – São presentes do meu irmão. Dá para sacar que ele não tem filhos. Quem dá pistolas de água às crianças em dezembro?

Ri.

– Bem, vai manter os meninos ocupados por algum tempo e eles logo vão entrar se ficarem com frio.

– Imagino que sim. – Sorriu. – E, Ros – ele pegou a bandeja repleta de canecas e de bolo de Natal –, não há necessidade de preocupar Celia com isso, certo?

Levei um dedo aos lábios, indicando um silêncio cúmplice, e juntamo-nos aos outros na sala.

MAMÃE E PAPAI ESTAVAM COCHILANDO no sofá e Celia acabava de terminar sua segunda xícara de chá quando meu celular tocou e ela percebeu que estava sentada em cima dele. Puxou o aparelho de debaixo do corpo, fez um muxoxo devido a um comentário de David sobre peidos melodiosos e olhou para a tela.

– Você recebeu uma mensagem de texto, Ros – anunciou, apertando os olhos e segurando o telefone à distância do braço. – Quem é Daniel?

Ergui repentinamente os olhos do livro de Banksy que trazia no colo.

– Aah – fez David, percebendo minha reação. – Quem é Daniel, Ros?

Celia deu-lhe uma cotovelada.

– É o meu vizinho – respondi. – O que matou Mr. Edward.

– Ah – disse David –, desculpe. Não percebi que o nome tinha associações desagradáveis. Pensei que pudesse ser... – Sua voz sumiu e ele virou-se para olhar minhas cortinas. – Elas são bonitas, Ros – comentou, tocando o tecido.

– Ah, pelo amor de Deus, David – repreendeu Celia –, cale essa boca. Tome, Ros. – Ela inclinou-se e me entregou o telefone.

– Obrigada. – Inseri a senha e li o texto.

Ficaríamos muito agradecidos se você pudesse manter seus jovens hóspedes sob controle. Sylvia NÃO ESTÁ NADA satisfeita. D.

– O que é? – perguntou Celia.

– Ah, ele só quer saber sobre a coleta de lixo no Natal – respondi. Olhei para David e tentei parecer despreocupada. – Como será que estão os meninos?

David mudou de posição; seus olhos se arregalaram um pouco.

Celia virou-se para ele.

– O que foi que você fez?

– Nada – ele respondeu, levantando-se. – Eu não fiz nada. Mas Ros tem razão. Vou ver o que eles estão fazendo no jardim.

Celia agarrou-o pelo cinto.

– Não, você se senta e relaxa, querido. Eu vou. – Ela desapareceu da sala.

Ofereci a David um sorriso compassivo.

– Eu vou também. Tenho certeza de que não é nada.

Fui até o corredor, peguei meu casaco, entrei na cozinha e calcei minhas galochas. Lá fora, Celia já estava no meio do gramado, sem casaco, caminhando em direção aos arbustos. Corri atrás dela e cheguei instantes depois de ela ter alcançado Stephen e Ben, ambos empoleirados de forma precária no alto da pequena escada de abrir e fechar, que em geral ficava guardada ao lado do galpão. Eles conversavam com alguém por cima da cerca, conversa da qual Celia, àquela altura, tomava parte. Ela virou-se para mim, sorrindo, quando me aproximei.

– Ah, Ros – disse –, acabo de conhecer seus vizinhos, Daniel e Miles. – Ela balbuciou as palavras "um gato"; fiz um muxoxo e revirei os olhos em resposta.

– Daniel é meu vizinho; Miles é seu irmão – expliquei com naturalidade.

– Um gato – ela tornou a balbuciar. Afastei-a e espreitei por cima da cerca. Daniel e Miles estavam juntos, vestidos para o inverno e cada um segurando uma taça de conhaque.

– Oi, Ros – cumprimentou Daniel, erguendo a taça na minha direção. – Feliz Natal. Estamos conhecendo seus sobrinhos. Eles chamaram nossa atenção quando dispararam as pistolas de água em nós enquanto eu mostrava a Miles o local sugerido para o novo pavilhão. – Ele bebericou seu conhaque. – Um alcance impressionante.

– Desculpe – falei. Olhei para Ben e Stephen. Ambos baixaram a cabeça. Stephen mordeu o lábio.

– Desculpe, tia Ros – disse Ben.

– Desculpe, Daniel! – gritou Celia alegremente, invisível atrás de mim. Encarei-a com raiva por sobre o ombro. A essa altura, um David aliviado havia se juntado a ela. – Dois gatos – ela sussurrou, rindo.

– Tudo bem, Celia! – gritou Daniel em resposta.

– De qualquer forma, meninos – ela estendeu o braço na direção de Stephen, ajudando-o a descer –, agora vamos entrar, nos aquecer e deixar a tia Ros conversar com os vizinhos dela. Nos vemos mais tarde, Ros. – Ela piscou para mim. – Tchau, Daniel! Tchau, Miles. Foi um prazer conhecer vocês! – gritou, antes de conduzir os três rapazes de volta a casa.

– Desculpe por isso – falei, voltando minha atenção para Daniel. – Mas o que aconteceu com Sylvia?

– Sylvia?

– Você disse que Sylvia estava zangada.

– Bem, está. Como sempre. – Ele sorriu.

– Mas não por causa das pistolas de água?

– Duvido muito. – Ele riu. – Sylvia está em Perthshire, visitando a prima. Mas achei que você não viria punir os malfeitores se pensasse que eles só estavam maltratando a mim.

Balancei a cabeça.

– Você é terrível. Sabe muito bem que estou pisando em ovos com aquela mulher e ela é muito amiga do meu senhorio.

– Peço desculpas – ele disse.

– Humm...

– Sinceramente.

– Tudo bem. – Sorri.

Alguém tossiu.

– Ah, oi, Miles – cumprimentei. – A visita está sendo boa?

– Bem, estava até minha bunda ficar encharcada por um jato de água gelada. – Ele girou, curvou-se e mostrou um largo trecho molhado da calça.

Ri.

– Sinto muito.

– É, estou percebendo – ele falou em tom seco.

– Bem – disse –, é melhor eu voltar lá para dentro.

– Sério? – perguntou Daniel. – Porque eu estava prestes a convidá-la para um drinque. Enquanto Miles seca a bunda... e para provar que não existem ressentimentos.

Hesitei.

– Obrigada, mas é melhor não. Se fossem só os meus pais, eu aceitaria, mas Celia e companhia só vão ficar aqui até amanhã à noite e não nos reunimos com muita frequência.

– É claro – aquiesceu. – Mas então por que você não vem quanto eles tiverem ido embora? Miles e Lizzie ainda vão estar por aqui e já estão de saco cheio por estarem apenas comigo.

– Isso é verdade, Ros – Miles concordou. – Lizzie, em particular, está muito deprimida pelo caráter exclusivamente masculino da companhia.

Perguntei-me, por um instante, sobre o paradeiro de Sarah Millbank. Provavelmente estava passando o Natal com a própria família.

– Eles não vão antes do jantar, então só vou estar realmente livre por volta das nove.

– Perfeito. – Daniel sorriu. – Nos vemos então. – Ele virou-se para Miles. – Vamos, Miles – chamou, colocando a mão nas costas do irmão –, vamos enfiar você em uma calça seca.

Celia e minha mãe pararam de falar assim que entrei na cozinha, fato que optei por ignorar enquanto fechava a porta atrás de mim, chutava para longe as galochas e pendurava o casaco em um dos ganchos na parede.

Virei-me e encontrei as duas me olhando e rindo de forma estúpida.

– O que foi? – suspirei.

– O quê? – retrucou minha mãe.

– Por que vocês estão olhando para mim como se tivessem dois anos de idade e eu fosse uma bola de glitter?

– Celia disse que seu vizinho é lindo – explicou minha mãe. Celia concordou com um movimento de cabeça, ainda rindo.

– Disse? – Dirigi-me à pia e enchi a chaleira. – Vou preparar outra xícara de chá para mim. Alguém vai querer?

– Você me contou que o irmão dele era muito bonito, Ros – comentou Celia. – Mas não mencionou Daniel. Meu Deus, ele é lindo.

– É?

– Ah, pelo amor de Deus – ela riu –, não me diga que você não notou.

Tornei a suspirar e virei-me para encará-las.

– Tudo bem, se vocês querem saber, ele tinha uma barba ridícula nos primeiros meses que nos conhecemos, então, na verdade, não notei. E depois, quando percebi, já tinha me estabelecido firmemente como uma pessoa agressiva, excêntrica e egoísta.

– Rosalind! – Minha mãe parecia horrorizada. – Que coisa para dizer.

– Bem, me desculpe, mas é isso aí. – Abri a lava-louças em busca de canecas limpas. – Só não quero que nenhuma das duas se encha de esperanças quanto a Daniel. Ele não está interessado e nem eu.

– Ros – disse Celia –, não estamos tentando dar uma de cupido. Só que é evidente que ele gosta de você. Ele a convidou para beber amanhã à noite, não foi?

Ergui repentinamente os olhos.

– Como você sabe?

– Eu me escondi atrás do galpão por um tempo. – Ela sorriu encabulada.

– Jesus, você não tem vergonha, Ce?

– Ros, por favor, não blasfeme – minha mãe reclamou. – Não no dia de Natal, querida.

– Desculpe – falei, colocando um saquinho de chá em uma caneca antes de me virar para encará-las –, mas Daniel acaba de terminar um relacionamento longo com uma loura de formas perfeitas e agora está em um novo relacionamento com outra loura de formas perfeitas. – O rosto das duas entristeceu. – É isso. Ele tem namorada, então, por favor, esqueçam. Vocês me dão a impressão de estarem desesperadas para que eu encontre um homem.

– Não estamos nem um pouco desesperadas – disse Celia, aproximando-se e colocando o braço em torno de meus ombros. – Estamos, mãe? – Minha mãe ergueu as sobrancelhas. – *Estamos, mãe?* – perguntou Celia em tom firme.

– Ah, claro que não – respondeu minha mãe, fazendo um muxoxo. – É que quando Celia voltou do jardim dizendo que tinha um deus grego morando do outro lado da cerca... bem, me diga que orelha de mãe não ficaria em pé.

Ri.

– Bem, só lembrem que há uma fila de Afrodites na cola dele. Minha mãe juntou-se a nós na pia e tomou meu rosto nas mãos.

– Nenhuma tão bonita quanto a minha Ros – afirmou. – Não existe nenhuma tão bonita... nem por dentro nem por fora.

– Obrigada, mãe – disse, abraçando-a.

– É, obrigada, mãe – falou Celia.

– Ah, é claro que sua estrutura óssea também é excelente, Celia, mas você tem David. É Ros que está completamente sozinha e precisa de uma injeção de confiança, não é?

Ri e Celia balançou a cabeça com ar desesperançado.

– Venham as duas – chamei –, vamos ver se tem alguma coisa boa na TV.

Capítulo 30

Minha mãe passou os quinze minutos entre a partida de Celia e a minha própria me pressionando a trocar o jeans e o suéter de gola rulê por um vestido porque, alegou, era má educação usar jeans em uma festa de Natal. Critiquei o emprego da palavra "festa" antes de apaziguá-la vestindo uma saia; no entanto, recusei terminantemente a proposta do colar e, na verdade, foi um alívio me ver fora de casa, entrando na rua Clarendon.

Quando cheguei à entrada da garagem de Daniel, ocorreu-me que essa era a primeira vez que eu ia à casa dele desde a noite de abril em que havia aparecido para perdoar o cara barbudo por ter matado meu porquinho-da-índia. Como as coisas haviam mudado. Pelo lado positivo, eu estava muito mais bem-vestida, e pelo negativo... Curiosamente, não fui capaz de identificar o lado negativo, mas uma inegável sensação de arrependimento me fazia ter certeza de que ele existia.

Toquei a campainha. Miles atendeu a porta, segurando seu casaco.

– Oi – ele cumprimentou –, entre. Daniel está no telefone. Vai terminar em um instante.

Olhei para o casaco.

– Você acabou de chegar? – perguntei.

– Bem... – Ele me pareceu um pouco sem jeito. – Não, na verdade, eu, ou melhor, nós – ele olhou por cima do ombro em direção à escada – estamos de saída.

– Ah, certo. – Foi minha vez de ficar sem jeito. Olhei para a garrafa de vinho em minha mão. – Então, essa não foi uma boa hora para aparecer. Me perguntei se talvez já não fosse um pouco tarde... e se vocês não teriam outro lugar para ir.

– Não, não – ele sorriu –, somos só Lizzie e eu que vamos sair e só por mais ou menos uma hora. Me desculpe por ser tão mal-educado, mas um velho amigo de colégio me telefonou esta tarde e é minha única chance de vê-lo antes de ele voltar para os Estados Unidos amanhã, então...

– Ah, tudo bem. Não se preocupe.

– Bem, na verdade – disse uma voz com forte sotaque no alto da escada –, acho que não está nada bem. Eu estava ansiosa por companhia feminina esta noite. – A dona da voz, uma morena delicada, bem torneada, com um amplo sorriso, apareceu.

– Não se preocupe se não tiver entendido uma palavra disso, Ros – falou Miles. – Ela é de Glasgow.

– Ele é tão engraçado – disse ela, socando-o no braço. – Oi, Ros, sou Lizzie. – Ela estendeu a mão. – E estou muito triste que meu noivo mal-educado esteja me arrastando, esta noite, para um encontro chato de machos quando eu estava ansiosa por um bom bate-papo. Ouvi falar muito de você.

– Bem, Lizzie – Miles apressou-a, entregando-lhe um casaco de veludo rosa e uma echarpe verde-escura –, vamos embora. Não queremos chegar atrasados.

– Para que, exatamente? – ela perguntou. – Para fábulas sobre professores de história pervertidos e o dia em que você correu oitocentos metros com o pinto de fora? Já ouvi tudo isso antes, Ros – ela disse enquanto Miles a empurrava com delicadeza pela porta da frente. – Já ouvi tudo isso. Espero que você ainda esteja aqui quando a gente voltar! Ah, tchau, Daniel! – ela gritou enquanto Miles fechava a porta atrás dos dois.

– Oi, Ros.

Assustei-me um pouco, girei e encontrei Daniel de pé atrás de mim, a mão ainda levantada em sua despedida ao irmão e a Lizzie.

– Meu Deus, você me fez pular. – Ri e estendi a garrafa de vinho. – Foi meu pai que comprou, então deve ser bom – expliquei, tirando o casaco e pendurando-o ao pé da escada.

– Ótimo, obrigado. – Ele estendeu um braço para me direcionar a um dos cômodos na frente da casa. – Venha. Vejo que você conheceu Lizzie.

– Foi – respondi, me sentando no sofá mais próximo. – Ela me pareceu divertida. Não sabia que Miles estava noivo.

– Não estava até ontem à noite.

– Sério? Ah, que ótimo. Teria dado meus parabéns se soubesse.

– Estou muito feliz por ele – disse Daniel, abrindo as portas do grande armário de bebidas. – Ela é linda e mantém Miles centrado. Meus pais teriam aprovado. Agora, o que posso lhe servir? Tenho vinho tinto ou branco, gim, uísque, conhaque... basicamente qualquer coisa, menos Malibu.

– Ah, que pena.

– Eu sei, mas Miles e eu sempre bebemos isso primeiro.

– Vou tomar um vinho branco – disse –, só para ser uma chata e obrigá-lo a ir até a cozinha.

– Champanhe?

– Vá em frente... já que é Natal.

Quando ele saiu, aproveitei a oportunidade para examinar o aposento de forma mais detalhada. O mobiliário e a decoração diferiam consideravelmente do espaço aberto nos fundos da casa. A mobília era mais antiga: alguns itens com aparência de artigo de antiquário, outros simplesmente envelhecidos; e as cores dos tecidos e pinturas eram mais escuras e quentes, o que me lembrava a casa de meus pais.

Mas o aspecto mais marcante da sala eram, sem dúvida, as fotografias. Miles, Daniel e um casal, que presumi serem seus pais, achavam-se por toda a parte: construindo castelos de areia sobre a lareira; jogando tênis na estante; abraçando-se no peitoril das janelas e comemorando aniversários ao longo das paredes. Em uma das fotos, o casal parecia ter cinquenta e poucos anos... não vi nenhuma outra na qual aparecessem mais velhos.

– Feliz Natal – disse Daniel, voltando e me estendendo uma taça de champanhe.

– Feliz Natal. – Fiz minha taça retinir de encontro à dele quando ele sentou-se a meu lado. – Ótimas fotos. – Gesticulei em direção ao cenário de praia sobre a lareira. – Aquela me faz lembrar de umas férias particularmente tempestuosas, passadas em Woolacombe, quando eu tinha uns sete ou oito anos.

Daniel sorriu.

– Na verdade, não foi muito longe. Isso é Saunton. Estou com nove anos e Miles com doze. Ele me enterrava assim todos os dias de praia, mas como ficava quente, eu raramente me opunha. Ri.

– Você e ele parecem muito chegados.

– Nós somos. – Ele tornou a sorrir, em seguida fez uma pausa e olhou para mim, antes de continuar: – Eu estava com dezesseis quando perdemos minha mãe e meu pai e não sei o que teria feito sem Miles. Ele deixou tudo por mim. Me fez continuar.

Engoli em seco.

– Sinto muito por seus pais.

– Não foi fácil, mas, como costumo dizer, tive muita sorte de ter Miles e também por ter vivido dezesseis anos com pais maravilhosos. Acho importante lembrar disso. E, então, como foi o seu Natal?

Fiquei ligeiramente desconcertada pela mudança de assunto repentina, que deteve minha linha de raciocínio embrionária sobre a concentração de Daniel no positivo; no entanto, eu não sentia o menor desejo de obrigá-lo a prosseguir com suas reminiscências e, após uma pausa momentânea, consegui dar uma resposta simples e adequada.

– Foi agradável, na verdade – respondi, bebericando meu champanhe. – Não tivemos discussões nem rompimentos. Classifico isso como um grande sucesso. E não vejo Celia tanto quanto gostaria, então ótimo.

– Ela se parece muito com você.

– É, é o que todo mundo diz.

– Exceto pelos olhos, claro. E você é mais alta... o que vem a calhar naquelas conversas por cima da cerca. Ri.

– Então – aventurei-me –, e você? Foram só os três ou vocês se encontraram com mais alguém?

– Só nós três desde a véspera de Natal.

– Sarah está na casa dos pais?

– Sarah? – Ele pareceu momentaneamente confuso antes de acrescentar: – Ah, Sarah. É, ela está viajando.

– E quando volta?

– Amanhã, talvez. Posso completar sua taça?

– Não, não. Bebi uma taça grande no jantar, então preciso ir devagar. Vou fazer um detox amanhã. Consumimos uma quantidade enorme de álcool lá em casa nos três últimos dias. É o que morar com a minha mãe faz comigo.

Ele riu.

– É um relacionamento interessante?

– Ela é incrível – suspirei –, mas se preocupa.

– Com o quê? Com você?

– É, você sabe, com o que estou vestindo, com quem estou saindo... esse tipo de coisa. Mas – refleti – tenho que admitir – olhei de relance para minha saia – que ela parece estar em paz com meu guarda-roupa ultimamente.

– Com toda razão – ele disse. – Mas, pelo que entendi, a questão dos encontros ainda está preocupando sua mãe?

– Meu Deus, não – respondi, descartando a pergunta com um aceno. – A pressão terminou assim que comecei a sair com Ryan Reynolds. – Fiz uma pausa. – Na verdade, Ryan não seria o ideal. Um Alan Rickman jovem seria sua opção preferida. Sabe, alguém com intensidade, intelecto e dicção lenta.

– Como Andrew, talvez?

Olhei para ele, surpresa.

– Andrew?

Ele estava concentrado em seu vinho.

– Eu só queria saber se ela teria Andrew em mente para você – falou com ar distraído, ainda examinando sua taça. – Ele preenche todos os requisitos e vocês claramente se entendem muito bem.

– Não sei se ela tem esperanças quanto a mim e a Andrew, mas vai se decepcionar se tiver. Ele é incrível, mas, por mais que pareça um clichê, somos apenas bons amigos.

– Me desculpe – ele falou, erguendo os olhos. – Provavelmente, fui muito pessoal.

– Na verdade, não – disse –, é que Andrew está... bem... realmente e não me parece justo falar dele.

Daniel sorriu.

– OK, anotado.

– Bom. Agora me conte tudo sobre seu relacionamento com Tish. O que deu errado?

– Conheci outra pessoa – ele respondeu, aparentemente impassível diante do fato.

Levei as mãos aos ouvidos.

– Não, não conte! Eu só estava brincando por você ter sido muito pessoal sobre Andrew. Realmente, não quero saber.

– Não? – ele perguntou, baixando a taça de vinho. – Tem certeza? Porque Lizzie insiste que esse é o tipo de situação que as mulheres adoram.

– Envolve um homem infiel com as partes presas em um moedor de carne?

– Infelizmente, não. Mas mostra um cara desnorteado e uma mulher inescrutável.

– Por sorte – falei, enquanto ele pegava a garrafa e vertia parte do conteúdo em minha taça a essa altura quase vazia –, gosto de uma boa história confusa homem/mulher enigmática quase tanto quanto de uma de castração torturante. – Tirei as botas e enfiei as pernas embaixo do corpo. – Então, manda bala.

Ele balançou a cabeça com ar solene.

– Tudo bem... na verdade, as coisas não vinham bem com Tish há algum tempo.

– Charlie... – murmurei.

Ele olhou para mim, aparentemente intrigado.

– Você sabia sobre Charlie?

Ah, meu Deus, eu estava me transformando na minha avó, amada e temida em igual medida por articular todos os seus pensamentos a respeito de qualquer coisa, desde panelas a funções intestinais.

– Você sabia sobre Charlie? – contrapus.

– É claro – ele suspirou –, mas eu estava distraído. Admito que a culpa foi minha.

– Bom para você. É uma atitude muito responsável. Continue.

– Certo, bem, como eu disse, conheci outra pessoa.

Concordei com um movimento de cabeça.

– Sarah Millbank.

– Não, não Sarah Millbank. Eu não conhecia Sarah até a festa de George.

– Você está querendo dizer que agora está sendo infiel a alguém com Sarah Millbank? – perguntei.

– Ros?

– O quê?

– Eu podia contar essa história bem mais rápido se você não me interrompesse, sabia?

– Tudo bem. Desculpe. Então, você conheceu outra pessoa, mas não Sarah Millbank. Uma pessoa diferente.

– Isso, uma pessoa diferente.

– Quem?

– Uma colega de trabalho.

– Ela é casada?

– Ros.

– Desculpe.

Ele olhou para a mesa.

– Esqueci os aperitivos. Você quer?

– Sempre, mas quero ouvir o final da história primeiro.

– Vou buscar rápido – prometeu. Fiel a sua palavra, ele pareceu retornar antes de ter ido, com travessas de nozes e salgadinhos à base de vegetais, que depositou sobre a mesa a nossa frente. Sorri, consciente de uma crescente sensação de bem-estar e apenas uma ligeira e irritante suspeita, facilmente reprimida, de que talvez estivesse bebendo um pouco depressa demais.

– Sabe, Daniel – falei. – Estou gostando muito desse caso.

Ele riu.

– Bem, espero que esteja prestando bastante atenção, porque vou lhe pedir conselhos no final.

– Ah, meu Deus. Quanta responsabilidade. Tudo bem. Vá em frente. Você conheceu uma mulher no trabalho. Você pode me dizer quem é? Prometo não contar.

Aparentemente, ele hesitou antes de decidir aceitar minha garantia de discrição e fornecer o detalhe solicitado.

– Charlotte.

– Charlotte?

– É, Charlotte.

– E Charlotte tem algum sobrenome?

Ele tornou a hesitar.

– Ah, pelo amor de Deus, Daniel. Não vou contar a ninguém.

Mais uma vez, ele condescendeu.

– Green. Charlotte Green.

Pensei por um momento.

– Isso está me soando familiar. Acho que conheci uma Charlotte Green. Talvez tenha sido na escola. De qualquer forma – dei de ombros –, já gosto dela. Como vocês se conheceram?

– Ela entrou para a equipe há mais ou menos um ano.

– Você é o chefe dela?

– Meu Deus, Ros.

– Desculpe, mas preciso de todos os detalhes secundários. O contexto é muito importante para as mulheres.

Ele suspirou.

– Certo, bem, não, não sou o chefe dela.

– Bom. E, obviamente, você se sente atraído por ela.

– Ela é extremamente digna de estima.

Balancei a cabeça, com ar insatisfeito.

– Extremamente digna de estima? Isso dificilmente tem a ver com Cathy e Heathcliff, de *O morro dos ventos uivantes*, tem, Daniel? E ela o acha "extremamente digno de estima"?

Ele deu de ombros.

– Só Deus sabe.

– Sério? Você não consegue perceber?

– Honestamente, não – ele insistiu.

Fiz um muxoxo.

– Droga. Você tem que perceber essas coisas. Ela é solteira?

– É.

– Ah, bem, então você tem uma boa cartada.

Ele pareceu satisfeito.

– Verdade?

– É claro! – respondi, lisonjeada por ele parecer entusiasmado com minhas garantias, como se concedesse um crédito sincero a minha opinião. – Minha irmã disse a minha mãe que você parecia um deus grego!

– Sabe – ele disse, estendendo a travessa de nozes –, gosto muito de Celia.

Depositei minha taça sobre a mesinha de centro e peguei um punhado de nozes.

– Mas devo dizer, Daniel, que estou um pouco surpresa por você ter terminado com Tish e o traseiro dela quando tem tão pouca certeza sobre as chances de sucesso com Charlotte.

Ele riu.

– Sei que você tem o traseiro de Tish em alta estima, Ros, mas, para mim, não era um motivo suficientemente grande para continuar com ela.

Olhei para ele, incrédula.

– O quê? Você não achava o traseiro de Tish suficientemente grande?

– Não foi isso que... – Ele suspirou. – Quanto você já bebeu, Ros? Você não atacou o uísque enquanto fui pegar as nozes, atacou?

– Não, mas Andrew diz que um coador e uma peneira suportam o álcool melhor do que eu.

– OK. Vou tomar nota disso para referência futura – afirmou, continuando a sorrir, mas parecendo um pouco desanimado.

Pela primeira vez em nossa relação, senti pena dele.

– Você não está triste de verdade por causa de Charlotte, está, Daniel? – perguntei, socando-o de leve no ombro.

O sorriso se ampliou de forma tranquilizadora e ele balançou a cabeça.

– Não, é só que é um pouco difícil saber como agir. É uma situação meio nova para mim.

– Por que elas normalmente caem a seus pés?

– Não. – Ele pareceu um pouco ofendido. – De jeito nenhum. Só me sinto meio diferente a respeito da situação... a respeito dela.

– Ah, que coisa mais meiga! – falei, bebericando meu champanhe. – Por favor, aceite minhas desculpas por minha leviandade.

Eu estava julgando você por meus próprios padrões superficiais. Mas de qualquer forma – soquei-o pela segunda vez –, não tenho dúvidas de que logo ela vai cair na real e arrastá-lo para dentro do armário de material de escritório. – Ele girou os olhos, mas pareceu achar engraçado. – Ah, a não ser que ela seja gay! – acrescentei. – Já pensou nessa possibilidade?

– Ela não é gay.

– Maluca, talvez?

– Já me perguntei isso... mas não.

– Bem, então acho que é uma questão de tempo, Daniel.

Enderecei o comentário à travessa de salgadinhos, mas a essa altura estava olhando para ele. Ele apertava os olhos em minha direção, à maneira de alguém tentando encontrar sua localização em um mapa.

– Você acha?

– Acho. No entanto, se ela for loucamente gay, ou alegremente louca, certifique-se de partir para outra rápido, certo?

Ele concordou com um movimento de cabeça.

– Vou fazer o possível.

– Isso é bom porque passei muitos meses querendo alguém que não me quis e me arrependo muito pelo tempo perdido.

– Mas você não quer mais essa pessoa?

– Não, não quero. – A simples verdade da afirmação me atingiu como um choque. – Não quero – repeti baixinho. – Ah, mas – apontei o dedo na direção dele – ainda estou um pouco zangada com ele por causa da situação toda... ou puta dentro da calça, como diria Andrew... e isso não é bom, é?

– Provavelmente não. – Ele olhava para mim com preocupação em seus olhos de deus grego e peguei-me querendo saber como seria estar no lugar de Charlotte, ou mesmo da tapa-buraco Sarah. – Quando você acha que vai deixar de estar puta da vida? – ele inquiriu.

Ignorei a pergunta irrespondível.

– Você não me contou onde Sarah Millbank se encaixa em tudo isso.

Ele pareceu relaxar.

– Na verdade, não se encaixa.

– Então, ela saiu de cena?

– Ela nunca esteve realmente em cena.

– Bem, ao menos George vai ficar satisfeita com isso.

Ele riu.

– É, tive essa impressão no jantar da semana passada. Houve uma ligeira pausa na conversa, durante a qual concluí que não desejava mais conversar sobre as mulheres da vida dele.

– Me fale do projeto do pavilhão – pedi. – Parece uma ótima ideia.

Ele se animou, parecendo compartilhar meu entusiasmo pela mudança de assunto.

– Certo, vou colocar um cinema nele.

– Aah, que emocionante. E quando estiver tudo pronto, posso fazer pipoca, subir na escada e assistir aos filmes por cima da cerca.

– Levei a mão à cabeça. – Eu ia pedir uma visita ao local, mas a bem da verdade, de repente estou me sentindo um pouco tonta.

– Quantas taças você bebeu? Não mais do que duas, com certeza. Venha – disse, levantando-se –, um pouco de ar fresco vai ajudar. Você pega seu casaco e pegamos os desenhos na saída. Se cambalear, carrego você nos ombros.

– Você devia tentar isso com Charlotte – falei, calçando as botas e ficando de pé.

– Sério?

– Meu Deus, claro. É tão másculo. – Dirigimo-nos ao corredor e vestimos nossos casacos. – Você podia entrar no escritório dela e dizer: Charlotte, acho você "extremamente digna de estima" e depois atirá-la por cima dos ombros, como um agricultor sexy com um saco de batatas. – Parei e ergui o dedo. – Só não se esqueça de elogiar o traseiro dela quando ele estiver a altura dos olhos, porque se ela nunca tiver visto o bumbum de Tish pode se sentir meio constrangida.

– Quer saber, Ros? – ele riu, pegando um rolo de desenhos sobre a mesa de jantar enquanto nos dirigíamos à cozinha e atravessávamos as portas francesas. – *Você* é extremamente digna de estima.

– Você também – devolvi, reconhecendo o cumprimento. – No entanto – ergui a *flûte* ainda nas mãos –, isso pode ser só o champanhe falando, não pode?

– Acho que sim – ele respondeu. – Agora, venha cá para fora que vou aborrecê-la com os detalhes.

FAZIA MUITO FRIO NO JARDIM, e fiquei feliz pela touca e pelas luvas, presente de Natal de Celia. Daniel iluminou o local proposto para o pavilhão e os projetos com uma lanterna que retirou do bolso e pôs-se a descrever as obras, programadas para começarem no final de abril. Eu estava genuinamente interessada e, encorajada pelo champanhe, exigi um convite para uma sessão de cinema assim que as obras estivessem concluídas. Daniel, é claro, não teve opção a não ser aceder ao pedido e em seguida, apesar do frio, sentamo-nos em um banco do lado de fora para terminar o champanhe e examinar os projetos de forma mais detalhada, de modo que eu pudesse verificar para que lado a tela ficaria voltada e determinar se seria visível do meu jardim.

– Esse foi um ano estranho – falei pouco depois, enquanto Daniel enrolava os projetos e os colocava entre nós no banco.

– Foi?

– Bem, para mim foi – suspirei. – Tanta coisa parece ter mudado, mas, quando tento pensar sobre o que exatamente, é tudo um pouco vago. A não ser pelo fato de algum maníaco ter matado meu porquinho-da-índia, é claro.

– Humm... me desculpe por isso.

– Está tudo bem. – Sorri. – Do contrário, eu nunca o teria conhecido.

Ele olhava direto para a frente, mas me deu uma cotovelada.

– Essa foi a coisa mais legal que você já me disse, sabia?

– Foi? – Eu mal distinguia suas feições na penumbra que a luz da cozinha lançava sobre o jardim. – Na prática, isso nem é verdade, é? – continuei.

– Não?

– Não, porque eu o teria conhecido na festa de George, certo?

– Ah, certo. Mas acho que talvez a gente não tivesse se falado.

– Talvez tivesse sido melhor. – Pousei a taça vazia no braço do banco.

– Acho que não – ele disse.

– Também acho que não.

Seguiu-se um silêncio confortável, durante o qual pensei em Charlotte, Tish e Sarah e perguntei-me onde eu me encaixava. Desconfiava que estava em minha própria categoria de *"vizinha estranha que está sempre incomodando – pouco preferível a Sylvia"*. Virei-me e olhei para o final do jardim.

– O que foi? – ele perguntou.

– Acabo de ter uma ideia.

– E?

– Bem, eu moro do outro lado da cerca...

– É verdade.

– E – disse, olhando para o relógio – devia ir para casa...

– Tudo bem...

– E a escada continua do outro lado da cerca...

– Não acho que seja uma boa ideia – ele falou.

– Ah, deixa de ser chato. Vou me poupar uma caminhada de cinco minutos no escuro.

– Eu a levo para casa.

– Não. Vamos lá. Você tem uma escada?

Ele apalpou os bolsos.

– Não, aqui comigo não.

– Certo, bem, você só precisa me dar uma ajuda desse lado, que eu desço pela escada do outro.

– Essa é uma má ideia – ele protestou com um sorriso divertido, olhando para baixo. – E você está de saia.

– Droga. Esqueci. Não importa. Vai dar tudo certo. – Levantei-me, peguei-o pela mão e o arrastei atrás de mim até o final do jardim e a cerca, iluminada pelas luzes das divisas contíguas.

– Aah... – fiz eu na ponta do pé – é mais alto do que eu lembrava.

– Exatamente – ele falou. – Volte para dentro que eu a levo até em casa.

– Não. – Coloquei as mãos em seus ombros e ergui a perna direita –, estou decidida. Me levante.

– Tudo bem. – Ele me segurou e me colocou sobre os ombros, girando para que minha cabeça ficasse voltada para a cerca. – Mas ande rápido. Não aguento ficar segurando você aí em cima para sempre.

– Não, não, não. – Ri. – Não consigo subir nessa posição, preciso de um apoio para a perna.

– Vamos lá, Ros. Você não está nem se esforçando. – Ele recuou em direção à cerca, me fazendo gritar e estender as mãos na tentativa de me afastar.

– Shhh, você vai acordar Sylvia. – Ele me colocou no chão.

– Mas Sylvia está em Perthshire.

– Eu sei.

Ficamos ali, rindo, impossibilitados de falar.

– Você estava certo. Não foi uma das minhas melhores sugestões – falei, afinal.

– Não? – Ele sorriu. – Porque realmente mudei de opinião a respeito da ideia.

– Não – balancei a cabeça. – Acho que a falta de uma escada desse lado da cerca é, em todos os sentidos, um problema insuperável. Ei, mas eu estava certa sobre essa coisa de me levar no cangote.

– Estava?

– Ah, estava, é bem legal. – Ele sorria para mim, mas parecia distraído por alguma coisa. – Estou com galhos no cabelo? – perguntei.

– Não – ele respondeu –, mas você perdeu a touca. – Olhei para baixo. – E precisa ajeitar um pouco o cabelo. – Ele afastou delicadamente os fios desgarrados em meu rosto.

Esqueci a touca e olhei para ele. Celia estava certa. Ele riu e levei a mão à boca.

– Eu realmente disse isso em voz alta, não foi?

– Disse. – Ele sorriu. – E *foi* definitivamente a coisa mais legal que você já me disse... mesmo que seja o champanhe falando.

Retribuí o sorriso.

– Daniel! – chamou uma voz vinda do outro lado do jardim.

– É Miles – falei.

– Eu sei. – Daniel olhou em direção à casa, depois tornou a olhar para mim. Apontou para a cerca. – Quer tentar isso novamente outra hora?

– Com certeza está na minha lista de coisas "a fazer".

– Na minha também. – Ele curvou-se de repente. – Aqui está a touca – disse, recolhendo-a e entregando-a antes de me oferecer o braço. – Vamos, vamos cumprimentar meu irmão inoportuno antes de levar você para casa.

PERMANECI POR CERCA de meia hora mais, conversando com Lizzie e bebendo chá em caneca na cozinha enquanto Miles e Daniel conversavam na sala. Havíamos discutido rapidamente o noivado e ela estava me contando como havia conhecido Miles quando, de repente, mudou de rumo.

– Soube que você e Daniel vão a um casamento daqui a poucas semanas – ela disse.

– É, ele concordou gentilmente em ser meu acompanhante. É o casamento do meu amigo Tom.

Ela balançou a cabeça e sorriu de forma encorajadora. Retribuí o sorriso, com a sensação de que deveria saber o que dizer a seguir, mas não havia decorado minhas falas.

– E meu amigo Andrew vai – falei, tentando encontrar algo para preencher o silêncio – e George também... Georgina. Nós trabalhamos todos juntos.

– Você curte casamentos? – ela perguntou. – É uma coisa de que você goste?

– Ah... bem, se eu conhecer muita gente que vai. Sabe, parece um pouco com uma festa.

– Bem, tenho certeza de que você e Daniel vão se divertir. Ele é bem engraçado e sei que você...

– Ros. – Era Daniel, de pé no vão da porta, olhando para Lizzie. – Desculpe interromper, Lizzie, mas Ros tinha dito que não queria demorar muito porque os pais estão com ela.

– Meu Deus, Daniel – exclamou Lizzie –, ela é adulta e usa relógio, sabia? Corra e vá acordar Miles, nós estamos batendo um papo agradável.

Larguei minha caneca.

– Na verdade, Lizzie, por mais que eu queira ficar, ele tem razão. Meus pais vão embora amanhã cedo e não quero que fiquem acordados... e eles vão estar acordados, mesmo que já estejam na cama.

– Bem, eu culpo Miles por me obrigar a sair com seus amigos neandertais em vez de me deixar ficar e conhecer você. Bem – ela suspirou –, você tem que vir...

– Tudo bem, Ros? – Daniel havia voltado, vestindo seu casaco.

– Dan – disse Lizzie, erguendo as sobrancelhas –, você está prestes a se transformar em abóbora ou coisa do gênero?

– Bem, foi um prazer conhecê-la, Lizzie – cumprimentei –, mesmo que por pouco tempo. E tudo de bom com os preparativos para o casamento e para o grande dia.

– Meu Deus, vou vê-la antes disso, espero – falou, dando-me um abraço carinhoso enquanto eu tentava vestir o casaco.

– Bem, imagino que nossos caminhos possam se cruzar. – Sorri.

– Nossos caminhos possam se cruzar? – Ela olhou para Daniel e riu alto. – Nossos caminhos possam se cruzar?

Miles surgiu, vindo da sala.

– Me desculpe por Lizzie, Ros – disse. – Ela é de Glasgow, você sabe.

– Você é muito engraçado – ela retrucou, aproximando-se e socando-o nas costelas, algo para o qual ele estava claramente despreparado, a julgar pela forma como tossiu e dobrou o corpo ao meio.

Olhei para Daniel.

– Hora de ir – ele disse.

Caminhamos até minha porta de braços dados, conversando principalmente sobre Lizzie, Miles e o casamento que estava por vir e como era evidente que Daniel seria o padrinho... pela primeira vez, ele me contou.

Quando chegamos a minha casa, reparei que a luz da cozinha continuava acesa e gemi intimamente ante a perspectiva de um interrogatório por parte de minha mãe. Na realidade, não tive que esperar cruzar a soleira para desfrutar de sua companhia curiosa; ela abriu a porta da frente antes mesmo que eu tivesse a chance de enfiar a chave na fechadura.

– Ah, oi, Rosalind – ela disse, dirigindo-se a Daniel –, seu pai e eu estávamos justo pensando em ir deitar quando ouvi vocês na entrada. – Ela continuava a se dirigir a Daniel e bati-lhe de leve no braço.

– Mãe – falei, inclinando o corpo para a direita, a fim de obrigá-la a fazer contato visual comigo –, este é Daniel, o deus grego do fundo do jardim.

Minha mãe ficou rosa e riu com nervosismo.

– Ah, Rosalind, o que você está dizendo? Honestamente, Daniel, ela diz cada coisa. E vindo da mente de uma garota tão linda e inteligente também. – Revirei os olhos. – Ela dirige a própria livraria, sabe, e, antes disso, trabalhava na City.

– Meu Deus – gemi.

– Olá, Sra. Shaw – cumprimentou Daniel, estendendo a mão e sorrindo. – É um prazer conhecer a senhora.

– Me chame de Lilian, por favor. Você não quer entrar um instante, Daniel? – perguntou.

– Isso seria muito agradável, Lilian, mas – ele olhou para o relógio – vou pegar um trem para Edimburgo amanhã cedo, então é melhor dormir um pouco. – Ele virou-se para mim. – Ros, obrigado por ter ido me visitar. Foi ótimo ver você, como sempre.

– Bem – sorri –, obrigada por me convidar.

Vi-o lançar um rápido olhar de esguelha para minha mãe. Virei para olhar para ela, que sorria e balançava a cabeça na direção de cada um de nós.

– Pode fechar a porta agora se quiser, mãe – disse. – Você está deixando todo o calor sair.

– Ah, claro, desculpe. – Ela deu um passo para fora e fechou a porta atrás de si.

Peguei minha chave, destranquei a porta e tornei a abri-la.

– Na verdade, eu quis dizer com você do lado de dentro.

– Ah, que idiota – ela trilou e entrou. – Boa noite, Daniel. Espero que a gente se encontre nov... – Fechei delicadamente a porta e tornei a me virar na direção de Daniel. Ele estava fazendo força para não rir.

– Ela é muito simpática – disse.

– Humm...

– De qualquer forma – ele enfiou as mãos nos bolsos, falando com os olhos voltados para o chão –, imagino que vá vê-la daqui a duas semanas. Vou conversar com Andrew antes disso, sobre como chegar lá e sobre acomodações.

– Tudo bem, ótimo. – Pousei as mãos em seus ombros.

Ele ergueu os olhos.

– Você não está esperando que eu a erga até a janela do quarto, está?

– Na verdade, eu ia desejar-lhe boa noite. Mas de repente você está me parecendo um pouco alto. – Olhei para meus pés. – Acho que é porque estou de saltos baixos.

– É, e Miles me comprou sapatos de solas altas para o Natal. Então, vou descer até você. – Ele baixou a cabeça em minha direção e beijei-o no rosto, percebendo de repente que estava reprimindo um desejo considerável de lançar os braços ao redor de seu pescoço e pressionar os lábios com força de encontro aos dele; um desejo que se fazia acompanhar por uma imagem, de surpreendente nitidez, na qual ele exibia pouco mais que uma expressão de choque e eu estava...

– Ah, não... – suspirei.

– Você está bem? – ele perguntou, a cabeça ainda abaixada em minha direção, o rosto a poucos centímetros do meu.

– Não – respondi com voz rouca.

– Não?

– Quer dizer, estou. Estou bem. – Levei a mão à cabeça. – É que minha touca ainda está no corredor da sua casa.

– Ah. – Ele endireitou o corpo e sorriu. – Passo a touca por baixo da porta a caminho da estação amanhã de manhã.

– Certo, bem, isso pode esperar, sabe... se você estiver atrasado.

– Então, tchau, Ros. – Ele pôs-se a acenar enquanto se afastava e percorria o curto caminho de acesso à garagem.

– Tchau – falei, erguendo debilmente a mão, que permaneceu na posição até que o som de seus passos houvesse esmorecido no silêncio. Só então permiti que meu braço baixasse, meus olhos se fechassem e minha mente se desesperasse, não pela primeira vez, ante a completa falta de discernimento de Rosalind Shaw. Os sentimentos, disse a mim mesma, os próprios e os de todas as outras pessoas, deviam ser reconhecidos, avaliados e compreendidos, e não ser algo no qual alguém tropeçava, como uma raiz de árvore inesperada no escuro, ou contra os quais as pessoas se chocavam, como uma parede construída às pressas no meio de uma das pistas da rodovia M4. Por que diabos eu não havia percebido antes? Tudo parecia ridiculamente óbvio agora. Todos os sinais estavam lá: a necessidade irremediável de me redimir depois da festa de George; a confusão mental durante a visita dele à livraria; meus ciúmes de Charlotte Green... *Ah, meu Deus, senti ciúmes de Charlotte Green!* Meu Deus! Não era de admirar que não houvesse percebido a aproximação da traição do Rato; eu era uma débil mental emocional.

Ciente de que minha expectante mãe entraria de imediato em pânico com qualquer coisa abaixo de um "boa noite" animado, sensatamente me recusei a piorar meu humor continuando a rever a história de meu relacionamento com Daniel McAdam. No entanto, isso não me impediu de reconhecer, de forma deprimente, que era muito pouco provável que ele estivesse, naquele momento, a caminho de casa, com a cabeça cheia de pensamentos afetuosos a respeito da bem-vestida, emocionalmente equilibrada e socialmente sofisticada Ros. Na melhor das hipóteses, estaria intrigado com minha reação tão intensa sobre ter deixado minha touca em sua casa, ou admirado com meu entusiasmo em escalar a cerca, mas fora isso...

Obrigando-me a reprimir minhas reflexões depressivas, virei-me, destranquei a porta e entrei em casa. Minha mãe estava de pé, iluminada por trás, na porta da cozinha. Caminhou em minha direção para retirar meu casaco e me preparei para sua positividade.

– Ah, Ros, querida. Que rapaz lindo. Ele parece perfeito.

Olhei para ela, parada ali, radiante, contentíssima por haver descoberto, como pensava, que a chave para a felicidade de sua trágica filha não residia para além do arco-íris, mas do outro lado de uma cerca de faia de 1,50m no fundo do jardim.

– Ele é perfeito – concordei, antes de abrir o que esperava que fosse um sorriso reconfortante e ir para a cama no andar de cima.

Capítulo 31

Andrew e eu reabrimos a Chapters em 3 de janeiro. Nem George, nem Joan voltariam ao trabalho até a semana seguinte, e para mim tudo parecia estranhamente incompleto sem elas. Andrew sentia o mesmo.

– Isso está meio parado, não está? – ele perguntou enquanto preparava um café para nós e eu pendurava meu casaco. – Não parado... só...

– Um tédio? – sugeri.

– Muito obrigado. – Ele estendeu a caneca e suspirou. – Não sei o que é. Mas vou ficar feliz quando todos voltarmos ao ritmo normal. De qualquer forma – ele sentou-se à mesa e puxou uma cadeira para que eu me juntasse a ele –, pelo seu e-mail parece que o Natal e o Ano-Novo foram bons.

– É, foram. – Esfreguei a testa. – Na verdade, ainda não me recuperei da festa de Ant.

– Você encheu a cara outra vez?

– Enchi.

– Agora já são quantas vezes?

– Três vezes em... – pensei por um momento – treze meses. – Andrew riu e balançou a cabeça. – Bem, é fácil, OK? – disse eu na defensiva. – E quando você chuta o balde, pode passar o resto da noite parecendo normal e atraindo homens normais.

– E você atraiu?

Suspirei.

– Um leão covarde e Batman, os dois perfeitos. Mas decidi que estou fora dessa coisa de homens por um tempo.

– Sério? Tão cedo? Posso perguntar por quê?

Larguei a caneca de café, dobrei os braços a minha frente e pousei a cabeça sobre eles.

– Não, é trágico demais.

Ele tornou a rir.

– O quê? Mais trágico do que minha própria história de sofrimento?

Ele tinha razão. Inclinei a cabeça na direção dele.

– Nem tanto. Mas chega perto.

– Bem, não vou obrigá-la a falar sobre isso. – Ele empurrou a cadeira para trás e levantou-se.

– Tudo bem, então – falei em tom amuado. – Se isso fizer você parar de ficar batendo nessa tecla, eu conto.

Ele tornou a se sentar e olhou para mim na expectativa.

– E aí? – indagou. – Desembuche.

Endireitei o corpo e respirei fundo.

– Estou me sentindo realmente atraída por Daniel. – Apressei-me a pousar a cabeça sobre os braços outra vez, para esconder o rosto de Andrew.

– Que história comovente. – Ele pareceu entediado.

Ergui os olhos.

– Na verdade, isso é muito chocante. Eu fiquei chocada.

Ele balançou a cabeça.

– Jesus, Ros. Já disse isso uma vez e vou dizer de novo. Para alguém tão inteligente, às vezes você é incrivelmente estúpida.

– Eu sei.

Andrew levantou-se pela segunda vez, levou a caneca até a pia e pôs-se a lavá-la.

– Em todo caso, continuando, acho que não estou identificando o elemento trágico em tudo isso. É evidente que ele se sente atraído por você; então, qual é o problema?

– Ele não se sente atraído por mim.

– Sente.

– Não sente.

– Sente e isso não é uma pantomima, Ros, então pare de me contradizer. O cara gosta de você.

– Então, por que largou a namorada por uma mulher chamada Charlotte Green, que trabalha no escritório dele?

Andrew colocou a caneca no escorredor e virou-se para olhar para mim.

– Charlotte Green?

– É. Charlotte Green.

Ele parecia confuso.

– Charlotte Green lê o noticiário, não é? Você tem certeza de que estava prestando atenção ao que ele estava dizendo?

Suspirei de exasperação.

– Quão idiota você pensa que eu sou? Acho que teria percebido se a conversa tivesse mudado de amor não correspondido para o noticiário das dez.

– Na verdade, Ros, ela está na Rádio 4. E acaba...

Interrompi-o com um aceno de mão indignada.

– Pelo amor de Deus, Andrew. O noticiário das dez, Rádio 4, a bendita Rádio Lollipop. O que importa? Existe mais de uma Charlotte Green no mundo, sabe, e Andrew já trabalha com ela há um ano. Ela está na equipe dele, é extremamente simpática e ele acha que é ela a mulher para ele.

Andrew olhou para mim com desconfiança.

– E ele lhe contou tudo isso?

– Não, eu li nas malditas folhas do chá dele! É claro que foi ele quem contou. Com detalhes, na verdade.

– Bem, Ros, sinto muito porque...

– Ah, não importa – disse baixinho. – E sou eu que tenho que pedir desculpas por gritar e xingar. É que eu gosto muito dele. Não do jeito "ah, que gato!", mas mesmo que ele deixe a barba crescer outra vez.

– Meu Deus. Profundo assim? – Ele riu.

– Por favor, não deboche, Andrew. Estou meio pra baixo por causa disso, sabe. Sou muito idiota. Meu Deus, quem me dera não fôssemos todos ao maldito casamento do Tom. Talvez eu deva ligar para Daniel e dizer a ele que Charlotte pode ficar com meu convite.

– Não seja boba. – Ele sentou-se e colocou o braço ao redor de meus ombros. – Vai ser divertido. – Olhei para ele com ar infeliz. – Vai ser divertido – ele insistiu.

– Bem, estou pensando seriamente em contrabandear uma garrafa de bolso. Você sabe, para o caso de acabar sendo menos diversão e mais tortura.

Ele olhou para mim com ar sério.

– Não sei se devo lembrar o que aconteceu da última vez que você bebeu demais em uma reunião social...

– Mas vai fazer isso de qualquer maneira.

– Vamos – falou –, vamos nos distrair com um pouco de trabalho.

– Boa ideia – concordei, forçando um sorriso, tanto interno quanto externo, e rezando por um dia atarefado.

Capítulo 32

Quando George e Joan retornaram ao trabalho, decidi não contar a nenhuma das duas sobre Daniel. Sabia que ambas seriam solidárias, mas não suportava a ideia de ver Joan hiperexcitada caso Daniel resolvesse, como eu me perguntava se seria possível, passar na loja para devolver minha touca ou discutir as acomodações para o final de semana. Quanto a George, ela havia voltado do recesso de Natal com problemas suficientes, sem que eu a sobrecarregasse com os detalhes de minha insignificante questão sentimental.

Enquanto estava em Oxford, George havia recebido vários telefonemas de Mike, expressando não só seu pesar pela situação, mas também suas dúvidas crescentes quanto ao divórcio. As professas apreensões haviam culminado em um apelo choroso, no dia de Ano-Novo, com Mike implorando a George para que o aceitasse de volta e sugerindo terapia de casal. George havia recusado, tentando explicar-lhe que, a partir de sua perspectiva, o casamento deles, na verdade, havia se deteriorado em uma crise silenciosa já fazia algum tempo e que, embora antes talvez houvesse alguma esperança de salvar o relacionamento, India Morne e a gravidez haviam representado, para ela, o prego final no caixão. Como seria de prever, Mike não havia aceitado nada bem essa rejeição de seu ramo de oliveira e o divórcio agora prosseguia em termos menos cordiais. Tipicamente, a ansiedade de George com tudo isso não dizia respeito somente a si própria, mas a Lottie. De forma surpreendente, ela também expressava certa preocupação para com India.

– Sinto pena dela – George disse a Joan e a mim durante um jantar em sua casa, uma noite após o expediente. Nós três havíamos passado o dia cobrindo Andrew, que havia viajado atrás de uma grande coleção de livros em um leilão em Somerset. – Não é o jeito ideal de entrar na maternidade.

– George, como você ainda pode sentir alguma pena dela? – perguntei.

Joan concordou com um movimento de cabeça.

– Tamanha generosidade de espírito é outra joia na sua coroa, minha querida – ela disse com um sorriso. – Mas acho que, como Rosalind, tenho dificuldade em sentir qualquer simpatia por essa mulher.

– Bem, não conheço India – suspirou George – e tenho certeza de que Lottie e eu mal existimos para ela. Mas sei que em pouco tempo vai ter um bebê com um homem que está, na melhor das hipóteses, indeciso sobre estar com ela. É uma posição terrível e eu com certeza não sinto inveja. Tenho uma bela casa, uma filha linda, amigos e uma família carinhosa. Faz tempo que não me sinto tão bem. Lamento que meu casamento não tenha dado certo, mas olho para o futuro com otimismo.

– Bem, quando você coloca a situação desse jeito, talvez até eu consiga sentir um pouquinho de pena dessa mulher – declarei em tom relutante. – Mas só um pouquinho.

George sorriu e começou a retirar nossos pratos.

– Meu casamento não terminou por causa dela, Ros. Ela foi só a confirmação de que a relação já tinha acabado.

Permanecemos um instante caladas, antes que Joan perguntasse alegremente:

– E vocês duas estão animadas para o casamento deste final de semana?

– Ah, Joan – confessei –, eu realmente gostaria que você e Bobby também fossem. Seria uma repetição do nosso Natal divertido.

– Eu ia adorar, querida – falou Joan –, mas não se preocupe. Bobby e eu vamos nos divertir *muito*. Vamos ter uma festa com um assassinato misterioso!

– Que emocionante! – exclamou George, com interesse genuíno. – Conte a respeito.

– Bem, meu personagem é Lola von Teeze, uma estrela burlesca com um passado obscuro e uma queda por homens perigosos.

Bobby é Lorde Walter Claridge, que usa roupas do sexo oposto, mas é extremamente heterossexual, aristocrata... Bobby vai usar meias rendadas, uma blusa e uma saia linda que comprei em uma liquidação da Peter Jones. – Ela fez uma pausa para aceitar, agradecida, a tigela de *crumble* de maçã que George ofereceu. – Toda a ação se passa em um bordel.

George e eu trocamos olhares e tossimos ao mesmo tempo.

– Parece muito interessante, Joan – falei, me recuperando. – Mas, sabe, realmente vi alguns daqueles jogos de mistério com assassinato quando estava fazendo as compras de Natal e acho que não me deparei com nenhum tão excitante.

– Concordo plenamente com você, querida, motivo pelo qual – ela inclinou-se sobre a mesa e afagou meu braço – criei o meu próprio. – Ela colocou um pouco de vinho branco em sua taça. – A variedade comprada na loja tinha pouca intriga de verdade, sexual ou de qualquer outro tipo. Onde está a diversão nisso?

George e eu tossimos mais um pouco enquanto Joan retomava o fio original da conversa.

– Então – ela disse –, o casamento. Está tudo pronto para um fim de semana fantástico?

– Sabe, Joan, mal posso esperar. – O rosto de George se iluminou. – Mike vai levar Lottie para visitar os pais dele, o que vai ser bom para ela e vou me divertir um bocado no Shieldhill Hall. Dei uma olhada na internet, Ros – continuou, virando-se para mim – e tudo é muito lindo. E dividir o quarto vai ser divertido. Vamos conversar até de manhã!

Sua evidente empolgação me ajudou a evocar certo grau de entusiasmo pelo evento.

– É – sorri –, dividir o quarto vai ser bom. Mas preciso avisar que eu ronco.

– Ah, não se preocupe com isso – ela despejou um pouco de creme sobre sua porção de *crumble*. – Meu apelido na escola era Trombeta Principal.

– Ah, tudo bem então – concordei. – Espero que uma abafe a outra.

– Vai ser uma sinfonia gloriosa – comentou Joan. – *Eine kleine Nachtmusik*. E Andrew vai dormir por perto, querida?

Ela dirigiu-se a George, mas conseguiu me lançar um breve olhar, perspicaz. Olhei para George e pensei ter detectado uma centelha de timidez antes que ela respondesse:

– Não, mas certamente no mesmo andar.

– E o seu vizinho lindo? – Joan voltou a atenção e o olhar inquietantemente penetrante na minha direção.

– Bem... – Tentei escapar ao olhar perscrutador baixando os olhos e me concentrando em meu *crumble*. – Acho que ele conseguiu reservar um quarto. Andrew disse que houve um cancelamento, então Daniel pegou o quarto.

– E quem vai dirigir? – Joan aferrava-se ao tema tão ferozmente quanto um labrador com um brinquedo mastigável.

Olhei para George e dei de ombros.

– Andrew disse que ia dirigir?

Ela hesitou.

– Na verdade, acho que ele disse que Daniel vai dirigir – respondeu. – Mais espaço no porta-malas. Mas nós realmente devíamos confirmar e ver a que horas temos que sair... esse tipo de coisa.

Houve uma pausa na conversa, durante a qual olhei para Joan. Ela sorria e olhava para George e para mim, uma após a outra.

– Bem – disse por fim, enquanto George se levantava para ligar a cafeteira e preparar o café –, isso está parecendo que vai ser uma aventura maravilhosa e – prosseguiu, piscando para mim de um jeito que me lembrou Angela Lansbury em *Se minha cama voasse* – eu não ia me admirar se houvesse histórias para contar na volta. – Ela esvaziou a taça pela segunda vez. – Vou esperar ansiosamente por isso.

Capítulo 33

Eu havia acabado de colocar uma pequena mala no corredor quando a campainha tocou. Peguei a mala, o casaco e a bolsa a tiracolo e abri a porta da frente.

– Já vou avisando, Ros – disse Andrew na soleira da porta, esfregando as mãos –, que está frio pra burro; espero que você esteja com roupas de baixo térmicas.

– Ceroulas e camiseta grande cinza – retruquei, fechando e trancando a porta atrás de mim. Encaminhamo-nos até o Audi, no qual Daniel e George aguardavam. O porta-malas se abriu na hora certa, Andrew colocou minha mala ao lado das outras três e arrumei meu casaco por cima.

– Na frente ou atrás? – perguntou Andrew, fechando o porta-malas. Olhei para ele, tentando adivinhar o que ele preferia.

– Atrás?

Ele sorriu.

– Ou na frente?

– Atrás – respondi, começando a tomar consciência do frio. Ele manteve aberta a porta para mim e entrei.

– Oi, Ros! – George sorriu de alegria. – As meninas vão juntas atrás? Viva!

– Oi, Ros – cumprimentou Daniel, olhando por sobre o ombro e sorrindo. Era a primeira vez que eu o via desde o Natal e percebi, para meu horror, que estava sentindo alguma coisa que se assemelhava a alívio. – Tudo pronto?

Concordei com um movimento de cabeça e sorri para ambos.

– Oi, tudo. Tudo pronto.

– Ótimo – disse Daniel. – Ah, e antes que eu me esqueça, sua touca está na cantoneira atrás de você. Me desculpe, mas não consegui devolver antes.

– Sem problema – falei, cônscia, de imediato, de que a questão da devolução, que tanto havia me preocupado, havia sido claramente irrelevante para ele. – Tenho várias outras.

– Certo. – Ele deu partida no carro. – Vamos embora.

HOUVE MÚSICA DURANTE TODO O TRAJETO, o que dificultou a conversa entre os bancos da frente e o de trás. Chegamos a Shieldhill Hall uma hora e meia antes do início da cerimônia. George e eu havíamos passado a viagem conversando sobre os amigos, o trabalho, Lottie e, naturalmente, casamentos, passados e presentes. Meu quase casamento e o seu não foram abordados, mas as duas juntas reunimos histórias suficientes de eventos, tanto perfeitos quanto catastróficos, para passar alegremente o tempo.

Na chegada, nós quatro nos registramos e nos dirigimos a nossos quartos, com o pacto de nos encontrarmos no térreo para beber alguma coisa meia hora depois. Shieldhill era o local magnífico que esperávamos de Tom e Amy, e eu sabia, de minhas bisbilhotices mercenárias na internet, que não haveria muita variação a partir de 30 mil libras.

George e eu fomos conduzidas a nosso quarto por um rapaz que, só podíamos desconfiar, havia sido advertido de que sorrir era um pecado punível com castração. Nós o seguimos reverentemente por uma ampla escadaria central e em seguida ao longo de corredores sinuosos e de um novo lance de escadas mais estreito, antes de por fim chegar a um quarto mobiliado com bom gosto, fiel ao período georgiano do prédio. Várias pequenas pinturas a óleo pendiam das paredes verde-claras; tomos antigos em capa dura de ficção desconhecida enchiam uma estante de nogueira e uma poltrona de veludo vinho de aspecto confortável achava-se posicionada perto da imensa janela de guilhotina, que dava vista para o parque circundante e a entrada do prédio embaixo. Espiei, por uma porta branca almofadada, um banheiro de bom tamanho, no qual uma banheira de pés com grandes torneiras de metal ocupava o primeiro plano.

– É tudo tão lindo – disse George depois que o agente funerário depositou nossa bagagem, recebeu a gorjeta e saiu. Ela olhou pela janela. – Você reconhece alguém? – perguntou, apontando para fora. Olhei por sobre seu ombro para um grupo composto por três homens e três mulheres, que agora subiam os degraus que conduziam à entrada.

– Não, acho que não. Talvez conheça alguns amigos de Tom, do King's College. E conheço os pais dele, o padrinho, e um ou dois colegas de trabalho, mas fora isso... – Hesitei. – Ah, e meu ex, é claro. Meu Deus, tinha quase esquecido dele.

– Isso é um bom sinal, não é? – perguntou George, voltando a atenção dos jardins para o conteúdo de sua mala, que começou a pendurar no amplo armário de portas duplas.

– Imagino que sim – respondi distraída, continuando a assistir à chegada dos outros convidados e me perguntando qual seria a sensação de vê-lo novamente. E se ele saltasse do BMW azul-escuro que acabava de parar na entrada de veículos coberta de cascalho? Prendi a respiração. Um casal idoso saltou e me afastei da janela. – Você tem preferência por alguma cama, George? – perguntei, erguendo a mala.

– De jeito nenhum. – Ela sorriu.

– Tudo bem. – Depositei a mala na cama mais próxima e comecei a retirar o vestido e os sapatos que, ao contrário do que havia dito a Celia no Natal, eu havia comprado especialmente para a ocasião.

QUANDO GEORGE E EU retornamos ao andar térreo, Daniel e Andrew já se achavam acomodados em poltronas em uma das salas de recepção menores e mais tranquilas, contíguas ao bar. O bar em si estava, a essa altura, completamente lotado e ficamos satisfeitas ao encontrar um gim-tônica e uma taça de vinho branco à nossa espera. Nós nos sentamos no sofá diante dos dois homens.

– As duas estão deslumbrantes, é claro – Daniel elogiou, entregando as bebidas.

– Obrigada. E os dois cavalheiros estão extremamente elegantes... *é claro* – retrucou George. – Acho que temos os homens mais bonitos da sala, não é, Ros?

Olhei ao redor.

– Na verdade, George – comentei –, acho que você vai descobrir que temos os *únicos* homens da sala. – Olhei de relance para os outros ocupantes, um grupo de quatro mulheres de idade avançada, sentadas em dois sofás ao lado de uma ampla janela *bay window*.

– Mas mesmo assim... – insistiu George.

– Vestido novo, Ros? – perguntou Andrew, para afastar a conversa de sua própria aparência.

– Na verdade, é – respondi. – O que você acha?

– Ele acha que você é uma das mulheres mais bonitas da sala – disse Daniel.

Andrew levantou-se.

– O homem em pessoa – disse, estendendo a mão por cima de mim e apertando outra mão, mal visível acima de minha cabeça. Girei para identificar o dono.

– Tom! – exclamei, erguendo-me e abraçando-o. – Como você está se sentindo?

Seu abraço, em geral tranquilizador e confiante, hoje parecia bem diferente, como que um pouco esvaziado de sua energia habitual. Nós nos separamos e ele sorriu para mim com ar inseguro.

– Apavorado – respondeu, e todos rimos ao mesmo tempo.

– Bem, você está *fantástico* – comentei, reparando no traje a rigor impecável, que caía tão bem em seu corpo ligeiramente mais magro. – Andou malhando?

– Perda de peso nervosa – ele respondeu e tornamos a rir. Voltou-se para George e sorriu.

– Tom – disse Andrew –, esta é uma grande amiga, George.

– Ah, sim – disse Tom, apertando a mão dela. – É um prazer conhecer você. Tanto Andrew quanto Ros falam muito bem de você.

– E este – virei-me para Daniel – é *meu* grande amigo, Daniel.

– Nunca ouvi falar de você – disse Tom, fungando e enfiando as mãos nos bolsos. Fiz um muxoxo e esperei pela segunda parte do show. – Estou só brincando, Daniel. – Ele sorriu e estendeu a mão. – Sei *tudo* sobre você; tudo, desde ter matado o rato de estimação dela, até ter tirado Ros de cima de sua cerca. – Daniel riu alto e olhei para Andrew, que de repente parecia muito interessado em seus sapatos. Tomei mentalmente nota de interrogá-lo mais tarde sobre o que havia dito a Tom. – De qualquer forma – continuou Tom –, é melhor eu ir andando. Atendi uma chamada para descer e ver minha mãe... ela quer ter certeza de que estou sóbrio e de que vou até o final com isso. – Houve mais risadas, durante as quais ele virou-se para mim e me tomou pela mão. – Ros, posso pegar você emprestada só um segundo... Só preciso de uma opinião feminina sobre uma coisa. – Ele me conduziu à porta da sala enquanto os outros tornavam a se sentar e continuavam a beber. – Ros... – ele falou baixinho, olhando primeiro para mim e então outra vez para Andrew, Daniel e George, como que para certificar-se de não estar sendo ouvido – ... que diabo, foi falta de tato da minha parte falar sobre ir até o final. – Ele passou a mão pelo cabelo. – No minuto em que abri a boca, me xinguei. Sinto muito, Ros, estou parecendo um feixe incoerente de nervos.

– Ah, pelo amor de Deus, não seja bobo – disse, abraçando-o novamente. – Não estou nem um pouco ofendida. Tenho certeza de que noventa por cento dos noivos, *e* das noivas, pensam em sair correndo em algum momento. – Suspirei. – Por sorte, eles dificilmente vão em frente com isso.

Nós nos separamos e ele tocou meu rosto.

– Ele foi, e continua sendo, um idiota. Você sabe disso, não sabe?

– Vá embora. – Sorri. – Vá encontrar sua mãe antes que ela o dê por desaparecido.

– OK – ele disse, começando a se afastar. – Vou ser o cara coberto de suor lá na frente.

Retornei à mesa e voltei a me sentar ao lado de George.

– Está tudo bem com ele? – perguntou Andrew, estendendo minha bebida.

– Está – respondi –, ele só está um pouco nervoso.

– Eu sei – disse Andrew. – É estranho ver Tom desse jeito.

Houve um curto silêncio antes que Daniel anunciasse:

– Andrew e eu demos uma olhada rápida na disposição dos lugares antes que vocês se juntassem a nós, mas Andrew ainda não teve tempo de fornecer os detalhes. – Ele sorriu. – George e eu precisamos de todas as informações que vocês puderem dar... sabe, para evitar constrangimentos.

– Aah, é – George concordou –, com quem nós estamos?

Olhei para Andrew.

– Com quem nós estamos?

– Um ex-colega da Finlay May. Acho que os outros são amigos do colégio e da faculdade.

– Ainda não vi ninguém que conheço – falei, olhando ao redor.

– Mas quem é o cara da Finlay May? O nome talvez soe familiar.

– James Jackson? – disse Andrew. Balancei a cabeça. – Tenho certeza de que você conhece... um sujeito bem alto.

Pensei por um momento.

– Foi o que bebeu as próprias lentes de contato?

Andrew riu.

– Não, esse foi Jim Hewitt.

– Ah... – Pensei por um momento. – James Jackson... Você não está querendo dizer Jamie, está? Jamie peludo?

– É esse – falou Andrew, bebericando Guinness –, isso mesmo, Jamie peludo.

Virei-me para George.

– Bem, Jamie peludo é agradável. Você vai gostar dele.

Ela sorriu, um pouco indecisa.

– Pelo jeito como vocês descrevem os amigos de Tom – comentou Daniel –, fico pensando que um circo em algum lugar perdeu algumas aberrações.

– É a pura verdade – insistiu Andrew, indicando a si mesmo com a caneca e em seguida a mim. – Como vocês sabem, Tom sente muita atração por aberrações. – Então, iniciou uma explicação divertida sobre a natureza do excesso de pelos de Jamie e de como Jim perdeu as lentes.

Enquanto falava, olhei para George. Ela ouvia com atenção, rindo e ocasionalmente questionando algum detalhe. George estava linda sem se esforçar, com o cabelo preso no alto pela mesma presilha de borboleta que havia usado na noite da festa de aniversário de Mike. Era, como teria dito minha mãe, linda por dentro e por fora. Tão linda, é claro, que até mesmo Andrew, nobre e correto, tão silenciosa, mas completamente arrasado pela perda da namorada, não havia conseguido deixar de se apaixonar por ela – uma mulher casada. Eu sabia que Andrew havia combatido tais sentimentos por um longo tempo; na verdade, ainda continuava a combater. Voltei minha atenção para Andrew, que dava seguimento a seu relato. Ele era certamente digno dela, mas ela corresponderia a seus sentimentos? Meu Deus, eu esperava que sim... ou que viesse a corresponder. E se isso não ocorresse? O que aconteceria com a Chapters?

Beberiquei meu vinho e decidi não pensar a respeito. Em vez disso, concentrei-me em aproveitar o fim de semana, o que continuava a ser, disse a mim mesma, perfeitamente possível se conseguisse parar de pensar em Daniel como uma oportunidade perdida. Eu extraía certo conforto, ainda que pequeno, do fato de que, mesmo que houvesse reconhecido meus sentimentos mais cedo, isso não teria feito qualquer diferença. Charlotte já estava em cena fazia algum tempo e, além disso, Daniel me identificava como mercadoria danificada havia tempos, mesmo sem nenhuma informação útil relativa ao Rato. Observei-o enquanto ele olhava para o relógio e apontava para a Guinness de Andrew, e perguntei-me se algum dia viria a pensar nele da mesma forma que em Tom e em Andrew. Era evidente que eu nunca ia querer arrancar a camisa de nenhum dos dois, portanto isso era um pouco diferente, mas nunca se sabia. Ou talvez fosse melhor tentar evitar vê-lo por completo, embora com George, e agora com Andrew, tendo uma ligação com ele, isso talvez se tornasse difícil. Ele e Andrew pareciam estar se entendendo cada vez melhor, o que na verdade não era de surpreender; os dois eram gentis, bem-humorados e intelectuais, sem nenhuma consciência evidente de ego. Suspirei. Como eu podia ter permanecido amargurada por tanto tempo, com dois ótimos exemplares de machos da espécie literalmente na minha porta?

– Ros? – Andrew olhava para mim com ar interrogativo e percebi que todos estavam de pé.

– Ah, desculpe. Já estamos indo? – Levantei-me, mas me demorei um pouco para permitir que George seguisse com Andrew.

– Vamos lá – chamou Daniel, repentinamente a meu lado. Ele me ofereceu o braço. – Sei o quanto você fica sem equilíbrio depois da menor quantidade de álcool.

Aceitei o braço e olhei para ele, que sorria para mim como se me achasse infinitamente divertida.

– Sei que você me acha infinitamente divertida – comentei.

Ele riu.

– Infinitamente alguma coisa.

Refleti sobre o comentário.

– Gosto da natureza indefinida de "alguma coisa"... – falei. – Você sabe, para poder, nos meus piores momentos, preencher a lacuna com "intelectual", "incisiva", "perspicaz"... esse tipo de coisa.

– Faça isso – ele concordou. – Agora, vamos lá. Tom está esperando.

Capítulo 34

Contra todas as expectativas, realmente apreciei a cerimônia. Amy, é claro, estava perfeita em um vestido de seda marfim, que delineava, mas não apertava, sua silhueta atlética. Quando entrou na sala ao som do *Cânone em ré maior*, de Pachelbel, exalava autoconfiança. Ela percorreu, devagar e desacompanhada, a passagem criada pelos dois grupos de assentos para reunir-se a Tom diante de uma ampla lareira de mármore no fundo da sala. No entanto, ao pronunciar os votos, sua voz falhou e ela inclinou a cabeça de encontro ao ombro de Tom, em um gesto inconfundível e inconsciente de amor e confiança, o que me fez morder o lábio inferior na tentativa de reprimir uma lágrima inesperada. Quanto a Tom, ele relaxou visivelmente e abriu um sorriso, aliviado, no instante em que ela se pôs a seu lado, tornando-se visível que o nervosismo pré-casamento nada tinha a ver com dúvidas pessoais e tudo a ver com a incapacidade de aceitar que alguém tão perfeito quanto Amy quisesse de fato casar-se com ele.

Após a troca de votos, a irmã de Amy leu um poema de Elizabeth Barrett Browning, a que, por sua vez, seguiu-se o pai de Tom cantando *Jerusalém*. Ele havia cantado no casamento do primo de Tom, ao qual eu havia comparecido, alguns anos antes, como convidada de Tom. A partir do momento em que ele se levantou, minhas mãos começaram a suar enquanto eu me preparava para três minutos torturantes. Não que ele fosse absolutamente horrível, mas não chegava nem perto de ser tão bom quanto achava que era e eu não conseguia suportar o suspense em saber se ele alcançaria as notas mais altas, ou precisaria engolir no meio das mais longas. Daniel não contribuiu para a situação, pois me cutucou discretamente na primeira nota desafinada, começou a se remexer na cadeira e levou a mão à boca, como se estivesse imerso em pensamentos – indicação óbvia de que estava morrendo de vontade de rir.

A fim de me distrair, decidi esquadrinhar a reunião à procura de rostos familiares, e foi só então que a curiosidade quanto ao paradeiro do Rato tornou a surgir. Olhei, da forma mais casual possível, para a esquerda e para a direita, mas não havia sinal dele. Fiquei satisfeita ao descobrir que não estava inquieta nem preocupada com a possibilidade de vê-lo novamente. Mas decidi que, assim que possível, após a cerimônia, tentaria localizá-lo no gráfico das mesas – embora, àquela altura, tivesse começado a me ocorrer que ele, afinal, talvez houvesse resolvido não comparecer.

Eu havia acabado de localizar Jamie Peludo e sido recompensada com uma piscada alegre quando o Sr. Cline pai parou de torturar meus nervos para receber aplausos educados e nos vimos livres para sair. Daniel murmurou algo sobre o "canto das baleias" antes que alcançássemos o amplo hall de entrada para sermos recebidos por numerosos garçons profundamente solenes, oferecendo taças de champanhe e canapés.

Andrew foi, quase de imediato, abordado por uma ruiva alta e magra, que o fez lembrar que eles haviam trabalhado juntos e ele e George puseram-se a conversar com ela, deixando Daniel e eu, pela primeira vez naquele dia, para falar apenas um com outro. Ele fez alguns comentários gerais sobre o local e os convidados enquanto eu tentava me concentrar no teor da conversa e não na profundidade de seus olhos azuis e em sua capacidade, bastante envolvente, de mover a sobrancelha direita independentemente da esquerda.

– Desculpe, Ros, eu a estou aborrecendo? – ele perguntou de repente.

– Meu Deus, não, nem um pouco. O que o fez perguntar isso?

– Bem, você está me olhando e balançando a cabeça como se a gente estivesse em um programa de debates na TV e é isso o que as pessoas fazem quando não estão realmente ouvindo.

– Bobagem. Quando foi que eu fiz isso?

– Fez hoje mais cedo, quando Andrew estava falando sobre Jamie Peludo. E – ele franziu os lábios na tentativa de esconder um sorriso – fez isso na festa de George, quando estava conversando com Mike e com aquele cara que a levou para um passeio no jardim. Em todo caso, vamos ver a disposição dos lugares?

– Bem... – Eu tinha a impressão de que esse último comentário havia levantado questões muito mais urgentes do que a disposição dos lugares. No entanto, como não tive imediata certeza de que questões eram essas e, consequentemente, se aquela era a hora e o lugar para discuti-las, respondi com um aceno de cabeça hesitante e nos encaminhamos ao gráfico exposto diante das portas duplas da longa galeria na qual seria servido o jantar.

Todas as mesas haviam recebido nomes. Desconfiei que teria que agradecer a Amy pelo fato de poder me sentar à Mesa Maluca.

– Então – ele perguntou –, algum conhecido?

Olhei para o gráfico, à procura do Rato. Lá estava ele, no lado oposto do salão.

– Bem, estive com Nicholas Ward-Parsons, o padrinho, algumas vezes. E conheço Jamie, é claro – disse, apontando para o gráfico –, e Kirsten Harrison fazia o mesmo curso que Tom e eu vivia me encontrando com ela no refeitório. Ela é muito legal e está na nossa mesa.

– Mais alguém?

– Tenho certeza de que conheço mais uma ou duas pessoas. Acho que vi pelo menos uma das ex-namoradas de Tom durante a cerimônia, mas se era ela, mudou a cor do cabelo. Ela era ruiva. Acho que o nome é Julia, ou Juliet... – Tornei a olhar para o gráfico. – Aqui está, Juliet McGee. Ela está na mesa ao lado da nossa.

– Mais ninguém, então? – Virei-me para ele, que examinava atentamente o gráfico.

– Não. Mais ninguém.

– Desculpe – disse uma voz atrás de mim. Virei-me e dei de cara com uma mulher pequena e magra, mais ou menos da minha idade. Tinha cabelo cor de azeviche, pele muito clara e usava um batom surpreendentemente vermelho nos lábios anormalmente cheios. Soube de imediato que já a havia visto. – Rosalind? É Rosalind, não é? – A mulher tinha a fala arrastada e suave dos americanos.

– Sou, sou sim – respondi sorrindo. – E sei que já nos conhecemos, mas sou impossível com nomes. Você é amiga de Tom?

– Não, não, sou Isabel Herrera. Na verdade, estou aqui com o primo de Amy. – Ela abriu um amplo sorriso. – Sabe, vi você aqui e pensei: meu Deus, que mundo pequeno. Pensei: preciso cumprimentar Rosalind e dizer-lhe o quanto está maravilhosa, mas é claro que eu sabia que você não ia se lembrar de mim. – Ela sorriu para Daniel. – Acho que agora as coisas realmente voltaram aos trilhos para você.

De repente, fui dominada por um pânico gelado. Aquela mulher claramente sabia alguma coisa sobre o meu passado, ao passo que eu, por outro lado, nada sabia sobre ela e não fazia ideia do quanto ela estava prestes a revelar. Ignorei o fato de que o próximo passo óbvio na conversa era determinar como ela me conhecia.

– Isabel, este é meu amigo Daniel McAdam.

– Oi, Daniel. – Ela sorriu, apertou a mão dele e tornou a dirigir-se a mim. – A nossa conexão é Martin Gardner. Ele é meu ex.

Tudo se encaixou de forma horrível. Martin Gardner trabalhava com O Rato. Ela havia sido convidada em meu quase casamento. Eu não podia tê-la visto por mais que alguns instantes enquanto permanecia, atordoada, no fundo da igreja. Mas quem conseguiria esquecer aquela palidez e aqueles lábios aumentados por colágeno? Olhei para Daniel e depois outra vez para A Boca e esperei com resignação que ela lhe contasse tudo sobre o casamento que não ocorreu: que por fim lhe fornecesse uma explicação para a autopiedade que ele achava tão desagradável e a derradeira confirmação, se é que era necessária, de minhas credenciais menos que impecáveis como material para namoro.

– Deixe eu trazer um refil para vocês duas. – Sorriu Daniel, pegando nossas taças e afastando-se à procura de um garçom.

Um senso completamente inesperado de autopreservação entrou em ação.

– Olhe, Isabel – apressei-me a dizer –, meu amigo não sabe nada a respeito do que aconteceu no dia do meu casamento e prefiro não tocar nesse assunto com ele agora. Tudo bem?

Ela levou as mãos ao rosto com um olhar de genuína aflição.

– Ah, meu Deus! Como sou estúpida. Ah, meu Deus! É claro que não quer que uma mulher idiota desenterre uma coisa tão dolorosa enquanto você está se divertindo no casamento do seu amigo. Sinto muito, muito mesmo, Rosalind. Só fiquei desesperada de vontade de dizer o quanto você está linda e que bom que se reergueu. Simplesmente não pensei muito.

Ela de fato parecia prestes a chorar. Apertei-lhe a mão.

– De modo algum. E obrigada. Isso é um elogio muito amável.

Ela inclinou-se na minha direção.

– E fico feliz que o fato de o Rato estar aqui – ela gesticulou na direção do gráfico de assentos – não a tenha afastado.

Daniel voltou com três *flutes* de champanhe.

– Aqui estão, senhoras.

– Obrigada, Daniel – agradeceu Isabel. – Acabo de lembrar a Rosalind que nos conhecemos em um baile há alguns anos. Martin e eu ficamos na mesma mesa que ela. Ficamos todos incrivelmente bêbados, então não é nenhuma surpresa ela não ter me reconhecido. Só lembro dela porque passei a maior parte da noite invejando seu vestido.

– Quando conheci Ros – disse Daniel, bebendo seu champanhe e enfiando a mão livre no bolso –, também foi a roupa que ela estava usando que me impressionou. Deixe eu lembrar... é, era um roupão de banho manchado e um turbante de toalha enorme.

– Ele apareceu sem avisar – expliquei a Isabel.

– E então, na vez seguinte que me encontrei com ela – prosseguiu Daniel –, ela estava vestindo um jeans velho, uma camiseta que podia concorrer com o Domo do Milênio em termos de capacidade de pessoas e sandálias que pareciam bandejas de chá. – Isabel riu e soquei-o no braço. – E depois, na próxima vez que nos encontrarmos, ela estava vestindo camisa verde, jeans e galochas, e, apesar das circunstâncias infelizes – ele virou-se para olhar para mim –, ela estava... cativante; caótica, meio embriagada, mas cativante. – Ele virou-se para Isabel. – Ela não sabia, é claro. Isso faz parte do seu charme.

Isabel me cutucou e disse baixinho:

– Ele é um achado. – Pousou a mão em meu braço e dirigiu-se a ambos. – Vou deixar vocês dois conversarem. Ei, mas vamos nos encontrar depois, hein, Rosalind?

– Vamos, com certeza – respondi antes de acrescentar mais alto, enquanto ela se afastava: – Foi um prazer ver você outra vez, Isabel. – Tornei a me virar para Daniel. – Obrigada pelo elogio... se é que foi um elogio. Sei que existe mais de um jeito de cativar uma audiência.

– Não, foi um elogio – afirmou. – Você estava bem naquela noite. Miles também achou.

– Sério? Bem, pode dizer a ele que o achei muito lindo na noite seguinte, na adega.

– Verdade?

– Humm... achei, foi uma pena eu não estar no melhor dos humores. – Sorri com ar pesaroso.

– Bem, foi culpa nossa, nós devíamos tê-la deixado em paz.

– Não seja bobo, isso teria sido estranho, já que estávamos no mesmo bar.

Ele olhou para baixo e hesitou.

– É, mas nós só estávamos no mesmo bar porque a vimos do lado de fora e Miles sugeriu uma apresentação decente.

– Hã?

– Foi – ele disse. – Então, foi um mau momento e insensibilidade da nossa parte.

– De jeito nenhum. – Sorri com graça, percebendo que estava gostando muito daquela conversa. Até então já havia descoberto que era cativante de galochas e que dois homens muito atraentes haviam deliberadamente procurado minha companhia em uma adega. Decidi que era justo retribuir o cumprimento. – Bem, lembro de tê-lo achado muito bonito sem a barba na festa de George. E mesmo com a barba, de terno elegante, você não ficou mal. É claro que, com o suéter de pescador, você estava horrível, mas...

Ele riu alto.

– Tudo bem, obrigado por isso, Ros. – Ele continuou a rir.

– Bem, só estou dizendo que você é muito bonito.

– Sou – ele disse. – Na verdade, acho que a descrição "deus grego" já foi aplicada a mim no passado.

Suspirei.

– Foi. Acho que você realmente não precisa de garantias sobre o que as mulheres pensam de você.

– Isso não é verdade. – Ele sorriu. – Como você sabe, acho impossível entender algumas mulheres.

– Você acha impossível me entender? – perguntei de forma impulsiva antes de imediatamente me arrepender da pergunta.

Ele ficou sério por um momento.

– A questão, Ros – respondeu –, é que acho que você considera impossível se entender.

Senti-me corar, confrontada com uma avaliação tão acurada.

– Certo – admiti. – Mas, na verdade, acho que estou melhorando.

– Tudo bem. Você quer compartilhar essa história?

Minha atenção foi capturada por uma George radiante, que abria caminho em nossa direção em meio aos convidados, seguida de perto por Andrew.

– Bem, foi tudo um pouco trágico. Me lembre de contar-lhe depois.

– Vou esperar ansioso para me deixar abater – ele disse, seguindo meu olhar e se virando. – Oi, George.

– Olá, vocês dois! – ela gritou, ligeiramente corada, indicação certa de que estava na segunda taça de champanhe. – Já encontraram alguém interessante? Nós encontramos duas ex-colegas de trabalho de Andrew e, deixa eu contar a vocês – ela deslizou o braço pelo de Andrew e olhou para ele com ar carinhoso –, Andrew é muito popular com as mulheres. – Andrew balançou a cabeça e sorriu com um ar de reprovação feliz. – É verdade! – protestou George. – E uma delas me fuzilou com os olhos, o que recebi como um enorme elogio. – Daniel me lançou um olhar divertido. – Mas gostei muito de Annie – continuou George. – Ela me pareceu simpática.

– Ela é – concordou Andrew. – Você encontrou alguém conhecido, Ros?

– Na verdade, não. – Achei melhor não tentar perpetuar a mentira de Isabel. – Vamos entrar na fila? – perguntei, indicando com a cabeça a fila de recepção, no meio da qual um Tom de rosto vermelho apertava mãos e ria alto.

– Boa ideia – disse Andrew, e nos encaminhamos à fila. Em poucos minutos, tendo trocado gentilezas inócuas com as duas mães orgulhosas, com o Sr. Cline pai e o padrasto de Amy, por fim chegamos à noiva.

– Oi, Amy – cumprimentei, beijando-a no rosto –, você está absolutamente linda.

– Obrigada, Ros. – Ela sorriu. – Fico feliz que você tenha conseguido estar aqui conosco hoje.

Apresentei Daniel e deixei-a com ele enquanto passava a Tom. Abracei-o.

– Você parece tão feliz, Tom – falei. – Estou muito, muito feliz por você.

– Eu não tinha certeza se ela me aceitaria, Ros – ele disse baixinho.

– Estou vendo – retruquei, tornando a abraçá-lo. – E entendo perfeitamente por que você se sentiu assim.

Ele abriu um sorriso e balançou o dedo em minha direção.

– Sua... – Meus olhos se arregalaram ligeiramente para adverti-lo contra os xingamentos. – Sua macaquinha atrevida – ele disse, passando a mão pelo topo da minha cabeça como se eu fosse uma criança desobediente.

Ri e olhei para Amy, que a essa altura olhava consternada para meu cabelo desalinhado.

– Tom, o que você fez com o cabelo da Ros? Que coisa!

– Ops, desculpe – falou Tom, com o falso arrependimento de um estudante de dezesseis anos, adorando cada segundo ao ser repreendido pela professora de quem gostava.

– Honestamente – continuou Amy. – Coitada da Ros.

Ri.

– Está tudo bem, Amy. Devo ter merecido. Eu só estava concordando com Tom que ele se saiu muito melhor do que qualquer um de nós teria imaginado – disse, ajeitando o cabelo. Amy sorriu para Tom com ar indulgente e ele pareceu considerar a possibilidade de rolar de costas para receber cócegas na barriga. Passei à dama de honra principal, com a resolução de tentar conhecer Amy melhor no ano seguinte.

Depois de apertar a mão do padrinho, esperei por Daniel.

– Bateu um bom papo com Nicholas? – perguntei quando ele se juntou a mim na entrada do salão de banquetes, instantes depois.

– Eu só estava dizendo a ele que ia gravar o discurso e pedir dicas depois.

– Você já tem a data do casamento de Miles?

– Por quê? – ele perguntou. – Você está tentando conseguir um convite?

– Ah, não – respondi, um pouco sem jeito. – Não estou atrás de convite. Só estava mesmo perguntando pela data.

Ele sorriu.

– Bem, a resposta é não. Acho que Lizzie está querendo setembro, mas eles ainda estão discutindo. Agora – ele olhou pelas portas abertas para o interior da galeria, um salão impressionantemente ornamentado, com várias pinturas a óleo da aristocracia e iluminado por três imensos lustres de cristal –, vamos entrar e conhecer os outros ocupantes da Mesa Maluca?

Capítulo 35

Com muita rapidez, concluí que gostava de nossa mesa. Eu estava sentada ao lado do noivo de Kirsten Harrison, Peter, fotógrafo de Seattle. Kirsten continuava tão divertida e bem-humorada quanto eu recordava dos refeitórios e Peter parecia feliz, rindo enquanto colocávamos as novidades em dia e conversávamos sobre o passado. Por vezes, eu olhava de relance para o outro lado do salão e a cadeira vazia na qual O Rato deveria estar sentado, mas, após algum tempo, ficou claro que ele não daria as caras, portanto não pensei mais nele e mergulhei na companhia imediata.

Daniel me apresentou à mulher a sua esquerda, Melissa, e ao marido dela, Colin, que era primo de Tom. Pelo sotaque, percebi que Colin descendia da família da mãe de Tom, grande parte da qual ainda morava em Liverpool ou nos arredores. Colin nos entreteve com histórias da infância de Tom – concentrando-se principalmente em suas inúmeras hospitalizações –, a mais preocupante das quais fora resultado de suas repetidas tentativas de construir uma cadeira elétrica.

A distância era grande para tentar conversar com George e Andrew, ou com Jamie Peludo e a mulher, mas alguma gritaria no início estabeleceu que Jamie continuava peludo como sempre e, além disso, era o pai orgulhoso de Hamish, de oito meses.

Entre os relatos de infância de Colin e as conversas com Kirsten, Daniel e eu falamos sobre família e trabalho. Ele perguntou sobre Celia e nosso crescimento juntas e retribuiu com detalhes de sua própria infância, aparentemente muito feliz, passada primeiro em Teddington e depois na área rural de Wiltshire. Enquanto conversávamos, comparei seu passado com o meu e não tive opção a não ser enxergar minha arraigada, possivelmente cultivada amargura relativa ao Rato como embaraçosamente autoindulgente. Era evidente que Daniel havia ficado inconsolável com a morte dos pais, mas nem ele nem Miles haviam optado por se concentrar na injustiça de tudo aquilo. Em vez disso, enalteciam o tempo que haviam desfrutado juntos, como uma família. Em comparação com a perda precoce de seus pais, não pude deixar de pensar que eu havia escapado praticamente ilesa; um homem que eu havia amado não retribuiu meu amor. Havia sido doloroso, e a natureza pública da rejeição havia sido inegavelmente humilhante, mas não, pensei, algo de que eu devesse me envergonhar ou continuar a me zangar. Olhei para Daniel enquanto ele agradecia à garçonete por tornar a encher sua taça de vinho e, por mais que estivesse gostando de sua companhia, senti uma pequena pontada de arrependimento, que eu sabia que era melhor não analisar.

– O que foi? – Ele me olhava com ar inquiridor.

– O quê?

– Você estava me olhando como se de repente eu tivesse deixado a barba crescer outra vez – ele respondeu.

– Estava? – O som de uma colher batendo em uma taça assinalou o início dos discursos.

– E a resposta é "sim", por sinal. – Ele pegou a taça de vinho e pôs-se a analisar seu conteúdo.

– A resposta do quê?

Ele virou-se para olhar para mim.

– De se acho impossível entender você. – Ele tornou a examinar a taça e baixou a voz para um sussurro quando o padrasto de Amy se levantou. – Mas está tudo bem, porque não esqueci sua promessa de me fornecer uma tradução mais tarde.

Ele sorriu com ar malicioso e, apesar de meus melhores esforços, a pontada interna se intensificou. Respirei fundo e balancei a cabeça em direção à mesa principal.

– Meu Deus, espero que Tom não arrume encrenca com ninguém quando chegar a vez dele.

* * *

Ao que se constatou, o discurso de Tom correu muito bem e consistiu da quantidade certa de bajulação, sentimentalismo e brincadeiras. O discurso de Nick foi igualmente feliz, e quando a sobremesa foi servida, percebi que Amy tinha a expressão de uma mulher altamente satisfeita, que sabia que seu grande dia na verdade estava sendo um sucesso. Ela e Tom cortaram o bolo de casamento "Brocado Lilás", de quatro camadas (fomos informados do nome oficial da iguaria por Colin, com um sorriso ligeiramente afetado), sob uma saraivada de flashes que teria feito até mesmo um epilético moderado sair correndo à procura de seus Ray-Bans. Sim, foi tudo absolutamente perfeito.

Depois do jantar, os convidados se dispersaram para as numerosas salas de recepção para caçar um sofá ou uma poltrona e relaxar por cerca de uma hora antes do início da discoteca. Andrew e Daniel dirigiram-se ao bar com Peter e Kirsten enquanto George e eu corríamos ao quarto para colocar o vestido que havíamos trazido para as festividades da noite. A caminho do andar de cima, perguntei a George sobre Jamie e a mulher, e se ela havia gostado da refeição. Ela respondeu de forma positiva, mas percebi que estava distraída. Eu havia notado que ela havia bebido em grande parte água mineral depois dos drinques iniciais da recepção e me perguntei se estaria se sentindo mal.

Uma vez no quarto, liguei a chaleira e comecei a preparar chá. George, enquanto isso, retirou do armário o vestido que ia colocar e depositou-o sobre a poltrona cor de vinho. Então, sentou-se na cama, olhando para o vazio.

– Você está se sentindo bem, George? – perguntei, sentando-me a seu lado. – Tenho paracetamol na bolsa.

Ela olhou para mim e sorriu.

– Não, mas obrigada, Ros – disse. – Estou ótima. Estou me divertindo muito, sabe. Me sinto uma mulher de muita sorte por ter você – ela levantou-se e começou a se vestir – e Andrew.

Ocorreu-me, de imediato, que o nome de Andrew havia sido acrescentado com certa timidez, mas como o rosto de George estava voltado para o outro lado, não tive certeza. Além disso, sabia que era melhor não confiar nos meus instintos quando se tratava de relacionamentos pessoais.

– Bem, nós também achamos que temos muita sorte de ter você. – Levantei-me e fingi estar completamente concentrada no preparo do chá, mas minha visão periférica me informou que ela havia parado de se vestir e girado em minha direção. – Você é muito importante para mim. E para Andrew também – acrescentei ao me virar e estender-lhe uma xícara de chá: – Mas você não precisa que eu diga isso.

– Obrigada, Ros – ela disse, tomando o primeiro gole.

Retirei meu vestido do guarda-roupa – o roxo que havia usado na festa de George –, coloquei-o sobre a cama, peguei meu estojo de maquiagem e entrei no banheiro, deixando a porta aberta. Então, completamente contrária a meu caráter e propensão, forcei-me a permanecer em silêncio, retocando a maquiagem enquanto ouvia os sons de George, que largou a xícara de chá e abriu a mala, da qual retirou alguns itens. Por fim, ela veio até a porta do banheiro.

– Ele é importante para mim também, Ros – disse baixinho. – Já faz algum tempo, sabe.

Era a notícia mais animadora que eu recebia havia meses. Talvez anos. No entanto, não querendo alarmar George ao chorar de alívio e alegria por Andrew, continuei a examinar meu reflexo no espelho e terminei de espalhar o corretivo que havia colocado ao redor dos olhos. Por fim, fechei o zíper do estojinho vermelho e proferi o maior eufemismo de minha vida:

– Fico feliz, George – falei ao me virar para encará-la. – Obviamente, não tão feliz quanto Andrew ficaria se você decidisse contar a ele, mas, mesmo assim, feliz.

Ela sorriu.

– É bom saber – disse. – Só espero que ele ainda se sinta da mesma forma quando as coisas se acalmarem para mim.

– Acho que você não precisa se preocupar – falei, caminhando em sua direção e abraçando-a. – Não considero Andrew um tipo volúvel. Mas vamos, vamos correr e voltar lá para baixo antes que eu fale alguma coisa que faça Andrew querer me matar.

Mais quinze minutos e estávamos no térreo, à procura de Andrew e Daniel. Após verificar o bar, encontramos os dois novamente na sala onde havíamos aguardado a cerimônia, dessa vez ocupando os dois sofás diante da ampla janela *bay window*. Peter e Kirsten continuavam com eles e abriram lugar para mim no sofá, ao passo que George se sentou, um pouco constrangida, pensei, ao lado de Andrew e Daniel no sofá em frente. Andrew notou sua hesitação e olhou para ela, depois para mim com ar inquiridor. Ensaiei um sorriso inocente, mas não devo ter me saído bem porque Andrew, imediatamente desconfiado, revirou os olhos em desespero enquanto eu desviava o olhar com ar culpado e mordia o lábio inferior. Captei o olhar de Daniel e vi que ele estava, como seria de esperar, observando esse intercâmbio silencioso um tanto divertido. Sorri para ele e, então, comecei a rir. Andrew e George juntaram-se a nós e Peter e Kirsten sorriram admirados, mas de um jeito bondoso do tipo *Quando em Roma*.

A certa altura durante a hora seguinte, atendemos ao chamado dos padrinhos e fomos aplaudir Tom e Amy, que executavam sua primeira dança ao som de *Baby, I love you*, dos Ramones. Em seguida, George arrastou Andrew para a pista de dança, momento em que Daniel me perguntou se eu gostaria de uma bebida. Deixamos George dançando com disposição ao redor de Andrew e nos encaminhamos ao bar.

Ao chegar, pedimos as bebidas e fomos nos sentar em um canto um pouco mais sossegado.

– Como estão seus pés? – perguntou Daniel, apontando para meus sapatos prateados.

– Humm... – fiz eu, curvando-me e inspecionando os dedos dos pés – por enquanto tudo bem, mas eu queria ter trazido minhas sandálias franciscanas para a discoteca. – Ele sorriu. – Então, está gostando da festa? – perguntei.

– Estou me divertindo muito – ele respondeu. – E você?

– Eu não tinha certeza se ia ou não me divertir porque, bem, às vezes em casamentos acontecem as duas coisas, não é? Mas estou sim, estou me divertindo. – Olhei para ele, que me observava por cima da taça. – A melhor parte é ver Tom tão feliz.

– É, ele está com a aparência de alguém que não consegue acreditar na própria sorte. – Ele se remexeu na cadeira. – Preciso dizer, Ros, que ainda que seja fã desse vestido que você está usando, ele me deixa um pouco nervoso.

– Sério?

– Sério, porque não consigo parar de lembrar da última vez em que bebemos juntos e você estava usando essa roupa. Não foi exatamente o meu melhor momento.

– Cale a boca. Você sabe perfeitamente bem que foi delicado e eu fui um desastre. Talvez eu devesse ter queimado o vestido. – Alisei o tecido em meu colo. – E já que você tocou no assunto, é uma escolha interessante da minha parte. Conheço uma terapeuta, Tina, que teria um dia cheio com isso.

– O que você acha que ela teria dito?

– Provavelmente que estou tentando enterrar meus demônios, dizer ao mundo que estou reconciliada com os erros passados, alguma coisa desse tipo.

– E ela estaria certa?

– Pode ser. Ou talvez seja só um vestido de que gosto, que não tem culpa do que estou tramando quando o estou usando. – Sorri.

– OK, bem, vamos ignorar o passado e aproveitar o presente. – Ele ergueu a taça. – Por que não terminamos as bebidas e fazemos esse vestido, e você, girarem naquela pista de dança? Não sei se consigo competir com as manobras de Andrew, mas tenho certeza de que consigo superá-la com esses saltos.

Capítulo 36

A DISCOTECA HAVIA SIDO INSTALADA na biblioteca, com o DJ situado na extremidade do salão, próximo à porta, à esquerda de uma imensa lareira. No canto mais afastado do DJ, um segundo bar, menor, estava em funcionamento e fazendo bons negócios, embora, graças à generosidade dos anfitriões, claro, nenhum dinheiro trocasse de mãos. O bolo de casamento Brocado Lilás havia sido transferido e agora se encontrava em exposição diante da longa fileira de janelas *bay windows* que se estendiam ao longo do comprimento de um dos lados do salão. Reparei que havia recebido um refletor próprio.

A biblioteca propiciava uma pista de dança de tamanho impressionante; no entanto, quando Daniel e eu chegamos, as únicas pessoas ali eram a noiva e o noivo e um ou dois casais mais velhos, que tentavam executar movimentos de *jive* ao som de The Black Eyed Peas. O restante das cerca de cinquenta pessoas no salão, inclusive George e Andrew, estava sentado bebendo em pequenas mesas posicionadas ao redor da pista.

– Ah, meu Deus! – exclamou Daniel. – Quer chamar um pouco de atenção?

Tom virou-se e acenou para nós. Fiz uma careta.

– Ah, meu Deus, e agora fomos descobertos.

Daniel pegou minha mão.

– Vamos – disse ele –, a gente consegue. – E me levou para a pista.

Optamos por um lugar não muito afastado de Tom e Amy e, justamente quando eu havia concluído que quanto antes tirasse os sapatos melhor, o DJ silenciou will.i.am e companhia e avisou:

– E agora, senhoras e senhores – vociferou com um sotaque a meio caminho entre Los Angeles e Reading –, é hora do nosso primeiro pedido da noite, dedicado à mãe da noiva, Linda, por seu querido marido, Charles.

Gemi, sorrindo e aplaudindo com educação quando os sons introdutórios de A *dama de vermelho* encheram o salão. Sorri para Daniel e comecei a caminhar em direção a uma mesa vazia, mas ele me pegou pela mão e me puxou de volta com delicadeza.

– Isso seria um incrível desrespeito para com o gosto musical de Linda e Charlie – comentou.

Ri.

– Imagino que sim.

Ele envolveu minha cintura com os braços. Linda e Charles passaram dançando por nós, sorrindo com aprovação ante nosso evidente apreço por Chris de Burgh.

– Então – continuou Daniel, após um momento –, agora seria uma boa hora para lembrar que você tem uma história de autodescoberta para contar?

– Acho que isso talvez afaste nossa mente do horror da situação atual. – Olhei ao redor da pista de dança escassamente povoada. – Você acha que ele vai nos torturar com a coisa toda?

– Acho que sim.

Contemplei a mãe e o padrasto de Amy, agora balançando suavemente no lugar, a cabeça dela apoiada no peito dele enquanto, nas proximidades, Amy e Tom dançavam com a graça de Darcey Bussell e Jay Kay, respectivamente. Sorri e olhei para Daniel. Ele também sorria. Esse, decidi, era o momento. Respirei fundo.

– OK, bem, são dois os acontecimentos-chave dessa narrativa – comecei. – O primeiro ocorreu no dia em que eu ia me casar. – Observei-o em busca de alguma reação, mas ele apenas ergueu uma sobrancelha. – Você me ouviu?

– Ouvi, você disse que o primeiro acontecimento-chave ocorreu no dia em que você ia se casar.

– E você não está chocado com isso?

– Quero controlar meus níveis de ansiedade, porque, conhecendo você, vem aí coisa muito pior.

Tornei a sorrir. Cada vez mais, a fuga do Rato estava perdendo seu poder de me deprimir e aterrorizar e, em vez disso, dava a impressão de uma anedota divertida e escandalosa para ser contada em um jantar.

– OK, bem – prossegui –, o segundo acontecimento-chave foi o assassinato de Mr. Edward.

– Detesto arranjar desculpas para os fatos tão no início de sua história, mas acho que você vai descobrir que isso foi na verdade um caso de morte por acidente.

– As objeções só serão consideradas se apresentadas por escrito – falei.

– Você tem uma caneta?

– Calado. O primeiro...

– Ros?

Olhei para ele e suspirei.

– O que foi?

Daniel balançou a cabeça.

– Não sou o culpado pela interrupção. Não disse uma palavra. Foi ele. – Daniel indicava alguém por sobre meu ombro direito.

Parei de dançar e girei.

– Olá, Ros.

Fiquei ali, imóvel, olhando para ele, com uma atordoante variedade de pensamentos e emoções clamando por atenção, todos exigindo prioridade.

– Olá, Ros – ele repetiu, oscilando ligeiramente enquanto falava. Senti Daniel segurar minha mão e, a essa altura, percebi que Tom estava a meu lado e falava com rapidez.

– Marcus – falei.

Ele me ofereceu um sorriso enviesado e passou a mão pelos cabelos espessos e escuros com nervosismo. Tom continuava a falar e pousou a mão no braço de Marcus. Marcus o afastou com um empurrão, cambaleando um pouco quando o fez.

– Desculpe, Tom – disse, recuperando o equilíbrio –, mas preciso conversar com Ros.

– Converse comigo depois – falei, com uma voz tão surpreendentemente calma que não parecia minha.

Ele balançou a cabeça.

– Tem que ser agora.

Dessa vez, vi o descarrilamento chegando. Eu estava novamente diante das portas da igreja, só que, *dessa vez*, eu sabia que nada de bom poderia estar esperando do outro lado. Pela segunda vez em minha vida, pensei, viria tudo por água abaixo. Dei de ombros internamente e meu senso de resignação me surpreendeu.

– Tem que ser agora – ele repetiu mais alto, à maneira de um anjo, numa peça de Natal escolar, querendo se certificar de que as mães ao fundo conseguissem ouvir. – Preciso dizer, Ros, que a amo muito... muito mesmo. E nunca deixei de amar, nem por um minuto. Mas deixei de estar *apaixonado* por você. – Eu estava vagamente consciente de que a música havia parado e que a conversa no salão reduzia-se ao silêncio por uma onda mexicana de "psius". Éramos o centro das atenções, com direito a refletores e tudo o mais. Marcus limpou a garganta, preparando-se para a fala seguinte. – Mas *estou* apaixonado por Al e devia ter contado isso há muito tempo. Não fui justo com você, nem com Al. Sinto muito, Ros. – Ele deu um passo vacilante em minha direção, estendendo os braços em um conveniente gesto teatral de súplica, ou amizade e reconciliação. – Por favor, me perdoe, Ros. – Ele me olhou de soslaio, de forma incerta.

– Você pode me perdoar?

Essa, refleti, era uma pergunta muito interessante. No entanto, primeiro havia um assunto bem mais urgente a resolver.

– Al? – indaguei.

– Alan. Alan Bullen – ele esclareceu.

– Meu Deus. – Balancei a cabeça e ri. – Por essa eu realmente não esperava.

Virei-me para Daniel, que olhava incrédulo para Marcus.

– Está tudo bem, Daniel. – Sorri, apertando-lhe a mão de forma tranquilizadora antes de soltá-la.

Encarei Marcus, com os braços ainda estendidos em minha direção, o sorriso assimétrico ainda se equilibrando precariamente nos lábios. Quase senti pena; ele realmente não havia refletido sobre nada daquilo.

Cerrei o punho, recuei o braço o máximo que consegui e arremessei-o com toda a força contra a mandíbula dele.

Eu o ouvi gritar e o vi cambalear para trás em direção ao bolo de casamento Brocado Lilás, mas já estava a caminho da porta quando ouvi a queda subsequente e o som de cinquenta cadeiras sendo empurradas para trás quando os ocupantes se levantaram. Fora isso, não registrei mais nada, a não ser aplausos amenos, cortesia de Isabel Herrera, enquanto saía a todo vapor.

Capítulo 37

Sentei-me, aconchegada em meu casaco, e avaliei a situação e minhas opções. Concentrei-me, em primeiro lugar, no aqui e agora, na primeira, imediata e inevitável verdade de que havia arruinado o casamento e, de forma mais específica, sido instrumental na destruição de um bolo muito caro. O que Tom havia dito meses atrás sobre Amy não ser capaz de lidar com uma unha quebrada no dia de seu casamento? Também me recordei de realmente ter feito algum tipo de promessa específica de não bater em ninguém no evento. Gemi. Eu não culparia Tom se nunca mais voltasse a falar comigo. Na realidade, agora que estava casado, ele talvez tivesse muito pouca escolha na questão. Bem, eu poderia e iria me desculpar, mas, de alguma forma, simplesmente pedir desculpas depois de ter estragado o dia mais importante na vida de duas pessoas não parecia resolver o problema. Eu sabia, e eles também sabiam, que o fato de Rosalind Shaw ter dado um soco na cara do ex-noivo seria a única coisa que as pessoas recordariam daquele dia. Enxuguei os olhos com o longo pedaço de papel higiênico que havia trazido do banheiro para esse fim.

E depois havia Daniel. O gentil, divertido, inteligente, dolorosamente bonito Daniel. Estava tudo correndo tão bem. Havíamos passado um dia maravilhoso juntos, eu estava bem-vestida e me comportando sem nenhuma autopiedade. Havíamos dançado uma música lenta, de forma descontraída, bem-humorada, e eu estava prestes a esclarecer minha história passada e meus sentimentos presentes, de forma igualmente descontraída e bem-humorada, e então... Então, Marcus apareceu e anunciou que estava apaixonado por meu ex-chefe, e em vez de dizer, *Marcus, meu querido, obrigada por sua sinceridade tardia, mas este dia pertence a Tom e Amy. Não seria apropriado, nem, na realidade, possível tentarmos discutir um assunto tão delicado esta noite.* Em vez de dizer *isso,* eu havia lhe acertado um soco. Boa, Ros.

Assoei o nariz e olhei ao redor. Estava sentada a pouca distância da entrada do prédio, em um banco de madeira que circundava um imenso carvalho. Eu havia decidido me sentar do outro lado da árvore, de costas para a entrada, para o caso de alguém pensar em me procurar do lado de fora. Não que alguém fosse fazer isso. Estremeci. A temperatura devia estar abaixo de zero. Apertei o casaco em volta do corpo, puxei a touca para baixo na cabeça e perguntei-me o que fazer a seguir. Voltar para a recepção estava fora de questão, e eu não queria ir para o quarto porque desconfiava que George estaria lá à minha espera – e eu estava envergonhada demais para vê-la. Se estivesse de carro, teria ido para uma pousada. Pensei em pedir a algum funcionário que chamasse um táxi, mas isso implicaria ir até o balcão da recepção sem ser notada. De qualquer forma, eu não havia pegado a bolsa durante minha visita rápida ao quarto para buscar o casaco e a touca. Suspirei ante minha característica falta de previsão e planejamento e concluí que simplesmente teria que continuar um pouco mais ali fora e esperar que George não estivesse no quarto quando eu, por fim, tornasse a subir.

Dobrei os joelhos em cima do banco, cobri-os com o casaco e fechei os olhos, tentando obter alguma calma.

– No cômputo geral, acho que você devia queimar o vestido. – Assustei-me, ergui os olhos e vi Daniel de pé a minha frente, vestido para a estação com seu longo casaco preto, luvas de couro pretas e um cachecol listrado.

– Posso fazer-lhe companhia? – Encarei-o com uma expressão de surpresa, silenciosa e aturdida. – Acho que vou interpretar essa boca aberta como um sim – disse enquanto se sentava a meu lado.

– Pensei que ninguém viesse me procurar aqui fora – murmurei como que falando sozinha, incapaz de aceitar sua presença como uma realidade.

– Ah, certo, mas, pensando bem, nossos encontros mais importantes aconteceram em jardins, não foi? – Ele sorriu para mim. – Então, pensei em fazer uma tentativa.

Permanecemos em silêncio por alguns instantes.

– Não bati nele por causa de Alan – disse, por fim.

– Não?

– E não bati nele por ter fugido da igreja, pela janela, no dia em que íamos nos casar e depois ter se recusado a me dizer por que tinha feito aquilo. – Assoei o nariz pela segunda vez.

– Verdade? – Daniel olhou para mim com expressão séria. – Porque algumas pessoas podem considerar isso provocação suficiente.

– Não. – Minha miséria abjeta foi suplantada por uma raiva renovada e crescente. – Foi mais pela arrogância ultrajante de ele ter decidido se explicar, para sua própria conveniência, sem pensar como isso poderia fazer com que eu ou qualquer outra pessoa se sentisse. Simplesmente fiquei muito... – lutei para encontrar a palavra certa – enfurecida.

– Eu percebi.

Olhei para ele e tornei a relaxar em meu desespero.

– Eu também estava me divertindo muito.

– Eu sei.

– E a ironia disso é que estava prestes a contar a você tudo sobre Marcus. Quer dizer, não ia falar sobre ele e Alan porque não sabia, mas ia contar todo o resto. Não quis contar antes porque... ah, meu Deus, agora não importa, de qualquer maneira.

– Eu já sabia, Ros – ele disse baixinho.

– O quê?

– Eu já sabia sobre Marcus e a janela da igreja.

– Sabia? – Pensei por um momento. – Foi George quem contou?

– George? Não. Mike me contou logo depois que você começou a trabalhar com George, mas é claro que eu não sabia quem você era até a noite da festa de George. Ah, e por sinal você não acertou Marcus.

– Não?

– Não. Você errou. Ele estava em más condições e caiu ao se desviar do seu punho.

Examinei minha mão direita e concordei com um movimento de cabeça. Não havia me ocorrido que ela talvez não houvesse feito contato com o rosto de Marcus.

– Mas, mesmo assim, estraguei o bolo – suspirei.

– Não, Marcus caiu ao lado dele. Acertou uma mesa de canapés e um arranjo floral, mas o bolo continua intacto.

– Ah!

– Então não foi tão ruim quanto você acha.

– Mas mesmo assim foi ruim. – Abracei os joelhos por cima do casaco.

– Aqui. – Ele despiu o cachecol e colocou-o ao redor de meu pescoço.

Olhei para ele com olhos marejados.

– Obrigada. Você é muito legal. Na verdade, isso faz parte da segunda metade da minha história. Que agora já não faz mais sentido contar.

– Ah, não sei – ele retrucou. – Acho que vou gostar da segunda metade até mais do que da primeira... e Deus sabe que essa acabou valendo o investimento.

Pousei a testa nos joelhos e funguei.

– Na verdade, acho que ia me sentir melhor se contasse, se é que você não se importa em ouvir. Mas você tem que prometer que não vai ficar com pena de mim, porque vou ficar bem, embora ache que seria melhor não vê-lo muito no futuro e, claro, nunca vou querer conhecer Charlotte. – Ele tossiu alto e ergui os olhos. – Você está bem?

– Estou – respondeu, batendo no peito –, é só o ar frio. Desculpe, continue, você mencionou Charlotte. – Ele tornou a tossir.

– Certo. – Tornei a colocar os pés na grama e me recostei no banco. – Bem, quando fui ver você depois que matou Mr. Edwards...

– Sim?

– Bem, mesmo com aquela barba, eu quis comprar sapatos novos. – Olhei para ele e dei de ombros.

– Desculpe, essa é a segunda metade inteira da história? Porque tenho que confessar que esperava que ela se concentrasse um pouco mais no quanto eu sou legal.

– Você não vê? *Você* me fez querer comprar sapatos. Mesmo com a barba. – Suspirei. – De qualquer forma, não importa. Basta dizer que é uma situação infeliz.

Ele olhou para mim com ar inexpressivo.

– Até agora, tudo o que você falou é que a inspirei a fazer uma compra de calçados – disse. – Não vejo o lado infeliz disso.

– O lado infeliz – expliquei, dirigindo-me ao pedaço de papel higiênico em minhas mãos e então começando a rasgá-lo – é que eu gostaria de ter reconhecido antes como me sentia. Não, é claro, que a falta de sincronismo tenha alguma coisa a ver com isso, porque Charlotte...

Ele começou a rir.

– O quê? – perguntei, virando-me para encará-lo. – Por que você está sempre rindo de mim? Mesmo agora, quando estou nas profundezas do desespero, você me acha divertida. – Retirei a touca e atirei-a no chão, completamente frustrada. – Bem, não quero ser divertida. E não quero ser a vizinha excêntrica, mas inofensiva, que serve como companheira de copo quando não há mais ninguém por perto nos feriados bancários.

Ele curvou-se e recolheu a touca antes de colocá-la delicadamente em meu colo.

– Você está decidida a perder isso, não está?

– Ah, cale a boca. – Tornei a afundar, sentindo-me exausta, derrotada e, como percebi, à beira de lágrimas renovadas.

– Bem, o que você quer, então?

– O quê?

– Você me disse o que não quer. Agora diga o que quer. – Olhei para ele, que parecia genuinamente interessado em minha resposta.

Decidi optar pela verdade indisfarçável.

– Quero ser desejada – respondi com simplicidade. – Por você. Do jeito que você deseja Charlotte Green. – Olhei para ele e consegui dar um sorriso filosófico e um encolher de ombros, apesar das lágrimas que a essa altura me escorriam pelo rosto. – Vamos, admita, isso *é* digno de pena, não é?

Ele enxugou delicadamente uma lágrima com a mão enluvada e baixou o rosto em direção ao meu.

– Ros – disse baixinho um instante depois.

– O quê? – perguntei meio rouca.

– Charlotte Green lê as notícias na *Rádio 4.* – Ele inclinou-se para a frente e me beijou suavemente os lábios. – Certo?

Pega de surpresa, pisquei para os olhos azuis agora familiares. Ele olhava para mim com uma expressão indecifrável no rosto. Tentei recordar o quanto exatamente eu havia bebido. Ele tinha acabado de me beijar? Sim, tinha. E não parecia estar tentando me animar. Eu tinha certeza de que ele não teria beijado Sylvia, nem qualquer de suas outras vizinhas, desse jeito se elas estivessem tendo um dia ruim.

Daniel tocou meu rosto novamente.

– Ros?

– Você não beijaria Sylvia desse jeito, beijaria? – perguntei.

– Você articula absolutamente todos os pensamentos que lhe passam pela cabeça? – Ele sorriu e afastou o cabelo do meu rosto. – Eu não beijaria Sylvia desse jeito. Não, a menos que fosse o aniversário dela.

– E você...

– Ros?

– O quê?

– Pare de falar.

– OK. – Ele tomou meu rosto nas mãos e me beijou de novo. Dessa vez não houve dúvidas de que estávamos bem longe de ser meros vizinhos. Fechei os olhos, coloquei os braços ao seu redor e beijei-o durante um tempo considerável antes de soltá-lo e fazer a pergunta óbvia.

– Então, não existe nenhuma Charlotte Green no seu escritório?

– Nenhum Green de espécie alguma. – Ele começou a desenrolar o cachecol de meu pescoço.

– Então – perguntei, resistindo corajosamente ao desejo de iniciar um assalto recíproco a suas roupas – por que você disse que havia uma leitora de notícias na sua equipe?

Ele suspirou, deixou o cachecol cair e reclinou-se no banco, puxando-me gentilmente e passando o braço ao meu redor.

– Olha, concordo que foi uma abordagem pouco comum, mas eu sabia que você tinha passado... – ele hesitou – ... por um momento complicado e também que nós tínhamos tido... bem, vamos chamar de mal-entendidos ocasionais. De qualquer forma, eu não sabia como você estava se sentindo e, ainda que quisesse que entendesse minha posição – ele me beijou delicadamente no topo da cabeça –, não queria que se sentisse perseguida. – Ele deu de ombros. – E Charlotte Green foi o primeiro nome que me veio à mente.

Olhei para ele.

– Você não queria que eu me sentisse perseguida?

– Não, não queria.

– Mas você *estava* me perseguindo?

– Estava – ele respondeu. – Com determinação.

– Há quanto tempo?

– Meu Deus! – Ele passou a mão pelos cabelos. – Não sei. Pareceram anos, mas eu provavelmente partiria do incidente da caça à raposa.

Sorri.

– Gosto da ideia de ser perseguida.

– Gosta? – Ele inclinou-se em minha direção.

– Gosto. Mas não tanto quanto gosto de ser pega.

– Então, deixe-me dar uma ajuda nisso.

Passou-se algum tempo antes que eu sentisse necessidade de voltar a falar.

– Daniel – disse, descansando de encontro ao seu peito enquanto ele me envolvia com seu casaco agora desabotoado.

– O que, Ros?

– Bem, eu só estava pensando, sabe, sobre se você quer saber se nós talvez...

– O quê?

– Sobre fazer sexo. – Olhei para ele. – Um com o outro.

– Bem... – Ele levou a mão à boca em uma atitude de reflexão exagerada.

– Você está rindo de mim outra vez.

– Não, estou rindo *perto* de você, Ros – ele retrucou. – E qual é o problema?

– Na verdade, não é problema nenhum – respondi. – Eu só ia dizer que se você estava pensando sobre a gente fazer sexo em algum momento...

– Bem, a ideia talvez esteja escondida em algum lugar nos recessos profundos e obscuros da minha mente, mas, sabe, estava definitivamente em fila indiana atrás de seduzi-la com jantares íntimos e idas ao teatro.

– OK, bem, foi só para reassegurá-lo de que, ainda que obviamente eu não faça sexo há décadas, não tenho o menor receio de fazer com você. Só não queria que você pensasse que tinha que ser sutil com relação a isso ou com qualquer outra coisa.

– Bem, é bom saber – disse, dedilhando os botões de meu casaco. – Obrigado por ser tão direta.

– Por nada – retruquei, estendendo os braços e beijando-o novamente. – É minha nova estratégia.

Capítulo 38

– **Então, deixe ver se entendi,** querida – disse Joan quando lhe entreguei uma caneca de chá e sentei-me a seu lado na cozinha da Chapters na manhã da segunda-feira seguinte. – Você e Daniel estavam dançando ao som do incrível Chris de Burgh quando Marcus chega e anuncia que é gilete... – ela parou e olhou de relance para Andrew, que havia entrado, vindo da loja – ... e anuncia que é *bissexual.* – Ela enfatizou o termo politicamente correto, o que fez com que Andrew a cumprimentasse com a caneca ao se juntar a nós na mesa.

– Bem, na verdade, o que ele disse é que estava apaixonado por Alan, Joan. Naquele momento, ele não explicitou os detalhes de sua sexualidade. Nós discutimos isso ontem.

– Desculpe, querida, você já disse isso. – Joan estendeu o braço por sobre a mesa e deu pancadinhas em minha mão antes de continuar: – Então, Marcus expressa seu amor por Alan e depois você, Rosalind, minha querida, tenta golpear o sujeito com o punho. Infelizmente, você erra. Mas ele, em seu estado de embriaguez, perde o equilíbrio e quebra um monte de louça enquanto você desaparece na noite, como Cinderela fugindo do baile.

– Bem, sim – concordei –, foi o que aconteceu. – Mas não tenho certeza se essa analogia...

– Bom – continuou Joan –, porque quero pegar os detalhes absolutamente corretos para Bobby e as meninas. Todas querem saber como foi o fim de semana. – Revirei os olhos ao ouvir isso, provocando um sorriso em Andrew. – E, então – Joan agora olhava a meia distância –, um pouco mais tarde, você disse, o Príncipe Encantado a descobre embaixo de um carvalho e a leva até o quarto dele para... – ela hesitou – para uma *bebida quente*, acho que foi o que você disse, querida, não foi?

– Bem – senti-me corar –, foi porque estava muito frio no jardim.

– Humm... – fez Joan, bebericando seu chá. – Ah, mas você não me contou o que aconteceu com Marcus depois que ele caiu, querida.

– Andrew é provavelmente a melhor pessoa para fornecer informações sobre isso, porque eu não estava lá. – Virei-me para Andrew.

Andrew suspirou e largou seu café.

– OK, bem, várias pessoas correram para ajudar Marcus a se levantar enquanto várias *outras* seguravam Tom, na tentativa de impedir que ele terminasse com os pés o que Ros tinha tentado começar com o punho.

– Ah, meu Deus – exclamou Joan –, então o noivo também não ficou feliz com Marcus.

– Isso é um eufemismo – disse Andrew. – De qualquer forma, alguns de nós conseguimos acalmar Tom, e a mulher dele disse que se ele era alguma espécie de amigo, estaria mais preocupado com o estado de Ros e menos em "dar porrada em Marcus", foi como ela colocou. – Andrew pegou seu café e olhou para mim por cima da caneca. – Acho que, na verdade, isso faz dela uma mulher muito bacana, você não acha, Ros?

– Acho – respondi em tom comedido. – Provavelmente sim.

– E o pobre do Marcus bissexual? – perguntou Joan. – Como ele estava?

– Bem, alguém tirou Marcus dali e deu a ele um café forte. Depois um amigo o levou até onde ele estava hospedado. Ele ficou bem. Tom disse que fez contato ontem e, obviamente, Ros conversou com ele.

– E você também conversou com Tom, Rosalind? – Joan estava decidida a descobrir todos os detalhes.

– Conversei, pedi desculpas a Tom e a Amy na manhã seguinte, antes que eles saíssem. E depois me desculpei com a mãe e o pai de Tom, com a mãe e o padrasto de Amy e com os funcionários do lugar. – Suspirei. – Todos foram muito generosos, mas foi exaustivo e humilhante.

– Pobrezinha! – Joan apertou minha mão. – E você já devia estar bem cansada por causa daquela bebida quente tarde da noite. Andrew explodiu em uma risada, levantou-se e levou a caneca para a pia.

– Mas você ainda não perguntou a Andrew sobre o fim de semana dele, Joan – falei perversamente. – Cuidado, ou ele vai pensar que Bobby e as meninas das artes dramáticas não estão interessados.

– Ah, não tenho nenhuma necessidade de incomodar Andrew para pedir detalhes, querida – argumentou Joan, terminando seu chá. – Tive uma conversa longa e agradável com George ao telefone ontem à noite, então estou totalmente a par de tudo. – Vi as feições de Andrew congelarem quando Joan levantou-se e caminhou em sua direção. – Aparentemente – ela continuou, estendendo a mão e dando-lhe pancadinhas no rosto –, temos mais do que um Príncipe Encantado na cidade no momento. Não é, Andrew, querido? Mas – acrescentou, endireitando a saia e caminhando para a loja – acho que ele não convenceu George a tomar nenhuma bebida quente.

Capítulo 39

Eram três horas de uma tarde de sábado, vários meses após o casamento de Tom, quando entrei na casa de Daniel, larguei o casaco e a bolsa no corredor e, depois de não receber nenhuma resposta para vários sonoros "ois", procurei uma poltrona. Desfrutei de cinco minutos meramente sentada com os olhos fechados antes de me levantar, pegar a bolsa e ligar a chaleira.

Uma vez na cozinha, olhei para o jardim, reparando em vários sacos verdes grandes no meio do gramado. Então era onde ele estava. Peguei outra caneca no armário e estava prestes a pegar os saquinhos de chá quando seus braços me envolveram por trás.

– Meu Deus, Daniel – disse, virando-me –, como é possível alguém deslizar pela casa nessas coisas? – Apontei para as pesadas galochas pretas que ele usava para jardinagem.

– Na verdade, eu estava escondido no armário, junto com a tábua de passar, esperando você chegar.

– Sério? – Olhei para ele na dúvida.

– Não – disse ele –, porque isso seria um comportamento muito preocupante. Sempre entro em pânico por você acreditar em coisas desse tipo. – Ele sorriu e me beijou. Esqueci o chá por um momento.

– Bonito suéter – falei por fim, puxando um fio cinza solto no suéter gigantesco.

– Ah, bem, sei que esse é o seu preferido, então vesti especialmente para esperar você chegar.

– Isso não é verdade, é?

– Não, não é – ele disse. – Parabéns por ter reconhecido.

– Então, qual é minha recompensa? – perguntei, despenteando seu cabelo. – Sabe, por ser tão inteligente.

– Na verdade, tenho uma coisa impressionante para mostrar a você.

– Minha nossa! – Ri. – Mal posso esperar.

Ele fez um muxoxo.

– Ros, você tem uma mente limitada, que é uma de suas qualidades mais atraentes. Mas agora tenho de fato algo impressionante para lhe mostrar que não está relacionado a sexo.

– Ah... – tentei não parecer decepcionada. – Tudo bem, mas podemos tomar uma xícara de chá primeiro? – perguntei, tornando a pegar os saquinhos. – Esse foi um dia e tanto até agora.

– Excelente ideia – ele falou, sentando-se à mesa do café e retirando as botas. – E – ergueu os olhos em minha direção – você quer me contar como foi seu dia até aqui? Ou prefere guardar essa conversa para você mesma?

Depositei duas canecas de chá sobre a mesa e sentei-me em seu colo.

– Infelizmente para você – respondi, beijando-o na testa –, quero contar absolutamente *tudo*.

Ele suspirou, mas eu sabia que estava satisfeito.

– OK, manda ver. Só que – ele se remexeu na cadeira – você podia sair de cima do meu joelho, porque está esmagando meu sacho.

– Ah... bem...

– Um sacho é na verdade uma ferramenta de jardinagem usada para fazer buracos, Ros – ele disse com ar sério, balançando a cabeça.

– Eu sei, mas você não tem nada no bolso e estava sendo obsceno de propósito.

– Meu Deus, de repente você *ficou* muito inteligente – falou, retirando do bolso as chaves do carro e colocando-as sobre a mesa.

– Duas vezes em menos de um minuto. Então, como ele estava?

– Bem, melhor do que durante as conversas por telefone, graças a Deus. Mas ainda assim não foi o almoço mais descontraído que já tive.

– Posso imaginar.

– Ele começou pedindo desculpas, *de novo*, pela falta de discernimento e de senso de oportunidade no casamento de Tom. Então, senti que precisava me desculpar, *de novo*, por ter tentado quebrar a cara dele.

– Bem feito.

– E então...

– E então?

– Na verdade, ele só repetiu o que já tinha dito por telefone. Sobre o quanto me adorava, ainda, mas que estava apaixonado por Alan.

– Você nunca desconfiou que Alan fosse gay?

– Não. Afinal de contas, ele era casado, *e* – acrescentei quando ele ergueu uma sobrancelha, cético – antes que você diga alguma coisa, não foi só o fato de eu ser obtusa; ninguém no trabalho sabia. – Fiz uma pausa. – Ah, mas acontece que a mulher dele sabia há anos... vinha vivendo uma mentira e tudo o mais.

– E eles continuam casados?

– Não. O divórcio saiu há duas semanas. Mas, veja bem – falei, pegando minha bolsa e dela tirando um envelope bege –, Alan não vai ficar solteiro por muito tempo. Ele e Marcus estão dando entrada em uma parceria civil em julho, e fomos convidados. – Entreguei-lhe o convite, que ele retirou do envelope e leu com atenção.

– Vou ficar feliz em acompanhá-la, se você quiser ir.

– Preciso pensar um pouco, mas eu provavelmente devia ir.

Ele colocou o convite sobre a mesa e pousou a mão sobre a minha.

– Você está bem? – perguntou. – Não deve ter sido fácil.

– Acho que foi muito mais fácil para mim do que para ele. – Dei um sorriso triste e peguei meu chá. – Sabe, fiquei sentada ali ouvindo Marcus e mal podia acreditar que ia me casar com aquele homem. Ele... bem, tudo aquilo parecia não ter ligação nenhuma comigo. Achei interessante o que ele disse sobre aceitar aos poucos sua sexualidade e os sentimentos por Alan... comovente até... mas da mesma forma que acharia interessante um artigo de revista bem escrito. Não tive a sensação de que todo aquele drama tivesse alguma coisa a ver comigo pessoalmente. – Suspirei e bebi meu chá. – Mas ele só queria meu perdão por ter fugido sem explicação, então dei-lhe isso. Na verdade, disse que me sentia grata por ele ter optado por desaparecer naquele dia. – Olhei para Daniel. – Imagine se ele não tivesse feito isso.

Daniel sorriu e acariciou meu rosto com delicadeza.

– Aposto que vocês dois teriam móveis macios e lindos.

Peguei o convite e o acertei na cabeça com ele.

– Cale a boca.

Ele riu.

– OK.

– Então, onde está aquela coisa impressionante?

– Lá fora. Você vai precisar do casaco.

POUCOS MINUTOS DEPOIS, atravessávamos o gramado em direção aos fundos do jardim. Pouco antes de chegarmos ao final, ele parou e virou-se para mim.

– Feche os olhos – pediu.

– O quê?

– Você tem que fechar os olhos. Não, na verdade – falou, desenrolando meu cachecol –, não confio em você. Aqui, deixa-me vendá-la.

– O quê? É melhor que isso seja mesmo muito impressionante.

Ele me conduziu um pouco mais para a frente, até alcançarmos, imaginei, o final do jardim.

– Tudo bem – ele disse, desamarrando o cachecol –, pode olhar agora. – Ele me fez girar para ficar de frente para a cerca, que agora tinha uma escada posicionada ao lado.

– É uma escada – falei.

– É um atalho – ele corrigiu.

– Ah... não é uma escada, é um atalho – retruquei. – E eu adorei.

– Sabia que você ia gostar. Quer experimentar?

– Claro. – Subi no alto da escada e olhei para meu jardim. – Tem outra escada do outro lado – anunciei.

– Eu sei. – Ele sorriu. – É genial, não é? Uma solução perfeita para a questão de "como diabos passar por cima da cerca?". Então, você vai continuar ou vai descer?

– Os dois. – Passei o braço por cima da cerca e coloquei a mão no alto da segunda escada. – Aah, ela é meio bamba, sabia?

– Vai dar tudo certo – ele falou –, coloquei alguns tijolos em volta do pé da escada para ela ficar firme.

– Tudo bem, então. – Transpus a cerca com cuidado, passando primeiro uma perna, depois a outra e descendo devagar. – Os tijolos são muito eficientes – disse, antes de errar o último degrau e cair nos arbustos.

– Você está bem? – Olhei para cima e o vi sorrindo para mim do outro lado da cerca.

– Você está rindo de mim. – Levantei, tornando a subir na escada.

– É, estou. – Sorriu Daniel. – Mas sabe – ele acrescentou em tom mais sério quando alcancei o topo da escada e fitei-o olho no olho –, você está sempre linda quando emerge, despenteada, de uma cerca, Ros. – Ele estendeu a mão, me puxou em sua direção e me beijou de um jeito que, de repente, me fez querer estar dentro de casa. – Vamos lá – disse, por fim descendo e me ajudando a passar outra vez por cima da cerca.

Ele me tomou pela mão quando saltei em seu jardim e começamos a percorrer o caminho de volta à casa. Havíamos chegado ao local proposto para o pavilhão quando ele de repente parou e se virou.

– Na verdade, Ros – disse, balançando a cabeça em direção à escada, e então tornando a olhar para mim –, por mais que eu esteja orgulhoso do atalho, não tenho certeza de que seja realmente o ideal – concluiu.

– Não?

– Quer dizer, não posso negar que é ótimo para deixar você despenteada. – Ele retirou uma folha de meu cabelo. – Mas e naquelas ocasiões em que você precisar atravessar e estiver usando saltos altos e um vestido irresistível?

Examinei a cerca.

– Bem, que tal colocar um par de galochas de cada lado e uma bolsinha para guardar meus sapatos?

– Não é má ideia – ele respondeu. – Mas não resolve a questão vestido apertado/saia curta, ou o problema das galochas molhadas quando chover.

– Acho que não – suspirei. – E, claro, pode ter ocasiões em que eu peça a você para vir a minha casa em uma emergência e você acabou de sair do chuveiro e não está usando nada além de uma toalha branca e, bem, as coisas podem ficar meio problemáticas.

Ele ergueu uma das sobrancelhas.

– Uma toalha branca?

Fechei os olhos, formando a imagem mental.

– Bem pequena. Na verdade, quase nem é uma toalha.

Ele passou o braço ao meu redor.

– E se... – ele começou – e se, Ros, você simplesmente ficasse deste lado da cerca? Isso não seria uma solução para os saltos, a saia e o acaso?

Olhei para ele, surpresa.

– O quê? Você está querendo dizer morar do seu lado da cerca?

– É.

– Do seu lado da cerca?

– É.

– Com você? O tempo todo?

– Pelo amor de Deus, Ros – disse, passando, exasperado, a mão pelo cabelo. – Comigo. O tempo todo. Não é um conceito mais difícil de entender do que duas escadas, é? – Ele pareceu repentinamente preocupado, e quando tornou a falar, o fez em tom sério: – A menos que você não queira.

Contei mentalmente até três.

– É claro que quero. – Sorri. – Eu só queria prolongar o momento.

Ele fez um muxoxo antes de retribuir meu sorriso de um modo que me levou a atirar os braços ao redor de seu pescoço e enterrar a cabeça em seu suéter.

– Ah, mas – ele disse após um momento, afastando delicadamente meus braços de seu pescoço e franzindo a testa – é claro que há uma condição.

– E o que é?

– Preciso que você concorde em cair dentro da cerca de vez em quando, à guisa de preliminares. Não posso passar totalmente sem isso.

– Humm... – Pensei por um momento. – Bem, acho que posso concordar com isso, desde que, claro, você concorde em cuidar do jardim, sem camisa, de maio a setembro.

– Parece justo. – Ele colocou o braço ao meu redor e me beijou no alto da cabeça. – Agora, vamos entrar. Tenho uma coisa impressionante para lhe mostrar.

Impressão e Acabamento:
GRÁFICA STAMPPA LTDA.